秋霧（しゅうむ）

大倉崇裕

祥伝社文庫

目次

銃器監修：時雨沢恵一

天狗岳周辺図

←茅野
渋ノ湯
黒百合ヒュッテ
中山峠
唐沢鉱泉
しらびそ小屋
みどり池
稲子湯
小海→
西天狗岳
東天狗岳
白砂新道分岐
根石岳
本沢温泉
夏沢峠
0
1,000m
N

序　章

小杉寛貞は、キンと澄んだ秋の空気を肌で感じつつ、ゆっくりと歩きだした。右手に持った杖に力をこめ、腰の痛みに備える。昨日まで感じていた、針でつくような鋭い痛みはやってこなかった。少しましになったと感じるのは、ゆったりとつかった湯のせいか、それとも、湯治に来たという気持ちの問題か。

小杉はさらに数歩進み、昨夜の宿である「稲子湯旅館」を振り返った。ログハウスを思わせるどっしりとした外観は、開湯百年を数える伝統の重みを、そのまま体現している。晩秋の高くそびえる針葉樹に囲まれ、いまだ薄暗い駐車場で、小杉は小さく伸びをした。昨日は二回、平日である。泊まり客はさほど多くはなく、駐まっている車も二台ほどだ。昨日は二回、風呂を使ったが、人と会うことはなく、どちらも貸しきり状態であった。

空は深く鮮やかな青に彩られている。少し歩いてみようと思ったのは、そんな山の誘いであったのか。

旅館から離れ、みどり池、天狗岳へと通じる登山道の方へと、ゆるやかに歩を進めた。

十五分ほど登ったところに、小さな橋があると聞いた。そこまで行ってみようと思ったのだ。

簡単な林道歩きかと考えていたが、道は思っていたより本格的なものだった。傾斜こそないものの、うっそうとした原生林の中を進んでいく。稲子湯があるのは、標高一五〇〇メートル。付近の黄葉(こうよう)は、すでに終わっている。かさかさと乾いた落ち葉を踏みしめつつ、ところどころで立ち止まっては伸びをする。腰の具合は明らかによくなっていた。今日一日、ゆっくりと湯につかり、明日、自宅に戻るとしよう。稲子湯がいいと教えてくれた友人にも礼をしなければ。どこかで長野(ながの)の銘酒(めいしゅ)を買い、それを土産(みやげ)にしよう。

そうこう考えているうちに、せせらぎの音が耳を打つ。目的地は近い。

さらに進むと、厳(いか)めしいゲートが現れた。一般車両の通行を禁止するためのものらしい。がっちりとロックされていたが、徒歩であれば、脇を通って先に進むことができる。

唐沢橋(からさわばし)はすぐ目の前だった。樹林の中にある橋は一〇メートル足らず、手すりは赤茶色の錆(さび)に覆(おお)われている。水音はそれほどでもなく、お世辞(せじ)にも景観がいいとは言えない。さらに先を目指す登山客であれば、ただの通過点にしか過ぎぬ橋だ。

小杉は手すりにそっと手を載(の)せ、やや荒くなった息を整えた。わずか十五分の道行きだったが、ふとももに張りを感じる。

衰(おとろ)えるのは、早いものだ。

寂しさを覚えつつ、小杉は橋から、下の流れに目を移した。

視界に飛びこんできたのは、青色のザックだった。大きく投げだされた手足が、水の流れにあおられて、小刻みに揺れている。人形が足踏みをしながら、手を振っているかのようだ。

体格から、男であることは判る。俯せに倒れ、沢の水に全身を洗われていた。小杉は錆びた手すりを、握り締める。

後頭部には深く大きな傷があり、そこから赤黒いものが、今も染みだしていた。

——死んでいる。

小杉はその場にしゃがみこんだ。腰に力が入らない。体を捻り、這ってその場を離れる。少しでも、死体と距離を取りたかった。ゲートまで戻ったところで、ポケットに入れていた携帯をだす。圏外ではない。

震える指で、小杉は一一〇番に通報した。

第一章　霧

一

老人は、管が繋がれた細く節くれ立った腕を上げ、ベッド脇の椅子に腰かけるよう、示した。肌は青白く、頬はげっそりとこけていて、ほとんど肉がついていない。髪はなく、落ちくぼんだ大きな目が、無遠慮にこちらを睨んでいる。生ける骸骨との対面だ。

部屋は驚くほど広く、ベッドの正面には巨大なテレビモニターが据えてあった。壁際には親族、あるいは見舞客が宿泊できるよう、立派なソファベッドがあり、その前のガラス製のテーブルには、ここにはおよそ似つかわしくない、派手で生命力にあふれた色とりどりの花を活けた花瓶が置かれている。

部屋に一歩入ったときから、倉持の後悔は始まっていた。断りきれない人物を通じての依頼に、しぶしぶやっては来たのだが、この生と死が歪に融合した部屋には、説明のできない禍々しさがあった。

老人――上尾誠三が、滑舌の悪い、乾いた声で言った。

「あんたが、倉持さんか。月島で便利屋をやってるとかいう」

倉持は名刺をだしたものの、それの行き先に苦慮していた。上尾の右手指先には、血中の酸素量を測る器具が取りつけられている。左腕は点滴などの管で、ほぼ固定された状態だ。仕方なく、ベッド脇に並ぶモニターを置く台の端に、そっと置いた。

「正直驚きました。あなたのような人が、私を指名なさるだなんて」

「警察関係の友人がな、あんたの名を挙げたんだ。腕がよく、間違いのない人物だと」

「恐れ入ります」

上尾誠三。精密部品加工で日本のトップを走る上尾機械産業の会長である。ネジ専門の町工場を一代で世界規模の企業に育て上げた伝説的な人物――、昨日まで倉持が知っていたのは、そのくらいだった。そもそも、自分とは住む世界が違う人物なのだ。

強烈なカリスマ性と、独自の経営術により、経済界の誰もが一目置く存在にのし上がった上尾だが、一昨年、肝臓ガンが見つかり、入院。手術も成功し、一時は会長職に復帰したが、今年初め、転移が見つかり、再び病院に入ることとなった。以来、闘病生活が続いている。

経済誌などには、順調に回復し、今夏には職務復帰も――とする記事が載ったばかりであったが、実際、こうして目にする上尾の顔には、死相がありありと見て取れる。

上尾が白くやせた歯茎（はぐき）を剝（む）きだしにして、笑った。

「あんたの考えていることは、よく判る。こいつはもう、長くない。どうだ？　違うか？」

返答に窮（きゅう）して、倉持は目を伏せる。そんな反応を、上尾は意地悪く楽しんでいるようだった。

「あんたにだけは言っておく。そう、見立て通り、ワシはもう長くない。この病院はホスピスを併設（へいせつ）していてな。要するにここは、もはや病棟ですらない。安楽に死を迎えられるようにするための施設なんだよ」

ここがただの病室でないことは、倉持にも判っていた。

「それは……何と申し上げていいか」

「気をつかわんでいい。便利屋風情（ふぜい）に同情されるようでは、ワシもおしまい……ああ、すまんすまん、こんな立場になっても、今までの物言いはどうにも直せん」

倉持はあらためて部屋の中を見回す。

「あなたのほかには、誰もいないのですか？」

「こんな状態になって、ほかに誰が必要だというんだ？」

「例（たと）えば、秘書の方とか」

「ふん、実務からは完全に手を引いた。あとは社員どもで適当にやればいい。ワシのようにやれるとは、到底、思わんがな。まあ、さすがに潰れることはないだろ。ワシには家族もおらんのでな。天涯孤独なのだ」

ここまで聞いて倉持は、自分の呼ばれた理由を推測できた。遺産だ。上尾の資産は相当なものだ。それを相続した者は、一夜にして億万長者である。

さて、上尾に家族はいない。だがもし、どこかに彼の血を引く子供でもいれば……。

上尾がヒーヒーと喉を鳴らした。笑っているようだ。

「ワシに隠し子などおらん」

ヒーヒーともう一度、喉を鳴らす。心電図のモニターが赤くなり、物々しい警告音が鳴り始めた。

看護師が飛びこんできて、モニターをチェックする。ボタンを操作すると、音は消えた。看護師は非難のこもった目で、倉持を睨む。

上尾が言った。

「彼のせいではない。彼は大事な客人だ。そんな顔で睨むな」

看護師は目を伏せると、小さくお辞儀をして、部屋を出ていった。

「いろいろうるさくてかなわんよ。最後くらい、好きにさせてほしいものだ」

モニターの波形は元に戻り、ピッピッという音が一定間隔で鳴り続ける。

上尾は南側にある大きな窓に顔を向けた。昨日までの秋晴れとはうって変わり、激しい雨がガラス戸に水滴をつけている。風も傘が役に立たないほど強い。倉持のズボンは、駅前からの道々で、ぐっしょりと濡れていた。

「よく降るわい。ところで、あんたに来てもらった用件なのだがね、あんたは山をやるそうだな」

「ええ。この夏も槍ヶ岳に登りました」

「聞いているよ。そのための体力作りも欠かさないとか」

「一時期はすっかり離れていたのですが、訳あって戻りました」

「天狗岳に登ったことは、あるかね」

「天狗……八ヶ岳のですか？」

「ほかに天狗があるか？」

「学生のころ、何度か登ったことがあります。それで、用件というのは？」

「このホスピスには、ちょっと面白い取り組みがあってな。死期の迫った者の望みを一つ、何でもかなえてくれるというのだ」

「望みですか？」

「そう。自宅に戻りたい、温泉に行きたい、誰それに会いたい、そんな望みをかなえてく泊まり込んでいた客もいたな。最後に家族と旅行がしたいと言って、れるのだ。この部屋の隣に入っていた男もな、最後に家族と旅行がしたいと言って、二日の温泉旅行に行きおったよ。本来なら、外出すらままならない体なのにな。往復の車や宿泊可能な宿の手配、車椅子の貸しだしまで、ここの者たちが動いて、実現させた。たいそう喜んでいたよ。彼は昨日、亡くなったがね」

言われてみれば、隣の部屋はドアが開けっ放しであり、中では清掃が行われていた。

「人なんて儚いもんだ。そう思わんかね？」

倉持にとって、死はまだ非日常の出来事だ。どれだけ考えてみたところで、上尾との距離は埋まらない。黙したままの倉持に、上尾は「ふん、まあいい」と苦笑交じりにつぶやいた。

「前置きが長くなった。ワシはそんなものに興味はない。いや、なかったと言うべきか。おおよそ、やりたいことはやったし、思い残すことなど大してない。ただ、痛いのは嫌だな。とにかく、安楽に死なせてほしい、自分の望みはそれだけだと、ここには話してあった。だが、ふと思いだしたんだよ。その昔、登った、天狗岳のことをね」

「上尾さんも、山をやられていたんですか？」

「いや、山に登ったのは、後にも先にも天狗岳だけだ。登ったこと自体、すっかり忘れていたくらいだ。三十代のころだったか、仕事仲間に誘われてね。秋の天狗岳に登ったことをふと思いだしたのだ。黄葉が見事でな。頂上からの眺めも素晴らしかった。あのころは、仕事が思わしくなくて、正直、追い詰められていたのだよ。ワシは神だの運だのは信じない。偶然すらあり得ないと思っている。世の中すべてが必然だ。だから、勝負に勝つためには、入念な準備とそれに応(こた)えるだけの心がいる。そんな信念でやってきた。しかし、あの山行きだけは、少し違う気がするのだよ。何かを変えてくれたような、不思議な感覚だった。山から下りて来た後、業績は好転し、今に至るまで、右肩上がりだ。このご時世(じせい)、そうそうできることではないぞ。そもそもだな……」

「あの」

倉持は、なおも語り続けようとする上尾を制した。これ以上の自慢話は勘弁(かんべん)だ。

「用件を聞かせていただきたい」

「せっかちなやつだ。ならば言ってやる。ワシを天狗岳に連れて行ってほしいのだ」

絶句するしかなかった。相手の骸骨顔をしばし見つめた後、「ご冗談でしょう」とつぶやくのが精一杯(せいいっぱい)だった。

上尾は歯のほとんどが抜け落ちた口を、かぱっと大きく開き、野良ネコの喘(あえ)ぎ声のような音をだした。笑っているらしい。

「そう、冗談だよ。天狗岳どころか、角(かど)のコンビニまで行く力も、残ってはおらん。あんたに頼みたいのは、天狗岳に登り、その行程をビデオで撮影してきてほしいのだ」

倉持は椅子に座り直す。

「撮影して……それをどうするんです？」

「決まっているだろう、ここで上映するんだ。最後の思い出に、忘れていたあのときの空気、景色を、少しでも感じてみたくてな」

「しかし、本格的な撮影となると、機材や人員も……」

「そんな大げさなものでなくていい。あんたが一人で撮ってきてくれ」

「俺……いや、私が一人でですか？」

「市販の手持ちカメラでかまわん。とにかく、撮りまくってきてくれればいい。編集などはすべてこちらでやるから、データをすべてそのまま渡せば、君の役目は完了だ」

今の倉持にとって、天狗岳はさほど難しい山ではない。ハンディカム片手に一人で登ることは可能だ。

上尾は倉持が断ることなど、最初から念頭にないようだった。

「実費については、すべてこちらで負担しよう。日当は相場の倍、データの確認後に別途謝礼もさせてもらう」

便利屋として、日々、走り回る身の上としては、ありがたすぎる話だった。

「判りました」

「うむ。では、よろしく頼む」

「いくつかおききしたいことがあります。まず、登るコースですが……」

「稲子湯からだ。みどり池を経由、本沢温泉に泊まり、翌日、天狗岳に登る」

「下山ルートは？」

「黒百合ヒュッテから中山峠、その後、稲子湯に戻る」

「一泊二日。一般的なルートですね」

「以前に登ったときは、たしかそのルートだったと思う。それから、登るのは今秋、雪が降る前だ。天気がいい日にしてくれ。一面ガスの映像ばかり見せられても、しようがないのでな」

「その辺りは心得ています。最後に、今後の連絡方法なのですが……」

「ここに電話すれば、取り次いでくれるが……、このざまだ。電話なんぞ、面倒くさくてな」

「判りました。では、細かいことはこちらで調整します」

「頼む」

上尾は喋り過ぎて疲れたのか、薄く目をとじると、枕に頭を埋めてしまった。

いくつか確認したいことは残っていたが、倉持はそのまま部屋を辞した。

照明で柔らかく照らされた廊下を通り、階段で一階に下りる。受付に挨拶をすませると、逃げるような気持ちで、建物を出た。

雨は相変わらず、激しく降っている。ここでも、うっすらとかかったガスの向こうに、紅葉した木々が見えた。空を覆う雲も、少し薄くなってきたようだ。

建物のすぐ前に、バス停がある。次のバスが来るまで、十五分あった。雨を遮るものもないため、傘をさしたまま、ぼんやりとたなびくガスを眺めるよりない。

振り返れば、七階建ての病棟と、その横にある五階建てのホスピスが、雨に煙っている。どの窓にも明かりが点り、どこからか、音楽が聞こえてくる。倉持にも聞き覚えのある童謡だ。だが、人の声はしない。

上尾との面会は、倉持を疲弊させていた。死は生に勝る。図らずも触れてしまった死の気配によって、倉持の世界は少し色あせてしまった。

雨音と童謡に混じって、バスのエンジン音が聞こえてきた。


自宅のある東京都中央区の月島に戻ってきたのは、深夜に近い時間となっていた。

倉持は数年前から、この月島で便利屋稼業を営んでいた。様々なトラブル解決から、買い物代行、電気製品の修理、頼まれれば何でもやった。便利屋というより何でも屋だ。当初はアパートの家賃を稼ぐことすらままならなかったが、徐々に評判が広まり、最近では、商店街周りにある一戸建て、特に、一人暮らしの高齢者から声がかかることが多くなった。一つ一つは小さな仕事でも、チリも積もれば何とやらだ。家賃や光熱費の督促に怯える毎日を卒業し、移動用の車でも買おうかなどと考える余裕も生まれつつあった。

　月島一丁目から四丁目にかけて延びる月島商店街は、通称、「もんじゃストリート」と呼ばれ、三十軒以上のもんじゃ焼き屋が軒（のき）を連（つら）ねている。昼から夜まで、客足の途切（とぎ）れることがない商店街も、この時間ともなるとほとんどの店がシャッターを下ろし、人通りもまばらである。

　倉持の自宅であるアパートは、四丁目のさらに先、勝（かち）どきにある。雨は上がっており、隅田川（すみだがわ）から吹いてくる風は、ひんやりとしていた。

　三丁目に入ったところに、ぼんやりと煙草（たばこ）を吸っている初老の男がいた。親の代から電器店を営む山本（やまもと）である。店の両側はもんじゃ焼き屋になっていたが、山本は頑（かたくな）に親から譲（ゆず）られた商売を続けていた。倉持に気づいた山本が、煙草を持った右手を挙げる。

「よぉ、今、お帰りかい」

　便利屋の仕事の一つに、切れた電球の取り替えや、エアコンの掃除、電気製品の部品交換がある。そうした依頼があった場合、倉持は必ず、山本の店で買い物をすることに決めていた。有楽町（ゆうらくちょう）の量販店に行けばもっと安価で手に入るのだが、そこは地域助け合いの精神である。

　倉持は足を止める。

「こいつはいいところで会った。実は相談があるんだ」

「金のこと以外だったら、何でも言いな」

「デジタルビデオカメラが欲（ほ）しいんだ。性能がよくて、なるべく軽いヤツ」

「ほう、仕事に使うのかい？」

「ああ」

「そうか。今、カタログ持ってくるよ」

「金に糸目はつけない。いいヤツを頼むぜ」

「えらく羽振（はぶ）りがいいな」

「割のいい仕事が入ってね」

「うらやましい限りだな。でもよ、大丈夫なのか？」

「何が」

「割がいいとか言ってると、どえらいしっぺ返しを食らうのが、あんたの常だ」

「今度は大丈夫さ。依頼人の身元もしっかりしている。支払い能力もある」

「へぇ、ホントかねぇ。で、カメラを何に使うんだい？」

「山に持っていくんだ」

　案の定（あんじょう）、山本はあきれかえった様子で、天を仰（あお）いだ。

「またかよ。忘れたわけじゃないだろ？　槍ヶ岳の件」

「当たり前だ。毎年、槍に登るのはあの一件のせいだ」

「あんな酷（ひど）い目に遭（あ）ってさ。普通なら、山の仕事はこりごりってところだろうに」

「まあな。だけど、仕事の選り好みができるほど、偉くもないんだ。断るわけにはいかないよ」

「そうかい」

「悪いな、心配かけて。今度は面倒なことにはならないと思う。山に登って、映像を撮って、金を貰う。楽な仕事さ」

「だといいけどね」

　山本はシャッターが閉まっているため、建物横の勝手口から、中に入る。一人になった倉持は、アーケードの柱にもたれる。山を再開したとき、煙草は止めた。ニコチンへの欲求はほぼ制御できていたが、こうしたとき、ふと手持ち無沙汰になることがある。

「そう、大丈夫。楽な仕事さ」

　倉持は自分に言い聞かせるように、一人、つぶやいた。

二

　暗闇の中で深江信二郎は目を開く。寝床から起き上がり、耳を澄ました。空気は乾いていて、肌に感じる微かな冷気が心地よい。

　起き上がり、窓から外を見る。暗闇が広がっている。ここは原生林に囲まれた小高い丘の上、限界集落と呼ばれる一帯から、さらに奥深くに入った場所だ。夜中であっても、人工の光はまったく目に入らない。

深江は闇の中で素早く動いた。浅い眠りを破った気配は、おそらく車の音だ。この辺りには車が入れるような整備された道はない。二十分ほど下ったところにある林道が、事実上の終点だった。

深江は闇の中でも充分に目が利く。武器を持つべきか迷ったが、手ぶらで小屋を出た。うち捨てられた木造の小屋を自ら改造し、住まいとしていた。電気、ガス、水道はひいていない。水は近くの沢に汲みに行き、火は原始的な方法で、いくらでもおこすことができた。電気は必要性をまったく感じていない。明るくなれば起き、暗くなれば寝るだけだ。野菜はわずかばかりの畑で育て、肉は罠を仕掛け動物を狩った。一人生きていくのであれば、それで充分だった。

そんな暮らしを続けて一年以上になる。ここは、深江にとって、唯一、心の底からくつろげる場所であった。その平穏がいま、乱されようとしている。

山に包まれ、深江の神経はより研ぎ澄まされていった。闇に乗じ、近づいて来る人の気配を、ひしひしと感じる。人数は三人だ。北側と南側、小屋を挟みこむ形で近づいている。残る一人は真正面からだ。小屋に通じる獣道にも等しい踏み跡を正確に辿ってくる。

先行する二人の歩みは迷いがない。暗視スコープでもつけているのだろう。数では劣るが、向こうは深江がすでに戦闘状態にあることを知らない。それで、五分と五分だった。

深江はまず南側の斜面を下り始める。周囲を原生林に囲まれた場所だ。今の季節、地面は乾いた落ち葉でいっぱいである。一枚でも踏めば、その音で存在を悟られる。姿勢を低くし、地面に俯せとなる。ヤモリのような体勢で、ゆっくりと気配のする方向に身を進めていった。

十秒後、相手を捉えた。黒ずくめの格好で、ゆっくりと小屋に近づいている。慎重な足取りだが、それでも枯葉や下草が、微かな音をたてている。深江は中腰になると、相手との距離を一気に詰めた。すぐ背後に立ったとき、相手はまだこちらに気づいてもいなかった。武装しているかと思ったが、銃などは何も持っていない。どうやら丸腰だ。

相手の動きを封じるため、首に腕を回そうとした。その瞬間、相手がしゃがみ、視界から消えた。背後に回りこまれた。いつの間にか、手には折り畳み式のコンバットナイフが握られている。その刃先は、まっすぐ深江の喉に向いていた。

身を捻り、ナイフを持った右手に手刀を振り下ろした。衝撃でナイフが落ちる。こめかみに肘打ちを叩きこむと、頭を押さえこみ、右膝を顔面にめりこませた。相手は声もださず、倒れこんだ。

地面に落ちたナイフを回収、すぐにその場を離れる。残る二人も異変に気づいているはずだ。持ち物をチェックして、敵の身元を探りたいところだが、それは後回しとする。

いったん小屋まで戻り、敵の潜む北側の気配を探る。南斜面と違い、北はかなりの急勾配だ。完全に気配を消すのは難しい。小屋を回りこみ、灌木の合間を進んでいった。さきほど倒した男、手合わせをした感じでは、それなりの訓練を積んだプロフェッショナルのようだった。自衛隊崩れ、あるいは……。

空気の微かな動きを感じる。それはもはや五感ですらなく、第六感のようなものだ。闇の中、深江には敵の位置が手に取るように判った。もう駆け引きの必要もない。まっすぐ、相手に向かって進んでいく。その際、足元の小石を投げ、付近の枝を揺すったりした。わざと物音をたて、相手の動揺を誘う。

効果は覿面だった。もし銃器の類を持っていたのなら、辺りかまわずぶっぱなしていただろう。

敵が手にしているのは、刃渡り一二〇ほどの頑丈なシースナイフ。斜面の中ほどに止まり、怯えた様子で四方の様子をうかがっている。隙だらけだった。

深江は背後を取り、腕の関節をきめた。ナイフが落ち、苦痛のうめき声がそれに続いた。腋の下に一発、さらに顔面にもう一発。飛び散った血が、右頬にはりついた。

返り血を浴びるのは、攻撃方法に何らかの問題があった証拠だ。腕が錆びついている。落ちたナイフを拾う。柄を握ると、吸いつくように馴染んだ。

ナイフを持ったまま、小屋の前に戻る。男が道の真ん中に立っている。戦闘服ではない。身につけているのは、どうやらスーツらしい。靴も山歩きには不向きな革靴だ。小柄で小太り。体格などから見ても、正規の訓練を受けているとは思えない。

深江はナイフを持った手を下げ、男と向き合った。

「山登りには不向きな格好だな」

「一分とかからず、倒しましたか。それなりの精鋭を連れてきたつもりでしたが……」

「二人とも基本に忠実だった。大きなミスは犯していない。これが訓練ならば、合格だ。二人に足りなかったのは、経験だけだ」

「あとで伝えておきましょう」

「人の寝入りばなを邪魔しておいて、無事に帰るつもりでいるのか？」

男との距離は五メートル。スーツの膨らみ具合などを見ても、武器を隠し持っている様子はない。一瞬で間合いを詰め、喉か足の動脈を切る。

「私を殺す算段をしているようですね」

「殺し方は二十三通りほどある。どれがいい？」

「どれもごめんです」

「目的は何だ？」

「仕事を持ってきました」

「見ての通り、自給自足の生活だ。仕事はしていない」

「申し訳ありませんが、時間がないのです。あなたにはすぐ東京に戻ってもらいます。向こうで行動できる身分も用意しました」

男はスーツの内ポケットに手を入れる。深江は動いた。男の背後に回り、ナイフを喉元に突きつける。男ははっと息を詰めたものの、取り乱したり、反撃を試みようとはしなかった。

「あなたに渡す書類をだすだけです」

「向こうで眠っている二人だが、何と言って連れてきたんだ？」

「彼らは命令に従っただけです。小屋の中にいる男を捕まえてこいと」

「あんたらの常識では、頼みごとをする前に、刺客(しかく)を送りこむのか？」

「テストをさせてもらったんです」

「結果は」

「合格」

「断る」

「え？」

「あんたらに頼みごとをされるいわれはない。放っておいてくれ。俺はここで、静かに暮らしたい」

「昨年の嶺雲岳(れいうんだけ)で武装強盗の一味が、仲間割れの末、全滅するという事件が起きました。

あれ、実はあなたの仕業でしょう？　そうそう、藤沢で起きた暴力団事務所の襲撃事件、あれも……」

「何のことか判らんね」

「元自衛隊特殊部隊、離島防衛のエキスパート。そんな人間がいつまでもこんな場所で、安穏とした暮らしを営めるわけがない」

深江は男の首からナイフを離した。男がほくそ笑んだのが、空気の動きで判った。

「いずれこうなることは、判っていたんでしょう？」

イエスと応えるのは、プライドが許さなかった。

国家機密に通じ、さらに、数度にわたり問題を起こした。そんな人間を生かしておく理由は一つだけだ。利用価値があるから。

「あんたの名前をきいておこう」

「名乗るほどの者ではありませんが……。警視庁の方から来た、儀藤堅忍と申します」

「儀藤さんか。よろしくな。で？」

「道を下ったところに、車を待たせてあります」

「判った。向こうで寝ているお仲間二人は、どうする？」

「あとで誰かが回収します。もしくは、目を覚まして自分で何とかするでしょう」

儀藤は言い放つと、先に立って道を下り始めた。足取りはおぼつかず、足を滑らせては

「あっ」、けつまずいては「ひゃっ」と叫び声を上げる。車が入れる林道まで、普段なら十分ほどだが、今回は二十分かかった。

待っていたのは、黒のクラウンだった。スーツを着た色白の男が、運転席に座っている。曲がりくねった細い道を、こんな車で上ってきたのか。

「さあ、どうぞ」

儀藤が後部ドアを開いた。深江はその場を動かず、車の全体を見る。言われるまま乗りこむのは、まだ早い。乗るために身をかがめた瞬間、拘束されるかもしれない。

後部シート、トランク、助手席、そして、ドライバー。じっくり吟味した後、危険はないと判断した。

儀藤は待ちくたびれたのか、さっさと助手席に乗りこんだ。

深江は開いたままの後部ドアから、車内に滑りこむ。

「シートベルトは、しなくていいよな」

「特別に許可しましょう」

エンジン音が響き、ヘッドライトがついた。

「さあ、急いでください」

深江は言う。

「東京までは、急いでも二時間以上かかる」

儀藤はドライバーに向かって言う。

「彼はああ言ってますが……」

車が急転回し、林道を矢のように走りだした。深夜の山道で、この速度は自殺行為だ。

「おい！」

助手席から儀藤が振り返り、嫌な笑みを浮かべる。

「ようやく、あなたをびっくりさせることができました」

東京都品川区北品川に到着したのは、一時間三十分後だった。猛烈な勢いで山道を下りきったクラウンは、途中から赤色灯を点滅させ、高速道路を驀進した。深江は慌ててシートベルトを締め、猛烈な速度で流れていく景色を、目で追っていた。助手席の儀藤は、うたた寝をしているようだった。ドライバーは一度の休息も取らず、完璧な運転で、再開発によって生まれ変わった大崎近くの路上に、車をぴたりと停止させたのだった。

助手席から儀藤があくびをかみ殺しながら下り立つ。

「なかなかいい運転だったでしょう。一時間半を切ってくれるかと思っていましたが、さすがに無理でしたね」

「長らく忘れていた興奮を、思いださせてくれたよ」

久しぶりに吸う、都会の濁った空気に、深江の心はひどく波立っていた。都心に入るのは、藤沢の一件以来、初めてだ。

「こっちへ」

儀藤は林立するビル群から少し離れたところにある、二十四時間駐車場へと深江を案内する。駐車場前の道には、警察車両が数台駐まり、黄色い停止線があちこちに張り巡らせてある。巨大なぼんぼりのような照明器具があちこちに並び、昼間のように辺りを照らしていた。駐車場はフェンスに沿ってブルーシートで覆われており、外から中の様子を見ることはできない。

唯一の出入口には、警官が二人立っていた。

儀藤が近づいて行くと、シートの向こうから、怒鳴り声が聞こえてくる。

「だから、その命令をだしたのは、誰だってんだよ。こっちはもう三時間以上、仏さんを寝かせたまま、待ってんだぞ。こんなこと、前代未聞だ」

相手の声は聞こえない。携帯に向かって怒鳴っているようだ。

儀藤は深江にも見せた、あの嫌らしいほくそ笑みを浮かべると、立ち番の警察官に言った。

「警視庁の方から来ました。通してください」

警官二人は顔を見合わせる。右側が尋ねた。

「警視庁のどちらから？」

「連絡は来ていませんか？」

「その前に、所属部署と名前をうかがいたい」

「ここの責任者はどちらですかな？」

警官二人はいよいよ態度を硬化させた。

「まずこちらの質問に答えなさい。あなたの所属と名前は？」

「そのシートの向こうで怒鳴っている声……あれは、捜査一課の日塔（にっとう）警部補でしょう。彼に……」

儀藤はスーツの内ポケットから名刺を取りだす。

「これをお渡しいただきたい」

警官たちは、差しだされた名刺に目を落とす。

「この名刺を渡していただいて、それでもなお、日塔警部補が帰れと言うのであれば、潔（いさぎよ）く引き上げましょう」

左側の警官が気味悪そうに、小太りの小男を見下ろす。そして、右側の警官が名刺を受け取ると、シートの向こうに消えた。日塔とかいう男の怒鳴り声はいつの間にか止んでいる。

深江は儀藤たちから少し離れた場所に立ち、深夜と言える時間にもかかわらず、明々（あかあか）と点（とも）る、オフィスビルの光を見上げていた。

ブルーシートがめくれ上がり、中からまさに鬼のような顔つきの巨漢が姿を見せた。彼が日塔警部補なのだろう。ごつい指に名刺を挟み、新参の小男を見下ろした。いよいよ、殴(なぐ)り合いでも始まるのだろうか。そうなった場合、立場上、儀藤に加勢すべきなのだろうが、そんなつもりは毛頭(もうとう)、なかった。高みの見物と洒落(しゃれ)こもうじゃないか。

しかし、状況は期待通りには進まなかった。日塔は黙ってシートを掲(かか)げ、儀藤の通り道を作った。

「これはどうも。あ、その名刺は差し上げておきます。今回の件は借りです。一度だけですが、何か困ったとき、その名刺を使ってください。お役に立てるはずです」

儀藤が振り向き、目で深江を呼んだ。

やれやれ。日塔たちの好奇の目にさらされつつ、深江はシートの中に入った。

駐車スペースは十台、そのうち、埋まっているのは二台分だけだ。一台は埃(ほこり)まみれの軽自動車で、北側の一番端に駐まっている。もう一台は深紅(しんく)のニッサンGT-Rだ。駐車場のど真ん中に、我が物顔で駐まっている。

死体は、GT-Rの脇に、仰向(あおむ)けで転(ころ)がっていた。シートも何もかかっていない。

儀藤が言った。

「鑑識作業はとっくに終わっています。剝きだしで置いてあるのは、我々への当てつけでしょうね」

深江は死体の横に立ち、全体を観察する。まず目を引くのは、首に巻きついた真っ白な手ぬぐいだ。太い首に食いこんでおり、これが男を窒息死させた凶器であることは明らかだった。

男は派手な柄シャツに、ジーンズを穿き、靴はブランドもののスニーカーだ。腕は太く、胸板も厚い。かなり鍛えこんでいる。武道経験者だろうか。

いや、腕にはかなり前のものと思われる切り傷の痕があり、顎と額にも、何針か縫った痕がある。頬にもうっすらとではあるが、切り傷の名残があった。武道をかじっただけで、ここまでの傷はつかない。

深江と同じ、プロフェッショナルか。

背中に視線を感じ、振り返った。日塔を初めとする数人の刑事たちが、じっとこちらを睨んでいる。

儀藤が後ろで手を組んだまま、傍ににじり寄ってきた。

「あちらの連中は気にしないことです。さて、あなたの見立てを聞きましょうか」

「ここに男の死体がある。それが俺の見立てだ。今度はこちらがきく番だ。なぜ、俺をここに連れてきた?」

「あなたなら、もうお判りのはずだ」

「買いかぶりだ。これ以上、話がないのなら、俺は帰らせてもらう。無論、送ってくれるんだろう？　帰りは一時間半と言わず、一時間を切ってほしいね」

「誰がこの男を殺したと思います？」

「知らん。興味もない」

「そんなことはないと思いますがね。素っ気ない態度を取りながらも、あなたは今、自問しているはずだ。この男は何者なのだろう。この体格、間違いなくプロだ。そんな男が、なぜこの見通しがいい駐車場のど真ん中で、呆気なく殺されたのだろう」

腹立たしいことだが、儀藤の言うことはすべて深江の胸中を言い当てていた。刑事たちの無遠慮な視線に晒されつつも、ずっとそのことばかり考えていたのだ。

どうやら、今回は儀藤の作戦勝ちだった。もう抗うことはできそうにない。

深江はあらためて、死体の傍に立つ。

「触れてもいいか？」

儀藤はどうぞ、と身振りで示す。妙に気取った仕草がいちいち癇に障る。いずれ、たっぷりと礼はさせてもらう。そう誓いながら、深江はひざまずき、手ぬぐいの巻きついた首周りを調べた。

手ぬぐいは、被害者のものだろうか、それとも、殺害者が用意したものか。いずれにせよ、大量の出血もなく、上手くやれば物音もたたない。実に合理的な殺し方だった。

深江はさらに、死体の腕、指先を見る。両方の前腕に、打撲の痕、そして、右手の指三本が折れていた。

シャツのボタンを外し、胸から腹にかけての状態を確認する。脇腹に人の拳大の腫れが一箇所。

最後は足だ。太もも、すね、ふくらはぎは綺麗なものだが、右足先の骨が砕けている。

立ち上がり、もう一度、周囲を見渡す。車が二台駐まっているだけの駐車場だ。接近するため、身を隠すようなものもない。

深江は戦慄を覚えていた。その様子を察したのか、儀藤が口を開いた。

「どうです？　何が判りました」

「あんたが俺を呼んだ理由だ」

「ほほう」

「もう一度きくぞ、死んだ男は何者だ？」

儀藤は芝居がかった仕草で、声をひそめた。

「身元を示すものは、すべて持ち去られ、名前すら判っていないのです。表向きは」

深江は入口付近でたむろしている、刑事たちを横目で見る。

「裏では？」

「名前は一場良平、あなたと同業だった男です」

「やはりな。しかし、どうしてそれを隠す？」

「一場は五年前に自衛隊を辞め、日本を出ました。その後はアフリカあたりで傭兵まがいのことをしていたようです。一年前に帰国。護身術のインストラクターをやる傍ら、ボディガードもやっていました」

「それは、警備会社に所属してか？」

「いえ、あくまでも個人で、です。つまりは、法に触れるようなこともしているし、かなり危険な人物のガードなども行っていたと」

「百戦錬磨か。だが、まだ説明になっていないぞ。どうしてそのことを刑事たちに教えない？　彼らも優秀だ。あと数時間もすれば、突き止めてくるぞ」

「問題なのは、この男ではありません。あなたも気づいたでしょう？」

「殺された側ではなく、殺した側か」

「ええ」

「百戦錬磨の男が、真正面から攻撃を受け、ひとたまりもなく背後を取られ、首を絞められた」

「そんなことができる人間が、そうそういるとは思えません」

「まさか、俺を疑っているわけじゃないだろう？」

「無論です。事件発生時、あなたは、人里離れた、山奥にいた。そのことは確認済みです」

「……それは、俺を張っていたということか？」

「当然でしょう。あなたのような人を野放しにしておくほど、この国は平和ボケしていません」

「ある程度判っていたことだが、あらためて言われると、いい気分はしないな」

「実を言うと、今回のような殺しは、初めてではないのですよ」

「勿体ぶった喋り方をしていると、あの連中につまみだされるぞ」

刑事たちの苛立ちは相当なものだった。当然だろう。自分たちが仕切る現場で、死体の運びだしを止められ、訳の判らない小男がやって来て、これまた訳の判らない男と死体の脇でひそひそと話しこんでいるのだ。

「三年前、五年前、六年前、似たような手口での殺しが確認されています」

「被害者は？」

「それはお教えできません」

「機密、つまり軽々しくは口にできない人物ってことか。今どき、ネットで調べればすぐに見当はつくぜ」

「その辺りはぬかりありません。正攻法で探っても、手がかり一つ摑めないでしょう。とにかく、新たな被害者が出た。今度こそ、犯人を捕らえたいのです。その役目を、あなたにお願いしたい」

「ずいぶんと手前勝手な頼みだな」

「勝手なことは承知しています。ただ、あなたにとっても、損な話ではないはずだ」

「なぜ？」

「今回の件が首尾よくいった暁には、あなたの犯罪履歴をチャラにします」

「信じられるか、そんなこと」

「信じていただくよりないですな。ここまで来た以上、あなたに選択権はない」

「おまえを盾にして、ここから消えることは簡単だ」

「それからどうします？　一生、逃げ回りますか？　もっとも、一日と逃げ通すことはできないでしょう。半日で捕まり、あなたは最初から存在していない人間として処理される」

「なるほど。こちらに選択権はないわけだ」

「選択権を云々できるほど、あなたは清廉潔白ではない」

これ以上の議論は腹が立つだけであるし、己がますます惨めに思えてくる。

「で？　何から始めればいい？」

「任せます。私にはそこまで口をだす権限はない」

「なら、この凶器になった手ぬぐいを、調べることだ。犯人は相当の手練れだ。相手の足を踏みつけ、急所に一発。その後、悠々と背後に回り、首を絞めあげた。素手でも充分、殺せたはずだ。にもかかわらず、最後の最後に手ぬぐいを使っている。解せない。その辺りはどうなんだ？　過去三件の事件と共通点は？」

「手口は同じと申し上げたでしょう？　相手に接近し、足を封じ、次に腕や指を潰して、反撃を断つ。そして背後に回り、首を絞めて殺害する」

「今回はわざわざ手ぬぐいを使った。なぜだ？」

「鑑識の結果が出次第、報告します」

「それからもう一つ」

深江は首に巻きついた手ぬぐいの端を、そっと持ち上げる。手ぬぐいの下に、黄色く色づいた葉が一枚、挟まっていた。

「広葉樹だ。かなり黄葉している」

「それも、犯人がわざと残していったと？」

「判らん。偶然、挟まっていただけかもしれん。詳しく調べれば、何か出てくるかもしれないな」

「了解しました」

儀藤は日塔たちに指を立てて合図を送った。シートが引き上げられて、担架を持った鑑識がやって来る。

深江は儀藤と共に、隅へと移動した。

死体が運びだされていく。日塔が敵意を剝きだしにした目で、こちらを睨み据えていった。

深江はきいた。

「あんたが追っている男、正体は皆目（かいもく）、判らないのか？」

「ええ。職業的殺し屋です。日本人かどうかすらも判りません。日本国内で目立たず活動していることから考えて、アジア系ではあるのでしょう。依頼を受け、目的を果たし、海外に逃げる。しばらくすると舞い戻り、また仕事をする。三年前、逮捕寸前のところまで追い詰めましたが、逃げられました」

「神出鬼没（しんしゅつきぼつ）か」

「私はヤツのことをフォッグと呼んでいます」

「狐（きつね）？」

「フォックスではありません。フォッグ。霧です。摑みどころがなく、追い詰めても、指の隙間（すきま）から抜け出てしまう」

「映画の見過ぎだよ」

苦笑しながらも、深江はその呼び名が気に入っていた。

霧か。相手にとって不足はない。

第二章　監視

一

どこまでも澄んだ、秋の空だった。タクシーを下りた倉持は、両肩にザックの重さを感じつつ、稲子湯旅館の前に立つ。

七時前の新幹線に乗り、在来線に乗り換(か)えて小海(こうみ)駅まで。そこからタクシーで三十分ほど。現在時刻は十時半だ。東京から四時間ほどで、八ヶ岳の麓(ふもと)まで来られてしまう。

学生時代は一年の三分の一以上を山で過ごした倉持だったが、当時、山までのアプローチは決して楽ではなかった。夜行の鈍行(どんこう)に乗り、駅の階段で仮眠を取り、始発のバスで登山口に向かう。登る前から疲労困憊(こんぱい)、ということもあった。

そうした夜行も今はほとんどなくなり、特急や新幹線に取って代わられた。

楽にはなったが、金がかかるな。領収書を財布(さいふ)にしまいながら、倉持は一人、苦笑する。

上尾の指定したコースは、ここ稲子湯から入り、しらびそ小屋を経由、本沢温泉で一泊する。翌日は白砂新道（しらすなしんどう）を辿って、天狗岳へ。そこから、黒百合ヒュッテを経（へ）て中山峠へ下りる。その後、しらびそ小屋に出て、往路を辿り、稲子湯に戻る。危険箇所もほとんどなく、コースタイムもさほど長いわけでもない。普段からトレーニングをしている身としては、物足りないくらいの行程だ。

倉持はザックから購入したばかりのカメラをだす。バッテリーは充分。いよいよ、撮影開始である。稲子湯旅館の建物を収め、まずは軽い林道歩きだ。まもなく一般車両の進入を防ぐためのゲートが現れ、その先の橋を渡る。ここからが、いよいよ本格的な登山道だ。黄葉の最盛期は過ぎているものの、針葉樹に混じって鮮やかな色の葉を茂らせた木が目につく。

日は昇っていても、原生林の中は薄暗い。展望もなく、山歩きとしては単調な箇所ではあるが、この辺りもくまなく撮影するようにとの依頼である。倉持はいつもよりペースを落として進みつつ、撮影を続けた。

登り始めて一時間ほどがたった。ほかの登山客と出会うこともなく、孤独な道行きだ。防寒用のパーカーを脱ぎ、シャツ一枚となった倉持であったが、額から流れる汗は止まらなかった。原生林の中はひんやりとしており、湿度も低い。それでも、休憩なしで歩き続ければ、息も上がる。まして、右手にはカメラを持っている。軽いものだからとなめてかかっていたが、さすがに構え続けていることが苦痛になってきた。録画を止め、五分間の休息を取る。樹林の中であるため、相変わらず、展望はない。日が射しにくい斜面では、黄葉も終わり、目に入るものと言えば、茶色く枯れた低木と、木漏れ日を受け、眩しいまでに輝く常緑樹の緑だ。ところどころに倒木や段差がある以外、ルートはよく整備されており、歩くのにストレスはない。

それにしても、変化のない景色だ。

「こんな場所を撮って、どうするのかね」

倉持は心の中でつぶやいた。

稲子湯からみどり池までは二時間十五分。半分ほど来たことになる。もう半分と取るべきか、まだ半分と取るべきか。

カメラを持って立ち上がる。

機械的にカメラを構え、歩を進めていく倉持であったが、風景は少しずつ変化を見せ始めた。この時期、わずかな標高の差で、葉の色は変わる。ふと気がつくと、周囲は黄金色に染まっていた。高くそびえるカラマツには、黄色くなった葉が茂っている。そこに秋の日が当たり、黄金の色を放っているのだった。

「ほう」

倉持はカメラを上方に向け、思わぬ出会いを記録する。

さらに進むと、勾配が急となり、木々の密度も濃くなっていく。歩き始めて一時間半。ペースを摑んだせいか、息づかいもさっきより楽になっている。カメラを持つ右腕の疲れも、ほとんど感じない。

落ち葉が敷き詰められた道を行くと、視界が徐々に開け、小屋の屋根が見えてくる。しらびそ小屋だ。その先には、みどり池の姿があった。大きさはそれほどでもないが、山歩きの後に忽然と現れる神秘的な池の姿には、思わず見惚れてしまう。水は澄んでいるが、藻や苔によって、その名の通り、みどり色に見える。ぐるりを原生林に囲まれ、水面には、遥か彼方にそびえる天狗岳の姿が映りこんでいた。

池畔に建つしらびそ小屋は、山間にひっそりと佇む、といった表現がぴったりの風情ある造りだった。小屋の前のベンチに座り、倉持はみどり池にカメラを向け続ける。依頼主の老人も、かつてこの場所で池を眺めたのだ。老人は山に登ったことにより何かが変わり、人生が好転したと語った。それはタイミングがもたらした偶然にすぎないと考える倉持であったが、静寂の中、この風景を眺めていると、老人の言葉にも一理あるように思えてくる。できるのなら、死期の迫る老人に、もう一度、この光景を直接、見せてやりたいものだ。倉持は夢中になってカメラを回し続けた。

「あっちに……いますよ」

ふいに声をかけられた。日よけ用のキャップを目深(まぶか)にかぶった初老の男性であった。淡いグリーンのシャツにベージュのパンツ。軽登山靴はかなり使いこまれており、右側の靴(くつ)紐(ひも)は今にも切れそうだ。

撮影に集中していた倉持は、男の言葉が聞き取れず、怪訝(けげん)な顔のまま、初対面同士、気まずく向き合うこととなった。

男は穏(おだ)やかに微笑(ほほえ)みながら、小屋と池の間にある切り株を指さす。見れば、野生のリスが、森で見つけたのだろう木の実を、一心不乱に齧(かじ)っている。

「ほら、リス」

カメラで撮れと促(うなが)しているのだ。倉持は言われるがまま、リスにレンズを向ける。

しらびそ小屋に人影はなく、池畔にいるのは、倉持と初老の男だけのようだった。リスは誰に邪魔されることもなく、同じ切り株の上で餌(えさ)を食している。風が吹き、森の葉がざわざわと揺れた。その気配に、リスははっと顔を上げ、首を伸ばす。やがて、大きな尻尾(しっぽ)をこちらに向けると、チョロチョロと愛らしい仕草を見せながら、切り株の向こうに姿を消した。

「いい画(え)が撮れましたかな」

男は我がことのように、満足そうだ。

「ええ」

　カメラについている液晶画面で、リスの映像を再生する。それをのぞきこみ、男は日を細めてうなずいた。

「かわいいもんだ」

　小屋周辺にリスが出没することは、ガイドブックなどで知っていた。この映像は、ちょっとした土産になるだろう。

　倉持はいったんカメラを切る。男は話し相手が欲しいのか、傍を離れようとはしない。

「ずいぶん、熱心に撮られていましたね」

「ええ。友人に見せようと思いまして」

「ほう」

「一緒に来る予定だったのですが、体調を崩したものですから」

「おやおや、それはお気の毒に」

「せめて、映像だけでも見せてやろうと思いましてね」

「そうですか。しかし、余計なことかもしれませんが、それは逆効果ではありませんか?」

「と言いますと?」

「そのご友人は登りたかったのに、登れなかった。忸怩(じくじ)たる思いでいるときに、あなたが楽しそうにやって来て、山の映像を見せる。ご友人としては、くやしさ、やるせなさが募(つの)

るだけなのではないですか」

　思わぬ反論に遭い、倉持は返答に窮した。来られなくなった友人のため、という言い訳は、事前に用意しておいたものだ。依頼内容を考えれば、まったくの嘘ではない、というのがミソである。皆、それで納得するであろうと思っていたのだが……。

　男はキャップを取ると、困ったような表情を浮かべ、言った。

「いや、これは失礼なことを。申し訳ない、つい……」

「いや、あなたのおっしゃることも、もっともだ。ですが……」

「どうか気にせんでください。実は、私も昔、同じような経験をしたことがありましてね。所属していた山岳会の面々で、槍ヶ岳へ行く計画をたてていたのですが、出発直前になって、身内に不幸がありましてな。私だけ、行けなかったのです。その後、山に行ったメンバーたちが、私のために上映会を開くと言いだしましてね。向こうはよかれと思ってやったことなのだろうが、皆が楽しそうに登る様をえんえんと見せられるのは、何とも辛いものでしたよ」

「そうですか……そんなことが」

　倉持はカメラを手にしたまま、うなずく。

「まあ、感じ方は人それぞれだ。私は人間がひねくれているものでね」

「今日はどちらまで?」

話題を変えるべく、倉持はきいた。

「このまま稲子湯へ下って、帰ります。昨日、唐沢鉱泉から入って、黒百合ヒュッテに泊まりました。日帰りコースを二日かけて歩く、のんびり山行ですわ。同じ唐沢に下るのもつまらんので、稲子湯でひとっ風呂浴びて戻ろうかとね」

「それはいい。山はのんびり行くのに限りますよ」

「急ぎたくてもね」

男は自分の太ももをポンと強く叩いた。

「こっちが言うことを聞いてくれませんわ。私は小屋でコーヒーを飲んでいきますが、いかがですか、ご一緒に」

「いえ、せっかくですが、先を急ぎたいもので」

「判りました。お気をつけて」

「お気をつけて」

男は丁寧にお辞儀をすると、一人、小屋の中へと消えて行った。

再び一人になった倉持は、何となく落ち着かない気分になる。あの男の言葉がしこりとなって沈殿し、心地が悪い。男はなぜ、あんなことを言ったのか。あれは、自らの体験に基づく、ただの失言だったのだろうか。

倉持はかつて、探偵事務所で働いていたことがある。そのときの経験が、今、微かな警告を発していた。

池畔を外れ、再び登山道に入る。その直前で足を止め、振り返った。小屋が木々の合間に小さく見える。こちらに面した窓も黒いだけで、中まで見ることはできない。それでも、倉持はこちらをうかがう視線を感じ取っていた。あの男だ。あの男がこちらを見ている。

倉持はそのままの姿勢で、しばらく小屋を見つめていた。その様子は、向こうからも見えているはずだ。

あんたが示したのは、ただの好奇心なのか。それとも……。取り越し苦労であることを祈りつつ、視線を外す。

五分ほどその場に佇んだ後、歩き始めた。カメラを作動させ、今一度、みどり池の全景をおさめる。

そこから、本日の宿泊地、本沢温泉までのコースタイムは一時間となっている。緊張が倉持の足を速(はや)めていた。整備された木道の上を進み、幅のある整備の行き届いた登山道に入る。運動靴でも充分に歩けるほどだ。樹林の中の代(か)わり映(ば)えのしない景色を適当に撮影しながら、倉持は先を急いだ。

登るにつれカラマツ林の黄葉は濃さをまし、西に傾(かたむ)き始めた日差しに染め上げられていく。キラキラと輝く黄金色の中に、ところどころ、山紅葉(やまもみじ)の赤が混じる。みどり池での男との出会いも忘れ、いつしか倉持は純粋に山歩きを楽しんでいた。

広くなだらかな道を、秋にしてはきつい日差しを浴びながら歩く。みどり池を出てちょうど四十分、本沢温泉が姿を見せた。休息のできる広場をコの字に囲むようにして、木造二階建てのロッジが建っている。創業は百三十年以上前というから、積み重ねた歴史は、倉持の想像を超えている。とはいえ、小屋の外観に古びた様子もなく、まるで山間の温泉旅館にでも来たような趣（おもむき）である。小屋前の広場では、六人のグループが菓子を広げて談笑している。これから稲子湯方面に下山するようだ。

倉持は少し離れたところにザックを置き、小屋全体をカメラにおさめる。グループの視線を背中に感じつつも、そのまま撮り続ける。黄色の葉が、小屋の屋根に覆（おお）い被（かぶ）さるようにして茂っている。日を浴びながらハラハラと散るさまは、言葉にできない美しさだ。

まもなく、六人のグループも連れだって下山していった。残ったのは、倉持一人である。時刻はまだ午後二時過ぎだ。ここには、標高二一五〇メートル、日本最高所の野天（のてん）風呂がある。野天であるから、当然、脱衣所なども何もない。かつて登ったときは、パーティに女性もおり、入るのを断念した。話の種（たね）に入ってみるかとも思ったが、昨夜から今朝にかけてほとんど眠っておらず、じわじわと疲労感が押し寄せている。

倉持は部屋に入ることにし、小屋の受付に向かった。

閑散期（かんさんき）ということもあり、四人は泊まれるであろう二階の個室に通された。泊まり客はほかに数組、テント客はいないようだった。

　小屋の中でまでカメラを回すのは憚られたので、電源を落とす。それだけで、微かな解放感があった。窓からは、うっそうとしたカラマツ林と青い空がのぞめる。階下で時おり足音がする程度で、辺りは静寂に包まれていた。

　十五分ほどぼんやりした後、小屋の中にある温泉につかることにした。財布と携帯だけ持って部屋を出た。小屋は増改築のためか、迷路のように入り組んでいる。まず一階に下り、廊下を進んだ先に、さらに階下へと続く階段がある。山の傾斜に沿って作られた渡り廊下の先を少し進んだところが、男湯だ。湯はかなり熱く、冷えた体には堪える。足先からゆっくりとつかっていくしかない。湯気に包まれた薄暗い風呂場は、歴史の重みもあり、どこか禍々しさすら覚える雰囲気だ。

　石けんなどは使えないため、体を洗うことはできないが、首まで湯に入り、五十を数えるころには、体の芯までが温まり、久しぶりの山行きによる疲労も、幾分、軽減されたようだった。

　部屋を空けた時間は、二十分ほどであっただろうか。手ぬぐい片手に戻った倉持は、敷居の手前で足を止めた。

　荷物の位置が、違っている。いや、位置は変わっていない。ザックの皺、ベルトのたるみ具合、そんな細かな部分に、引っかかりを覚えるのだ。探偵をしていたときの癖で、そうしたことには神経を使うようになっていた。部屋を出るとき、中の様子を写真のように頭に焼きつけるのだ。

倉持は自分の携帯で、室内の写真を撮った。念のためだ。その後、部屋に入り、荷物をあらためた。なくなっているものはない。ここにあるのは、登山用具一式、記録用のメモ、筆記用具、着替えくらいのものだ。携帯は脱衣所に持っていったし、カメラは受付カウンターに預けておいたのだった。相手が何を求めていたのかは判らないが、めぼしいものは何一つなかったに違いない。

倉持は一階に下り、受付にいる女性に尋ねた。

「今、部屋の掃除とかしましたか?」

女性はきょとんとした顔で、首を左右に振った。

「いいえ。こんな時間に掃除なんかしません。あの、どうかされたんですか?」

「いや、別に何でもないんだ。そうそう、預けておいたカメラなんだけど……」

「はい、今、こっちで充電しているところです」

「ごめん、すぐに確認しなくちゃならないことができたんだ。返してもらってもいいかな」

「ええ、もちろん」

女性の手からカメラを受け取り、部屋に戻った。従業員が入っていないとなると、いよいよ侵入者の存在が真実味を帯びてくる。

倉持はカメラの映像を駆け足で再生してみる。何もおかしなところはない。出入りの激しい受付の脇に置かれていたカメラだ。さすがに手をだすことはできなかったのだろう。

いったい、何者なんだ。

まず脳裏（のうり）に浮かんだのは、しらびそ小屋で出会った、初老の男だ。稲子湯に下りると言っていたが、もしかすると、こちらの後を追い、付近に潜伏（せんぷく）しているのかもしれない。

倉持はそんな空想に苦笑する。

何の証拠も根拠もないことだ。あの男はただの登山者で、たまたま、あの場所、あの時間に、倉持とすれ違ったに過ぎない。

先入観を捨て、状況を分析してみる。頭は空転するばかりだった。

ただ一つ明らかなのは、倉持の周りで何かが動き始めていることだった。

右手に持ったカメラを見る。

「止めておくべきだったかな」

商店街の片隅で煙草を吸いながら笑う、山本の顔が思い浮かんだ。

二

東京駅にほど近いホテルの最上階に部屋を取り、すでに二日が過ぎていた。シャワーを浴び終えた深江は、窓からの風景を眺める。東京タワーから皇居までが一望できた。

この部屋を取ってくれたのは、あの儀藤という小男だ。自由に使ってくれてかまわない——そう言い残し、深江の前から消えた。

米粒のような車を見下ろしながら、儀藤から支給された携帯を確認する。連絡は何もなかった。深江への信頼の証(あかし)なのか、それとも、単に報告すべきことがないだけなのか。

おそらく後者だろう。警察の捜査も暗礁(あんしょう)に乗り上げているに違いない。

被害者の身元までは突き止められたものの、そこで糸が途切(とぎ)れたのだ。事件前の行動を摑むことができず、捜査員たちも面食(めんく)らっているに違いない。

一場良平はプロだ。それも日本の警察官たちの及びもつかぬ修羅場(しゅらば)をくぐり抜けてきた男でもある。簡単に足取りを手繰(たぐ)られるような真似(まね)はしないだろう。

こちらから動いても限界がある。

深江はネットにも繋がず、電話もかけず、昼間は部屋に閉じこもり、本を読んで過ごした。食事もすべてルームサービスだ。交通量の少なくなる深夜、ウェアに着替え、皇居周辺をランニングした。さらに、ホテルにあるトレーニングルームでたっぷりと汗を流す。そのまま部屋に戻り、シャワーを浴びて寝る。ラウンジやバーにも、いっさい顔をださない。

　こちらから動いても無駄であるなら、向こうを動かせばいい。動かざるを得ないようにしてやればいい。

　儀藤の言う「霧」という殺し屋が実在するのかどうか確証はないが、いずれにせよ、一場殺しについて、深江は自分なりの解析を行っていた。

もし「霧」が儀藤の評価通りであれば、一場殺しは杜撰過ぎると言える。深江が「霧」の立場であったなら、あのような場所で攻撃をしかけたりはしない。自分より劣るとはいえ、ターゲットに真正面からぶつかるなど、愚の骨頂だ。「霧」はそれを行い、凶器の手ぬぐいを現場に残したのみならず、死体そのものも容易に発見させている。深江なら、死体の始末まで考え、よりよい場所を選定しただろう。あれは二流、三流の殺しである。一方で、儀藤の「霧」に対する評価は高い。実績もかなりあるようだ。

　考えられることは一つ。一場殺しは見せしめであり、本当のターゲットは、さらに奥にいるということだ。もっとも頼りになるとされる男を苦もなく倒せば、ターゲットが抱くであろう恐怖感は計り知れない。現場に残した手ぬぐいにも、意味があるに違いない。深江たちには判らずとも、ターゲットが耳にすればぴんとくる何かがだ。これは、自信の表れにほかならない。このような真似をすれば、ターゲット側はさらに防備を固め、「霧」を待ち受けることになる。それを簡単に打ち破れる自信が、「霧」にはあることになる。

そこで問題となるのは、「霧」のターゲットが誰であるのかだ。そこらのチンピラであるはずもない。一場を雇ったのは、「霧」に自分が狙われていると知ったからだろう。ターゲットは、「霧」の動きを掴むだけの情報網を持ち、プロを雇えるだけのコネと財力がある人物だ。

そして、この一両日で、完全に姿をくらました人物でもある。今ごろは外界との接触を断ち、いずこかで警備に守られながら、過ごしているに違いない。

それだけの条件に当てはまる人物を探しだすことは、不可能ではないだろう。儀藤を使えば、さらに容易である。

それでも深江は、あえてそれをしなかった。人を使えば、それだけ漏れる確率も上がる。無論、警察の捜査責任者である日塔の耳にも入る。今はなるべく邪魔はされたくない。

そして、深江が単独行動を取る理由はもう一つあった。監視者が張りついていることだ。儀藤と共に殺人現場を訪れ、帰路についたときから、すでに気づいていた。それなりの尾行テクニックは持ち合わせているようだが、深江を相手とするには、技術不足だった。深江は逆に尾行者の様子を観察しつつ、相手の出方を待っていた。

着替えをすませたとき、ドアが軽くノックされた。午前七時。朝食が届くいつもの時間だ。

ロックを外し、ドアを開けた。男が三人、押し入ってきた。先頭の男は銃を持ち、深江の鼻先に突きつける。スミス&ウェッソンM36回転式拳銃だ。銃身が短く、室内でも使いやすい。手を上げようとした深江を、残る二人が両側から押さえつけ、床に引きずり倒した。深江は抵抗をせず、されるがままに任せた。

男たちは派手な柄のシャツにジーンズという出で立ちで、海外からの旅行者を装っていたようだ。皆、身長は一九〇センチ近くあり、しなやかな筋肉に全身が包まれている。サイドテーブルにあった椅子が引きだされ、そこに座らされた。両肩を男二人に押さえつけられ、正面にM36を手にしたリーダー格と思われる男が立つ。

「ずいぶんと大人しいんだな。もっと抵抗されるかと思っていた」

「これはいったい、何の真似だ？　何かの間違いじゃないのか」

「この期に及んで、おとぼけは止めようや。こんな目に遭って、これだけ冷静なヤツは滅多にいるもんじゃない。おまえ、何者だ？」

「何者って、ただの旅行者だ」

男が深江の頬を張った。軽く打ったように見えて、手首のスナップが効いており、相当に痛い。下手をすれば、奥歯が飛ぶ。

「ただの旅行者がどうして殺人現場に行く？」

やはり、一場殺しの現場を見張っていたのか。そこに現れた奇妙な男として、深江はリストに載ったのだ。

「あんたらに話をすることはない」

もう一発食らうかと思ったが、男は薄笑いを浮かべ、祈るようなポーズで、銃を深江の額に押しつけた。

「悪いがこっちにも暇がないんだ。そんな態度だと、手加減できない」

言葉とは逆に、男はこの場を楽しんでいる。深江には判った。男は抵抗できない相手をいたぶるのが楽しくて仕方ないようだった。今までに、何人もの悲鳴をその耳に刻んできたに違いない。中には命乞いもあっただろう。

深江は言った。

「それは俺の方だって同じことさ。一刻も早く、あの一場とかいう男の背後関係を洗わないと手遅れになる。どうせなら、もう少し、早く来てもらいたかったな」

三人の男は、反射的に顔を見合わせる。深江の言葉は耳に届いているが、その意味をまだ理解できないでいる。

そんな中で、いち早く動いたのは、やはり銃の男だった。銃口を押しつけたまま、鼻と鼻がくっつきそうな距離で、言った。

「やはりおまえは警察関係者か。手間がはぶけた。おまえの知っていることを言え」

「言ってどうする?」

「おまえの心配することじゃない」

「だとすれば、人選を誤ったな。俺は捜査関係の情報など何も知らない」

「何を今さら」

カチリと金属音がして、耳たぶに冷たいものが押しつけられた。右に立つ男が、手慣れた様子で、コンバットナイフの切っ先を押しつけていた。

「銃にナイフか、用意がいいんだな」

「自分の立場をよく考えろ」

「ここはホテルだぞ。白昼堂々と言いたいが、まだ昼にすらなっていない。この部屋を俺の血で染めたら、あんたらもタダでは済まない」

「承知している。ことはそれだけ切迫してる……おおっと、俺たちの心配はいいから、自分の心配をしろ」

「俺が知りたいのは、あんたの雇い主の名前と居所だ。一場というリーダーを失って、おまえたちは今もパニック状態にある。そして、おまえたちの雇い主は、一場がなぜ、どうやって殺されたのか、知りたくて仕方がない。だが、警察の捜査は遅々として進まない。そんなとき、網に引っかかったのが俺だ。本来なら、もっと時間をかけて身辺を探るべきなんだろうが、そんな余裕はない。何しろ、おまえたちの雇い主は『霧』に狙われているんだから。手っ取り早く押し入って正体を確かめろ。何か情報を握っているのなら、それを引きだせ。手段を選ぶな。情報を取れるのなら、死んでもかまわない。そんなやり取りが、あったんじゃないのか？」

銃を持った男は二歩後退し、二人の間には適当な距離が生まれていた。顔には、好奇心と畏（おそ）れの入り交じった表情が浮かんでいる。薄気味の悪い男ではあるが、自分は絶対的な優位にある――そう信じている男の顔だった。

深江は、両肩の力を抜く。それまで、力任せに押さえつけていた両側の男は、バランスを崩した。ナイフを突きつけている男の手首を摑み、捻る。ナイフを握り締めたまま、男の巨体が宙を舞う。床に叩きつけると同時に、手刀で喉を打った。申し訳ないが、生死の手加減をしている余裕はなかった。

動きを止めた男をまたぎ越し、もう一人の男に向かう。視界の端では、銃の位置を確認していた。M36を持った男は、まだ完全に状況を把握していない。銃口は意思とは関係なく、無意味に動き回っていた。

男の右足を踵（かかと）で踏みつけた。激痛による叫びが始まる前に、背後に回る。そのまま、両腕を使って首を絞めた。相手はまったく抵抗できなかった。両腕がだらんと垂（た）れ下がり、口からは汚物と泡が噴（ふ）きだした。

深江は男の体を盾代わりにして、銃口と向き合っていた。

最後の男は、それでも何とか現状を把握し始めていた。圧倒的に有利な状況が五分と五分にまで引き下げられたことを、認めていた。息を整え、両腕で銃を構えている。巨漢を盾にしているとはいえ、深江の体すべてを隠すことはできない。

二人の距離は約二メートルだ。銃口はやや下方向に向いている。頭や胴体は狙えないが、膝から下を完全に隠しきることは難しい。男はそのことに気づいていた。

「すげえ腕だな。この二人が負けたところ、初めて見たぜ」

「加減ができなくて申し訳ないな。命は助かると思うが」

「こんな仕事をしているんだ。仕方ないさ」

「で、おまえはどうなんだ？　覚悟はできているのか？」

男は首を左右に振る。

「覚悟なんてものは、負けるヤツがするもんさ」

「ならば、今のおまえに必要な唯一のものは、その覚悟だ」

「ほざいてろ。すぐにおまえの膝を砕いてやるぜ」

「いいのか？　銃声で大騒ぎになるぞ」

「銃声を聞いたヤツが一一〇番を押すころには、こちらの聞きたいことは聞きだせているはずだ。おまえは、大声でこちらの質問に答えるんだ。泣きながらな」

男は本気だった。しかも、膝など最初(はな)から狙う気などないようだ。銃口が少し上がり、腹のあたりに狙いを定めた。盾の男ごと、深江を撃(う)つつもりだ。

「それで、自分を守っているつもりか？」

「止(や)めておけ。M36にそこまでの威力はない。それに、おまえは一つ、忘れていることがある。さっき、俺に突きつけていたナイフは、どこにいった？」

男の目が見開かれた。深江は右腕の付け根を狙って、奪い取ったナイフを投げる。切っ先は狙い通りの位置に、深々と刺さった。盾にしていた男を押しだして踏みだすと、銃を握る相手の右腕を押さえた。暴発を防ぐためだ。空いた手でポケットからハンカチをだす。それを丸め、大きく開かれた男の口に押しこむ。銃を奪い取り、床で悶絶(もんぜつ)している男の額に銃口を押しつけた。

「大人しく質問に答えるか？」

男は頭を左右に振った。噴き出た脂汗(あぶらあせ)が飛び散る。

左足で男の右肩から突きだしているナイフのハンドルを踏みつけた。甲高(かんだか)い悲鳴が、ハンカチに吸収され、海原(うなばら)遥かから聞こえてくる霧笛(むてき)のような音になった。

深江は言った。

「おまえたちの雇い主の名前を言え。現在の居場所もだ」

口のハンカチを引っぱりだす。男は涎(よだれ)を垂らしながら、大きく嘔吐(えず)いた。胸ぐらを摑み上げ、視線を合わせる。

「どうだ？　覚悟はできたのか？」

相手の目に、もはや戦意はない。銃をベッドの下に滑らせる。優位性を保つ唯一の武器が手を離れ、男は痛みに顔を顰めながら、うなだれるだけだった。

深江は髪を摑み、顔を無理やり引き上げると、質問を繰り返した。

「雇い主と居場所だ」

「雇い主は須賀宝正。二日前までは、奥多摩の隠れ家にいた。連絡は先方からの一方通行だ。連絡先は知らない。ただ、昨日から定時連絡を含め、一度も連絡はない」

深江は「隠れ家」の住所を聞きだすと、男を床に寝かせ、立ち上がった。

「な、なあ、せめて救急車呼んでくれよ」

「呼ぶのはかまわんが、この状況をどう説明する？」

「……いや、それは……」

「自分で処理するんだな。気づかれないように、二人のお仲間を運びだし、姿を消せ」

男は肩に刺さったナイフに目をやりつつ、声を裏返らせた。

「ど、どうやって」

「自分で考えろ」

「そ、そんな……」

深江は倒れている男の横に、ルームキーであるカードを投げた。

「そうやって、今まで、何人泣かせてきた？　今度はおまえが泣く番だ」

深江は部屋を出る。男は何かを叫んでいたが、ドアを閉めると、何も聞こえなくなった。


ナビを頼りに、深江は車を奥多摩の山間へと走らせた。車は、あの三人組が使っていたものを拝借した。深江の立場では、レンタカーを借りるわけにもいかず、だからといって、儀藤に頼りたくはない。

あの三人とは、二日にわたって行動を共にした仲だ。向こうはこちらを監視していたつもりだろうが、こちらもたっぷりと観察させてもらった。車の種類、色、駐めている場所に至るまで、把握していた。

都内からここまで、法定速度を守り、目立たぬよう行動してきた。それも、この辺りで終わりのようだ。

深江の眼前には、「私有地につき立入禁止」と表示された鉄製のゲートが立ちふさがっていた。

奥多摩駅から二十分ほど、集落もなくなり、辺りは鬱蒼とした雑木林である。道は一本道。隠れ家の屋敷は、小高い山の頂上にあった。

防御能力の高い屋敷を建てるのであれば、最適の場所だ。山の頂上にあるため、三六〇度の監視が可能である。人工物が皆無で、敵の発見も容易だ。一本道なので、攻め入られた場合の迎撃が容易――等々。

ゲートの上には監視カメラがあり、道の先には警備員の詰め所があった。

深江はカメラの死角に車を駐めると、道に下り立った。伸縮性に富んだ黒のウェアを着こみ、靴はゴム底のスニーカーに履き替えた。

道を外れ、山の斜面に潜りこむ。枯れ枝や落ち葉の重なる斜面を、いつものように、這い上がっていく。すぐに、鋼鉄製のフェンスに突き当たった。山の周りを囲んでいるようだ。高さは二メートル。深江の身体能力をもってすれば、簡単に乗り越えられる。ワイヤーを切り裂き、そこから侵入する手もあったが、どちらも却下した。電流が流れている可能性があったからだ。

フェンス際に生えている適当な木に当たりをつけ、登った。フェンスを越える高さに達すると、枝を足がかりにして、飛ぶ。

フェンスを乗り越え、落下する。着地直前に体を丸め、激突のショックを和らげた。葉のかさかさという音が響いたが、発見された様子はない。その場に足を止めることなく、深江は屋敷がある方向へと、斜面を小走りに登っていった。

斜面は下草が生い茂り、労せずに身を隠すことができた。

フェンス脇の木といい、下草といい、警備は杜撰と言うよりなかった。これでは、多少心得のある者ならば、あっという間に潜入できてしまう。

深江はいったん足を止め、周囲をうかがった。

静かすぎる。

人の気配がまったくしない。時刻は午後二時を過ぎたところだ。まだ日は高いが、山深い一帯は、すでに薄暗さを増している。

深江は思いきって、屋敷に通じる一本道へと近づいていった。すでに敷地のかなり奥にまで入りこんでいる。警備員に出くわしたとしても、すぐに沈黙させられるはずだ。

姿勢を低く保ちつつ、舗装された道に出る。道幅は思っていたより広い。緩いカーブを描きつつ、屋敷の正面玄関に続いているようだ。

物音に注意を払いながら、深江は道の真ん中を走り抜けた。

屋敷は古びた洋館だった。観音開きの玄関扉の前に、黒い車が一台、駐まっている。警備に当たる者の姿は見えず、窓の明かりもすべて消えていた。

深江はもはや身を隠すこともせず、堂々と屋敷に向かって歩いて行く。

駐まっている車の運転席ではこめかみを撃ち抜かれた男が、ハンドルに覆い被さって絶命している。窓を開け、煙草でも吸っていたところを忍び寄って来た者に、射たれたのだろう。傷口から見て、使われた銃は四五口径。サイレンサー付きのコルトガバメントといったところか。深江は薬莢を捜し、車の周囲を見た。それらしきものはない。恐らく、犯人が回収したのだろう。身を起こした深江は玄関を振り返る。ドアはわずかに開いていた。

中に入ると、埃っぽい空気の中に、深江にとってなじみ深い臭いが漂っていた。血の臭い、死の臭いだ。

玄関ホールは吹き抜けで、真正面に二階へと上がる階段がある。天井から下がるのは、シャンデリアだ。階段の中ほどに、男が二人、仰向けに倒れていた。一人は背広姿で、眉間を射ち抜かれていた。玄関からの侵入者に真正面から一発、食らったのだ。傍らにはショットガンが転がっている。男が持っていたものだろう。使う暇もなかったということか。

もう一人はなぜか下着しか身につけていなかった。首に紫色の痣が浮きだしている。一場の死体と同じ痕跡だ。侵入者は一人を射殺し、もう一人に銃を向け、服を脱ぐよう命じた。脱いだところを背後に回り、絞殺した。容赦ない、的確な行動だった。

階段を上りきると、左右に廊下が延びている。明かりはすべて消えており、窓から差しこむわずかな光が頼りだ。長らく手入れもされていなかったのだろう、床の絨毯は埃で灰色となり、窓ガラスもすすけている。

深江は足を速め、廊下を進んでいった。洋館は二階建てで、真ん中に中庭のある正方形、つまり、漢字の口の字形をしている。深江が進む廊下は向かって右側が窓、左側は各部屋のドアが並ぶ。

深江はドアの一つ一つを素早く開き、中を確認していった。ほとんどの部屋は空っぽで、蜘蛛の巣と埃が舞うだけの空間だった。たまに、ベッドと椅子、テーブルなどが隅に押しこめられているものもある。

一周し階段のところに戻って来た。人の気配はおろか、死体一つない。埃の状態などから見ても、最近、二階を使用した形跡は皆無だった。

「下か……」

階段を下りると、その裏に回った。ドアがあり、その先は物置になっていた。埃にまみれた古雑誌や古新聞の束、モップやバケツなどの掃除用具が壁に沿って並べられている。

深江は床の一隅に目を留めると、ため息をつく。一部の埃の付き方が、不自然に見えた。片膝をつき、その部分を調べる。床と壁のわずかな隙間に手応えがあった。スイッチのようだ。力を加えると、床の一部が開き、地下へと下りる階段が現れた。

子供だましだ。

苦笑しながらステップを下りると、ぼんやりとした明かりが見えた。石造りの通路に、裸電球がぶら下がっている。幅は狭く、人一人がやっと通れるほどだ。通路は五メートルほど続き、八畳ほどの部屋に出た。コンクリート剝きだしの床に、男が三人、折り重なって倒れている。全員、俯せだ。一人は首の骨を折られ、残る二人は首を撃たれている。血だまりが部屋の半分ほどを占拠し、奥の壁には二人分の血しぶきがふりかかり、斑の模様を作っていた。腰のホルスターを確認すると、三人ともグロックを所持していた。玄関の男同様、応戦する間もなく片づけられてしまったようだ。

深江は侵入者の行動を考える。階段のところにあった下着だけの死体。脱がした服を侵入者は身につけたのだろう。そして、仲間を装い、狭い地下通路を抜け、この部屋に入った。出入口あたりで、真っ先に正体に気づいた一人の首を折り、間髪を容れず、残り二人を射殺した――そんなところだろう。

さて問題はこの部屋だ。家具調度も何もなく、扉もない。

深江が目に留めたのは、奥の壁に広がる血しぶきだった。よく見ると、模様に規則性がある。それとなく探ると、やはり、隠し扉があった。扉の部分を強く押せば、奥に向かって開くようになっている。

侵入者は、犠牲者の血で答えを導きだしていったのだ。その残虐さ、冷徹さは、深江ですら、思わず慄然とする。

ドアの向こうには予想した光景が広がっていた。三畳ほどの石牢のような部屋に、男が倒れている。奥の壁に背中をつけ、床に尻餅をついているような体勢だ。額の真ん中に銃創があり、ひと筋の血が鼻から口、顎にかけて流れ落ち、黒い血だまりを腹のあたりに作っていた。弾丸が抜けた後頭部は悲惨な状態であり、脳漿(のうしょう)や血、骨片(こっぺん)で壁と一体化している。被害者の股間には失禁の跡もあった。侵入者から少しでも離れようと、奥の壁に身をはりつかせ、そのままずるずると座りこみ、最後には命乞いもしたのだろう。

血の飛び散り具合などから見て、被害者は頭部に二、三発の銃弾を受けている。しかし、銃創は一箇所のみ。犯人はまったく同じところに数発、瞬時に叩きこんでいる。相当な腕前だ。

確証はないが、死体は須賀宝正と見て間違いないだろう。濃い血の臭いの中を進み、地上に戻る。

通話可能であることを確認し、深江は儀藤に携帯をかけた。

「深江だ。一場の雇い主を見つけた」

深江は玄関ホールの階段に腰を下ろす。

この調子だと、解放されるのは、明日の朝になりそうだ。深江は目を閉じた。

第三章　天狗岳（てんぐだけ）

一

携帯の震動で、目が覚めた。午前四時、辺りはまだ薄暗い。二枚重ねにしていた布団の中で、倉持は大きく伸びをした。個室に一人という贅沢（ぜいたく）を味わったまではよかったが、夕刻から夜半にかけての冷えこみは予想以上だった。部屋の空気はしんしんと冷え、小屋の人が廊下に用意してくれたストーブも、ほとんど効き目がなかった。

午後九時に布団に入ったものの、侵入者の件が気になって、眠りにはつけなかった。皆が寝静まるのを待ち、再び、やって来るのではないか。そんな恐怖がつきまとい、神経を鋭くさせていった。しかし、昼間の疲れのせいもあり、零（れい）時を回るころには、完全に寝入ってしまった。そのまま、朝になるまで一度も目を覚ますことはなかった。もし何者かが侵入してきても、気づかなかったであろうし、危害を加えようと目論（もくろ）んでいたのなら、ひとたまりもなくやられていただろう。

倉持は苦笑する。

長い探偵稼業と、その後に続く、大して夢も希望もない生き方のため、自身のことさえ客観的に見る癖がついてしまった。

美しい場所ではあるが、こんなところで死にたくはないよな。

気を取り直して起き上がる。太ももからふくらはぎにかけて、若干（じゃっかん）の張りを感じる以外、疲労は完全に消えていた。

布団を畳み、荷物をまとめると、携帯でニュースサイトにアクセスした。天気予報を確認するためだ。まず画面に現れたのは、昨日のニュースの一覧だ。トップは、先日起きた駐車場での男性殺害事件だった。捜査は難航し、犯人の目処（めど）はついていないらしい。続いては、都内のホテルで、宿泊客が一名、行方不明になっているというものだった。フロアの泊まり客が、問題の部屋で人の争う声を聞いたとのことで、警察は何らかの事件に巻きこまれた可能性があるとして、行方を捜しているらしい。

何とも物騒（ぶっそう）な事件が続く。とはいえ、それはまた別の世界の話だ。倉持は天気を確認する。日本付近は移動性の高気圧圏内にあり、今日一日は好天が期待できるとのことだった。ここまで来て天気が崩れたら、すべてがご破算だ。ホッと胸をなでおろしつつ、携帯をしまう。

食堂で食事を手早く済ませると、精算し、外に出た。

昨日は倉持以外に泊まり客が二組だけ。顔を合わせたのは夕飯のときだったが、それぞれ離れた席に座っていたため、言葉を交わすこともなかった。一組は品のいい老夫婦、もう一組は中年女性の二人連れだった。朝食は倉持が一番のりであり、食べ終わってもなお、誰も下りては来なかった。

空は徐々に白み始めてはいるが、小屋の周囲にはまだ夜の気配が残っている。群青色に染め上がった空をバックに、カラマツの黄色が弱い風にざわついていた。壁にかかる温度計は三度を示している。

小屋の前の広場で、軽い準備体操をしていると、登山道の方からタオルを手にした中年の女性が二人やって来た。小屋に泊まった二人である。どうやら、この先にある野天風呂に入ってきたようだった。風呂上がりでも寒くないよう、厚手のパーカーを着こんでいる。

声をかけて来たのは、青のパーカーに黄色いタオルを下げた方だった。

「おはようございます。早いんですね」

「ええ。これから、天狗に登ってきます」

「快晴じゃない。いいなぁ。私たちは昨日、登ったんだけど、午前中は少し雲が残ってたの」

「今日はどちらへ？」

「稲子湯から下りるわ」

「お気をつけて」

「そちらも」

　彼女の隣に立つ、赤いジャンパーの女性はついに一言も発しなかった。二人とも五十絡みで、山慣れしている印象だった。あの二人が、あるいは二人の一方が、倉持の部屋に忍び入り、持ち物を漁る姿は想像しにくい。

　かといって、もう一組は、温和そうな老夫婦だ。こちらもまた、イメージには合わない。

　侵入者の件は、自分の思い違いであったか。

　このまま尻尾を巻いて下山する選択もできたが、倉持は今回の相棒、ハンディカムを手に、黒々とそびえる山の姿を見上げる。

　むろん、依頼を完遂することは、何でも屋としての義務だ。だがそれ以上に、この天気。ピークを目の前にして、ここで下山するなんて、バカじゃないか。

　倉持はカメラの電源を入れ、撮影を始める。

　まず出てくるのは、沢筋の大きく崩れた場所だ。対岸には黄葉したカラマツの林が広がる。五分ほど行った、沢側に少し下ったところに、野天風呂が見えた。長方形の風呂がポツンとあるだけの場所だ。脱衣所も目隠しも何もない。入るには男性でも若干の勇気が必要だ。湯は白濁しており、ふわふわと湯気が上がっている。なかなかの風情であり、倉持は昨日、入りに来なかったことを後悔した。

そこからはいよいよ、白砂新道と呼ばれるルートに入る。道はいったん元の樹林帯へと戻った後、かなりの急登にさしかかった。張りだした根っこと根っこの段差を、ところどころ、手も使って上がっていかねばならない。カメラが揺れすぎないよう注意を払いながら、慎重に登っていく。

時間をたっぷりとかけたため、その時点で、暑さを覚え始めた。出発前に着こんだパーカーの袖をまくる。斜面北側にはところどころ、霜柱が残っているが、日当たりのよいところは、かなり気温が上がってきている。

倉持は足を止め、パーカーを脱ぐ。シャツ一枚になるが、寒さは感じない。水筒の水を一口含み、再び歩き始める。

人の姿もなく、実に静かな山行きだ。山の混雑ぶりに嫌気がさし、少しずつ山から遠のくようになった倉持にとって、今回のような山行きは、まさに望んでいた通りのものだった。

頭上を覆う枝葉が少なくなり、森林限界が近いことを感じさせる。少しずつ広がりを見せる青空には雲一つなく、朝日の作る自分の長い影が、ルート上に延びていた。

見事な雲海の向こうには、アルプスの峰々をのぞむこともできる。

そこからは道がやや荒れ始め、岩と砂礫の、ある意味、八ヶ岳らしいルートとなる。危険と言えるほどの場所はないが、トラバースを強いられるところなどは、かなりの高度感であり、撮影を中断しなければならない箇所もあった。予定外の時間を費やし登りきった先は、根石岳と天狗岳への分岐点となる、白砂新道分岐だ。ここで、天狗岳から来る尾根を合わせる。

遮るものは何もない、白い砂礫が広がる美しい場所だった。目的である天狗岳も、間近に拝むことができる。真正面の遥か先には、御嶽山の姿もあった。

吹きさらしの場所であるので、当然、風が強い。防風のためのジャンパーをはおり、天狗岳はむろん、硫黄岳の勇姿もおさめた。

出発からここまでに要した時間は、きっかり二時間。撮影に費やした分を差し引けば、そこそこいいペースだ。

西天狗と東天狗、ゆったりとした双子のようなピークに向かい、倉持はカメラを持ったまま登っていく。

東天狗には、数人の人影が見えた。早朝、黒百合ヒュッテなどを出発した人々だろう。

遠目にはなだらかに見えたルートだが、いざ近づいてみると、岩の激しい凹凸により、かなり険しい道のりであることが判った。途中、短い鉄製のハシゴがかかった場所もある。

思っていたほど、楽な道ではない。頭上からは太陽の強い光が当たり、首筋を汗がしたたり落ちた。

それでも、最初の目的地である東天狗はもう目の前だった。

倉持は足を止め、ここまで歩んできた道をカメラにおさめるべく、振り返った。白砂新道分岐の辺りを上から撮影する。そのとき、分岐手前の斜面に、人影らしきものが見えた。

すぐにカメラを離し、自分の目で確認するが、それらしいものは何もない。

撮影を中断し、液晶画面で今撮った部分を再生する。砂礫の開けた斜面に、何か黒いものが映っているのは、確認できた。ただ、それが人影であるのかどうかまでは、判らない。昨日の件が気になって、岩の影が人に見えただけか。

「あのう、どうかしました?」

声をかけてきたのは、若い男だった。その出で立ちを見て、倉持はぎょっとする。靴は履き古したスニーカーだ。着ているのは、Tシャツに薄でのシャツだけ。下は、下界で普通に見かけるベージュのチノパンだ。手に飲みかけのペットボトルを持っている以外、荷物はないようだった。

「その格好で、ここへ?」

「え？　そうだけど」

「寒く、ないか？」

「うーん、まあ、寒いっちゃ、寒いけど、それほどでも」

「どうやって、ここまで？」

「あんた、何言ってんの」

若者は大きな声で笑った。

「歩いてにきまってんじゃん」

「どこから、歩いてきた？」

「よく知らない。何とかって温泉。昨夜、車で麓に入ってさ。星見ながら、歩いてきた」

「その格好で、夜中に、山を歩いてきたのか？」

「ああ」

男が通ってきたのは、唐沢鉱泉から西尾根を登るコースだろう。整備されていて登りやすいとはいえ、素人が真夜中に歩き、何事もなくここまで来られたのは、奇跡に等しい。

男はぐるりと見渡しながら、言った。

「ここって、何ていう山？」

山小屋の主人、あるいは厳格な山男に知れたら、怒鳴りつけられるだけでは済まないだろう。首根っこを摑まれ、麓まで連行されるに違いない。

倉持はザックを下ろすと、行動食にと用意したゼリー状栄養食のパックを一つ、差しだした。

「飲め」

腹は空いていたのだろう、若者は目を輝かせ、パックに吸いついた。

「おおう、すげえ、吸収されんのが判るぅ」

「スマホ、持ってるか？」

ひと息でゼリーを飲み干した後、男は答えた。

「持ってっけど、バッテリー……」

ポケットから派手なケースに入ったスマートフォンを取りだし、タップする。

「おっと、大丈夫……って、ここ、繋がるんだ！」

「貸せ」

倉持は画面を操作し、山岳ルートを詳細に記したサイトをだす。天狗岳を検索し、唐沢鉱泉からのルートを表示した。

「いいか、この画面を頼りに下れば、駐車場に戻れる」

スマホを受け取った男は、画面を見て、奇声を上げる。

「うっわ、すげぇ、こんなこと、できるんだ」

「天気に感謝するんだな。雨でも降ってたら、おまえ、今ごろ凍死してるぞ」

「またまた。この時期に凍死はないっしょ。えっと、ここは……て・ん・ぐ岳？　あれえ、俺がさっき通ったところが、西天狗の頂上だったんだ。写真、撮っときゃよかったなぁ。で、ここが東天狗。へえ、頂上が二つあんだ」

気楽に笑う男をその場に残し、倉持は目前の東天狗のピークに向かって歩き始める。

男がすぐに追ってきた。

「ちょっとちょっと、もしよかったらさ、一緒に下りない？」

「悪いな。コースが違うんだ」

「いいじゃないかよ、コースくらい」

倉持は無視して、カメラを構え、撮影を再開した。最後の登りをゆっくりと進み、東天狗頂上に立つ。

硫黄岳をバックに指導標を映していると、男がじゃれつくように近づいてきた。

「あんた、カメラマンかい？」

倉持はため息まじりに、カメラを止める。

「まあな。仕事で撮影してるんだ。声が入ると、撮り直しになる。ちょっと黙っていてくれないか」

「あ、そう。悪かったよ」

男は案外素直に、後ろに下がった。だからといって、一人で下山する様子もない。じっと倉持を見ている。

かまわずカメラを回し、三六〇度の展望をおさめる。目の前の西天狗のピークとそこに続く尾根を映したところで、停止ボタンを押す。

男はその場に座り、ニヤニヤ笑いながら、倉持を見ている。

「おまえ、早く下山しろ。今から下りれば、少々、手間取っても、日のあるうちに下りられる」

「ねえ、あっちとこっち、どっちが高いの？」

「東天狗岳は二六四〇メートル、西天狗岳は二六四六メートル」

「ふーん」

きくだけきいて、答えにはさして興味もないようである。

「あー、でも気持ちいいなぁ。もう少し、ここにいたいよなぁ」

倉持は真顔に返り、相手に顔を近づけた。

「調子にのってんじゃないぞ。いいか、ここまでの無茶は見て見ぬふりをしてやる。だが、これ以上はダメだ。おまえはすぐに、下山するんだ。いいな」

「ええ？　でも……」

「いいな！」

「わ、判った、判ったよ」

口を尖らせながらも、倉持の剣幕は効いたようだった。倉持はチョコレートと飴を男のポケットにねじこみ、空になったペットボトルに、自分の水を半分、注いでやった。

「これでしのぐんだ。日没までには時間がある。それでも、油断するな。これだけの好天も今日までだ。明日からは崩れる。絶対に、今日中に下りろ。判ったな」

「判ったよ」

「それじゃあ、行け」

男はへらへらと力なく笑いながら、黒百合ヒュッテに向かう下山路を進み始める。あの調子なら、何とか大丈夫だろう。

こっちにはまだ西天狗登頂という仕事が待っているのだ。ザックを背負い直そうとしたとき、ルートの方から、声が聞こえてきた。

「あのぉ、ちょっと」

「まだ何かあるのか」

苛立ちをそのまま、声にだす。

男は岩稜帯の中を通るルートに立ち、こちらに向かって手を上げていた。

「名前、教えてよ。俺は落合孝」

落合は餌を待つ小動物のような目で、倉持の答えを待っている。

「倉持だ。月島で便利屋をやっている」

「倉持さんね。今日はありがと。じゃあ」

手を上げたまま、こちらに背を向け、おっかなびっくり、怪しい足取りで下りていく。

仕事まで教える必要があったのか。こんなことだから、商店街の連中からはお人好しだと、バカにされるのだ。

一方で、落合という何とも憎めない男が気に入ってもいた。ああいうバカもいないと、世の中、つまらないではないか。

再び一人となり、カメラを回す。東天狗からは一度、大きく下り、大きく登り返す。ピークとピークの間に、橋でもかけてくれよと、かつて山岳部の後輩がぼやいていたのを思いだした。

八時二十分に東天狗を出発。撮影との兼ね合いもあるが、ピークを前にすると気が逸り、ペースが上がる。急登に息が上がるが、無視して登り続けた。

八時三十五分、最終目的地である西天狗岳ピークに到着。東天狗とは違い、ピークはゆったりと広い。ぬかるみを避けながら、ピーク全体をカメラにおさめる。遥か彼方には北アルプス連峰、さらには南アルプス連峰も一望できる。槍と北岳山頂には、すでに雪がついていた。

雲海の切れ目からは、茅野の街並みや諏訪湖も見える。間近にそびえる赤岳、硫黄岳のゴツゴツとした黒い峰は、大迫力で倉持を圧倒する。

ひと通りの撮影を終えると、ピーク南側に腰を下ろし、ひと息ついた。仕事と割りきっての山行であるから、撮影を済ませたらすぐに下山するつもりでいた。

しかし、今この場をすぐに立ち去るのは惜しい。誰もいないピークで一人、登頂の余韻を楽しむことにした。

落合は天狗の鼻を過ぎ、岩稜帯を必死に下っているころだろうか。無事に着いてくれればいいが。

三十分ほどをピークで過ごし、腰を上げたところに、二人の登山者がやって来た。中年男女のペアだ。おそらく夫婦だろう。男性は山慣れしている様子で、疲れたふうもなく、絶景に目を奪われている。女性はストックをつき、呼吸も荒い。「西天狗岳」の標識を見ると、その場に座りこんでしまった。

男性は、大丈夫かと声をかけるでもなく、自分のカメラをだし、北アルプスの方角に向けシャッターを切り始めた。

「ホントにもう、勝手なんだから」

へたりこんだ女性は、傍にいる倉持に向かって、苦笑いしながら、つぶやいた。何と答えていいか判らず、会釈だけして、その場を離れる。

「ああ、ちょっと」

男性に呼び止められた。

「ご出発のところ、申し訳ないのだが、シャッターを押していただけませんか」

倉持はカメラを受け取る。

男性は妻と思(おぼ)しき女性の元に行き、仏頂面(ぶっちょうづら)のまま、手をさしのべた。女性は「はいはい」と相手の手を握る。二人は手を繋いだまま、ピークを示すプレートの前に立った。男性はむすっとしたまま、女性は満面の笑みだ。

撮影し、カメラを返す。

「ありがとうございました。今日はどちらから？」

「本沢温泉からです」

「さすが、若い方は足が違う。私どもは黒百合ヒュッテに泊まりましてね。やっとの思いで、ここまで来ました」

すべては、女性のことを考えてのペース配分なのだろう。

何となく微笑ましい気分で、倉持は西天狗を後にした。十五分の道のりを経(へ)て、再び東天狗だ。休息は取らず、そのまま、黒百合平(だいら)に向かってのルートに入る。背後から日を受けながら、段差の大きい岩だらけの坂を下っていく。

天狗の鼻と呼ばれる岩の脇を抜けると、前方には、荒涼(こうりょう)とした岩だらけの斜面が広がる。ルートはしっかりとついているが、岩の上を飛んで歩くような感じだ。カメラを構えていると、足元がおぼつかなくなる。ややペースを落とし、慎重に歩く。滑落(かつらく)するような場所ではないが、足をくじきでもすれば、大事（おおごと）だ。仕事と割りきった単独行であったが、それでも、いくつかの出会いがあった。みどり池で声をかけてきた男、本沢温泉で泊まり合わせた二組、忘れがたい落合、そして、ピークで出会った中年のペア。彼らの笑顔を思い描きながら、倉持は例の侵入者について考える。あれはやはり、気のせいであったのか。白砂新道分岐で見た、黒い人影もまたしかりだ。

倉持は中山峠に直接下りるルートではなく、天狗の奥庭（おくにわ）と呼ばれる西側のルートを辿った。時間的には東側を通った方が早いのだが、これも老人の指定である。やがて、黒百合ヒュッテの屋根が見え始めるころ、さきほどまで身を置いていた天狗岳は、逆光の中、黒々としたシルエットを見せるだけになっていた。

二

深江の扱いは、予想していたほど悪くなかった。第一容疑者として、取り調べを受けるくらいの覚悟はしていたのだが、実際は、犯行現場からの退出を穏やかに求められ、その後、付近で待機していた警察車両の後部座席に押しこめられただけだ。簡単なボディチェックはされたが、手錠（てじょう）もかけられなかったし、携帯を没収されることもなかった。もっとも、車両の後部座席は、内部からは開けられない造りになっており、その上、車両の前後を四人の制服警察官が固めていた。ただの無害な通報者と見られているわけでもないようだ。

シートに座ってすでに一時間ほどがたつ。山中に建つ屋敷の周囲は、大騒ぎとなっていた。警察関係の車両が何台も押し寄せ、制服、私服の警察官たちが、駆け回る。屋敷内の様子を見れば、それも当然だった。殺害されたのは、深江が確認しただけでも、七名。もしかすると、ほかの場所でさらに何人かが犠牲となっているかもしれない。

携帯を確認するが、何の連絡もない。さて、どうしたものか。

周囲は強力なライトで、明々と照らされている。照明の一基は、深江のいる車両に向けられており、夜が迫り、辺りが暗くなるにつれて、光の矢が深江の神経を蝕み始めていた。これが意図的なものであるのかどうか、判断はつかない。いずれにせよ、対処法は身につけている。深江は光の直撃を受ける場所を避け、シートの片隅で犬のように縮こまった。

そんな光の矢に、影が差した。ドアが開き、男が乗りこんでくる。深江はゆっくりと、体を伸ばした。

日塔だった。スーツはしわくちゃで、体からは、濃い汗の臭いが立ち上っている。無言で乗りこんで来た捜査責任者は、ドアを閉め、ライトの光に目を細めた。

「また帰れねえ」

日塔が低くつぶやいた。

「五日だ。もう五日、家に帰ってねえ。今日は着替えだけ取りに戻るはずだったんだ。それが、こんなことになっちまって……」

目が、深江の方を向く。

「おまえのせいだぞ」

「第一発見者の俺が、聴取（ちょうしゅ）もされずここに閉じこめられているのは、あんたの憂（う）さ晴（ば）らしのせいか？」

日塔は何も答えなかった。光の強烈な陰影の中で、日塔の顔は枯れ枝のようだった。焦（あせ）りと疲労、そして絶望が皮膚の表面にくっきりと表れている。

深江は言った。

「儀藤とかいう男から、連絡があったのか？」

「いや。ただ、上司から直接、言い渡された。今回の事件（ヤマ）は、通常の捜査手順を踏まないと」

「……そうか」

「被害者は須賀宝正、弁護士だ」

「なぜ、それを俺に教える？　それも上からの指示か？」

「いや、俺の独断だ」

「理由を、きいてもいいか」

「理由なぞない」

「答えになっていない」

「弁護士というのは被害者の一面に過ぎない。実際のところは、いわゆるフィクサーというヤツだった。ご活躍の場は政治畑だ。大物の間を飛び回っては、彼らのために動いてきた。要するに汚れ仕事だな。恨(うら)みも相当買っていたし、敵もごまんといた。だから、身の周りを固め、いざというときのため、こんな隠れ家まで用意していた」

「残念ながら、役には立たなかった。敵の方が一枚上手(うわて)だったわけだ」

「おまえも中の様子を見ただろう。一枚どころじゃない。二枚、三枚上をいっている。少なくとも、日本国内に、こんなことのできるヤツはいない」

「より正確に言うのなら、あんたらが把握している中にはいない」

　意外にも、日塔は素直にうなずいた。

「その通りだ」

　そして、長いため息をつく。

「それが理由だ。これは俺たちの太刀(たち)討(う)ちできる事件(ヤマ)じゃない」

「あきらめがいいんだな」

「無駄なことはしない主義なんだ」

「外れクジの日塔。苦い経験から得た知恵か」

「俺のあだ名までご存じとは、頼りになるね」

自嘲気味（じちょうぎみ）に言う日塔からは、すでに覇気（はき）が失われている。

「俺も命は惜しい。こんなことに関わり合うのはご免だ」

捜査責任者の言葉とも思えないが、深江には、何の感情も湧いてこなかった。警察官、それがたとえ、捜査一課の警部補であろうと、しょせん、人間だ。

「マスコミはどうする？　これだけの事件だ。熱狂的な報道合戦になる」

「それはない。被害者が抱えていた情報は……」

「国の権力を動かす」

「それに逆（さか）らうマスコミなんて、今日日（きょうび）いないだろう？」

「つまり、あんたがたは、形だけの捜査をして、適当なところで迷宮（おみや）入りの箱に入れてしまうわけか」

「それが一番、無難だろう？」

深江はこの警部補に好感を持ち始めていた。日塔とて、普段は優秀な刑事なのだろう。今回は運が悪かったに過ぎない。

「もう、帰っていいのかな？」

「俺がこの車を出た瞬間から、好きにしてもらってかまわない。ただし、この現場からはすぐに立ち去ってくれ」

「条件が一つある」

警戒感によって、日塔の表情が曇る。

「言ってみろ」

「何かヒントが欲しい」

「あとで報告書を渡す」

「そんな形式的なものじゃない。あんたの口からききたいんだ。何か、俺に伝えておきたいことはあるか？」

「ふん」

日塔は鼻を鳴らすと、背広の内ポケットから、証拠品袋に入った小さな黄色いものをだしてきた。

「遺体の手の中にあった。黄葉した葉っぱだ。鑑識の話だと、死後、何者かが手の中に入れたらしい」

深江は渡された袋に目を落とす。黄葉したカラマツの葉だ。

「こいつが、被害者の手に……」

「ああ」

「一場のときと同じだな」

日塔は何も答えない。

「定石通りにいけば、二つの殺しは同一犯による可能性が高い、ことになる」

「絞殺と射殺で手口こそ違うが、現場の臭いは、同一犯であることを語っている」

「そこにこの葉っぱがあれば、ダメ押しか」

「問題は、犯人がなぜ、そんなことをするのかだ」

「メッセージだろう」

「一場のときはそれも理解できる。犯人は須賀に恐怖を与えたかったのだろう。では、今回のはどうなる。犯人は計画通り、須賀をさんざん怖がらせた挙げ句、殺害している。メッセージなんて残す必要はない」

「考えられることは一つだけだ。あんただって、とっくに答えは判っているはずだ」

「ターゲットはほかにもいる……か？」

「そう考えるのが自然だ。須賀の殺しは、また別のターゲットに恐怖を与える」

「しかし、メッセージが残されていたのは、死体の手の中だ」

「そこだ。遺体に何か痕跡を残したところで、一般の者には伝わらない」

日塔は、再び長いため息をつき、聞きたくないとでもいうように、首を左右に振った。

「だからこそ、俺は手を引くのさ。メッセージの相手は、警察の情報を入手できる立場にいる者――警察関係者か、警察を動かすだけの力を持った者だ。どっちにしても相手が悪い。早めに手を引いた方がいい」

深江は苦笑する。

「あんたは、実に優秀な刑事だよ」

「喋りすぎちまったな。できることなら、二度と会いたくないな、あんたとは」

「もう一つ、きいていいか？」

「何だ？」

「俺の車はどうなっている？　麓に駐めておいたんだが」

「のんびりドライブして帰ろうと思っているのなら、あきらめるんだな」

日塔は車を出た。ドアは開け放したままだ。いつの間にか、車両の周りを固めていた警官たちも消えている。

あとはご自由にか。

深江は携帯から儀藤にかけた。応答はなく、留守番メッセージに切り替わる。

「そちらでも、おおよその見当はついていると思うが、次のターゲットは警察関係者である可能性が高い。捜査情報を自由にできるわけだから、ある程度の地位にいる者だろう。巡査や巡査部長は除外して問題ない。当人はすでに自分が狙われている情報を入手しているだろう。身辺の警護を固めるか、あるいは逃げる算段をするか、とにかく何らかの動きを見せているはずだ。あんたの腕をもってすれば、簡単に突き止められるはずだ」

通話を切ると、素知らぬ顔で警官たちの間をすり抜けて行く。日は暮れきり、空には星が瞬いている。

来るときはヤブの中を進んできたが、今度は堂々と正面から出ることにする。

私道を進み、五分ほど下ると、道を警察車両が塞ぎ、数名の制服警官が、人間の盾よろしく、横一列になってマスコミの侵入を防いでいる。

テレビカメラなどに捉えられる前に、深江は道を外して、鬱蒼とした林の中に身を紛れこませた。

暗闇の中ではあるが、経験からくる勘のようなもので、歩行にはほとんど支障はなかった。下手なところで林道に出ると、かえって、目立つ。わざと道を外しながら、ゆっくりと高度を下げていった。昼間であれば、眼前に奥多摩湖の眩しい景色が拝めたことだろう。

たっぷり一時間ヤブ漕ぎをした後、深江は舗装された道に出た。携帯で地図を確認すると、すでに奥多摩湖畔の住宅地に入っている。服についた葉や土塊を払い落とし、人気のない道路を一人、歩いて行く。交差点の信号機は、すでに点滅式になっていた。

タイヤの軋る音が聞こえ、一台の車が十字路を曲がってきた。この時刻、この場所で、ハイビームのまま向かって来る車があれば、考えられることはただ一つだ。深江は目についた路地に飛びこんだ。土地鑑がない場所で闇雲に逃げ回るのは、かえって敵を利することなる。

　いったん車をやり過ごした後、ブロック塀の陰から、車種、色、ナンバーを確認する。黒のハイエースワゴンだ。深江を見失った車は急停止し、助手席から人影が路上に降り立った。手には銃と思しきものを持ち、深江のいる方に向かって駆けてくる。路地を駆け、家と家のわずかな隙間に身を入れる。音を立てぬよう、壁と壁の間の黴臭い空間を進んでいく。抜けた先は、一方通行の寂れた道だ。人気はなく、街灯の類もない。

　ブロック塀に登ると、その上を走る。一〇メートルほど進んだところに、軒の張りだした家がある。スレート葺きのなだらかな屋根に、飛び移った。かなり滑りやすい材質ではあったが、深江にとっては何の支障もない。屋根に立ち、周囲を見回すと、ハイエースワゴンのヘッドライトが、闇に包まれた界隈の中で、ひときわ輝いて見えた。ライトをつけたまま追跡をするなど、愚の骨頂だ。深江はその場に腰を下ろし、あとは、ただじっと待った。

　まもなく、ヘッドライトが移動し始める。人が歩くほどの速度なのは、深江を捜しているためだろう。

　ライトは徐々に、深江の位置から離れていく。光が漏れぬよう手で壁を作り、携帯を起動させる。アプリで付近の地図をだした。車が向かっているのは、どうやら、奥多摩湖に面した駐車場のようだった。

深江は屋根から塀に移り、道路へと飛び降りる。どこかで犬が、三度、大きく吠えた。深江は飛び降りたままの姿勢を三分保ち、ゆっくりと立ち上がる。地図はすでに頭に入っていた。まっすぐ駐車場を目指す。

目的地に着くのと、ハイエースがノロノロと入場してくるのは、ほぼ同時だった。駐車場内にほかの車はない。深江はゴミ箱の陰に身を潜め、車が停まるのを待った。車は入口ゲートに近い、外灯の真下に停車した。深江のいる位置から、約六〇メートルだ。その場を動かず、観察を続ける。エンジンが止まり、運転席と助手席のドアが同時に開く。後部ドアは開かない。誰も乗っていないのか、何人かが中で待機しているのか。

運転席側の男が携帯をだし、喋り始めた。もう一人は、おもむろに上着を脱ぐと、後部ドアを開き、中に放りこんだ。ドアが開いた瞬間、深江は中に誰もいないことを確認する。シートには、ブルーのデイパックと、登山用のシャツ、パンツなどが脱ぎ捨ててある。もっとよく見ようとしたが、すぐにドアは閉じられた。

深江は慌てて身を引いた。とりあえず、中には誰もいない。相手は二人だけだ。一人は銃で武装しており、もう一人は……。

上着を脱いだ男は、丸見えとなったホルスターから銃を抜き、外灯の光の下で、うっとりと眺めている。シグ・ザウエルＰ２２０、いわゆる９ミリ拳銃だ。

何者かは判らないが、経験値はさほど高くないと見ていいだろう。とはいえ、体格はよく、接近戦となると油断はできない。もう一人は背も低く、華奢な感じだ。戦力として問題にする必要はないかもしれない。気になるのは、武装だ。華奢であっても、銃があれば、深江を苦もなく撃ち倒せる。見た目に惑わされ、命を落とした者たちを、深江は多く見てきた。

ならば、攻撃は早い方がいい。例えば、携帯での通話が終わった瞬間――。

男が携帯を耳から離した。深江は前もって拾っておいた石を二つ、大きくふりかぶって投げる。弧を描いて飛んだ石は、二人の頭上を越え、少し先の地面に落ちる。

男たちはその音に反応した。二人とも、深江の方に背を向ける。銃を持った男のところまで六秒――、右手に手刀を振り下ろし、銃を叩き落とす。銃が地面を転がる乾いた音が響く前に、耳の後ろに一撃を加えた。男は打たれた箇所を押さえ、うめきながら片膝をつく。倒れなかったのはさすがだ。それでも、意識は朦朧としているのだろう。脂汗を滲ませながら、低いうめき声を上げていた。

男が落とした銃を拾い、深江はまっすぐもう一人に向かった。深江の懸念は当たっていた。奪った銃を向けるのと、相手が左手で銃を構えるのは、まったく同時だった。こちらと同じシグ・ザウエルＰ２２０。お互い、発射するタイミングを逸していた。どちらかがあと一秒でも遅ければ、勝負は決していたはずだ。お互いの距離は五メートルとない。

こちらは一人、向こうは二人。相手の方が有利であった。もう一人が戦意を取り戻すと、厄介なことになる。

銃口を向ける男は、思っていたより老けていた。五十代後半といったところか。地味なグレーのスーツを着て、使いこんだ革靴をはいている。営業回りをしている会社員にしか見えない。もっとも、こうして至近距離で銃を向け合っているのに、驚愕も焦りの表情も浮かんでいない。場数を踏んでいて、度胸もある。迂闊な動きをすると、眉間に穴を開けられてしまう。向こうは相討ちでも勝ち、こっちは負けだ。

「物騒なものを持っているじゃないか」

背後の男が、完全に意識を取り戻すまで、あと三十秒ほど。それまでに、何とか状況を動かしたい。相手は無言のままだ。

「どういうつもりで、俺を狙った？」

「狙ったつもりはない」

「何者だ？」

「それは、こちらもききたい」

「あんた、山帰りなのか？」

男の黒目が、車の方に移動する。深江は続けた。

「車の中を見た。ザックとシャツがあったのでな。それに……」

「それに？」

「首筋が日焼けしている。どの山に登ってたんだ?」

「そんなこと、関係ないだろう」

「俺も昔、山をかじっていた。この時期だと……」

「口を閉じろ」

三十秒たった。背後の男がこちらをうかがっているのが、判る。

さて、どうするか。相手に殺気はない。問答無用で命を奪われる危険はなさそうだ。ここは、成り行きを見ながら対処した方がよさそうだった。

深江は構えを緩め、銃口を下げた。一方、深江に突きつけられた銃口は微動だにしない。それを向ける男は、目尻の皺一本動かさず、こちらを注視していた。

「銃を下に置いてもらおう。ゆっくりとだ」

目の前の男の頭が弾け、吹き飛んだ。ターンという微かな音を耳が拾う。銃を前に突きだしたまま、左側に倒れた。男の血潮を浴びながら、深江は地面に伏せ、車の下へと転がりこんだ。

「ブフッ」

と擦れた声がして、もう一人の男が地面に倒れる。やはり、頭部が弾け飛んでいる。

狙撃だ。

深江は車の下を抜け、反対側に出ると、車体に身を張りつかせたまま、息を殺した。撃たれた瞬間を目撃したので、狙撃ポイントは大体、判る。深江は今、車を盾にする形で、狙撃者と対していた。携帯で一一〇番にかける。

「ひ、人殺しです。早く……」

それだけ言って切る。相手がかけ直してきたが、無視する。

深江は銃を手に、一定のリズムで呼吸を繰り返す。

相手はどう出るつもりだろうか。距離は不明だが、相手は標的の頭部を一発で撃ち抜いている。それも二度だ。かなりの腕前と見ていい。深江をこの場で葬ろうとすれば、すでに移動を始めているに違いない。警察がやって来るまで、おそらく五分足らず。攻撃が再開されたら、どう対処する……。

深江は手の拳銃を握り締める。これ一丁で、腕のいい狙撃者と渡り合うのは無謀だ。

身を低くしたまま、後部ドアを開く。手を伸ばし、淡いグリーンの登山用シャツを取った。それを丸めると、車の前方に向けて放り投げた。シャツはヒラヒラと裾をはためかせ、宙に舞う。深江はさらに身を低くして反応を待つ。相手が深江に照準を合わせていれば、何らかの反応があってもおかしくない。

シャツは何事もなく、はらりと地面に落ちた。

狙撃者はすでに撤退したのか。それとも、このような手に引っかかるようなタマではないということか。

深江は何か助けになるものはないかと、車内を探した。ベージュの登山用パンツ、シートの下には、靴紐の切れかかった登山靴が押しこんである。だが、武器として使えそうなものは何もない。さらに言えば、所有者の特定に繋がるような私物もまた、いっさい見当たらない。

地面に倒れた二人の周りには、どす黒い血だまりが広がり、外灯の明かりを映しだしている。

遠くサイレンの音が聞こえてきた。通報から三分と三十秒たっていた。

深江は助手席のドアを開き、中に潜りこんだ。

そろそろ、狙撃者より自分自身の心配をすべきときだ。こんなところで捕まっては、日塔に笑われてしまう。

エンジンキーを捻ると、カーナビゲーションを起動させる。短時間でできることと言えば、これだけしか思い浮かばなかった。カーナビの履歴はすべて消されているだろう。ダメモトだ。何かヒントが欲しい。

深江にも多少の運が残っていたようだった。一件だけ、履歴が表示された。

それは、都内から、郊外の病院までの経路を示したものだった。行き先は、教石基（きょうせつき）医療センター。

所在地を頭に入れると、エンジンキーを元の状態に戻す。

まず、最初の一歩だ。それで、すべてが決まる。相手が照準を定めていれば、一歩出た瞬間、深江もあの男たちのように散る。

息を吸い、身を低くしたまま、車の陰から飛びだした。まずは、さっきまで隠れていたゴミ箱を目指す。

攻撃はない。

ゴミ箱にもたれかかりながら、深江は安堵のため息をついた。

第四章　拉致（らち）

一

上尾誠三は、部屋に入ってきた倉持を見ても、眉一つ動かさなかった。

体調が思わしくないせいもあるようだった。前回来たときよりも、点滴が一つ、増えていた。黄色い液体の入った袋が枕のすぐ横に吊（つ）され、そこから管が腕に伸びている。

顔色は青いというよりも白く、顔に刻まれた皺が、心なしか深くなったように思える。

天気は曇りで、窓から望める風景も、心を軽くするようなものではない。倉持はかけるべき言葉を失い、今回もまた、気まずく立ち尽（つ）くすだけとなった。

「……首尾（しゅび）は？」

擦（かす）れ声で、上尾が言った。

「は？」

「首尾だ。頼みの品はできたのか」

「ええ、ここに」

包みに入れたＤＶＤを、上尾に見えるよう、掲げた。

彼はにこりともせず、目でベッド横のテーブルを示す。

「そこに置いてくれ」

「中身を確認しなくて、いいんですか？」

「かまわん」

「映像はいっさいの編集を加えておりません。かなり長時間のものになりますが……」

「それがこちらの依頼だ」

倉持はテーブルに包みを置く。

「それでは、私はこれで」

「ご苦労だった」

「必要経費の請求書も、ここに置いていって、いいでしょうか」

「かまわんよ。ＤＶＤの包みと一緒に置いておいてくれ。秘書に手配させる」

「では」

お元気でと付け加えようかと思ったが、止めた。

「君、妻子はいるのかね」

上尾が尋ねてきた。

「いえ」

「両親は？」

「父親がおりますが、体を壊して、現在、施設におります」

上尾の表情が曇った。

「ほう、それは大変だな。具合はどうなんだ？」

「車椅子生活ですが、何とかやっているようです。あと何年生きられるか判りませんが、金銭的にも何とかなりそうですし」

「そうか、それは何よりだ」

上尾の態度は元に戻っていた。

ドアが開き、白衣姿の医師が入って来た。彼は倉持に会釈すると、言った。

「上尾さん、これから、検査があります。痛いことはしませんので、ちょっと辛抱してもらえますか」

「ああ」

どうやら、倉持の役目は終わったようだった。部屋を出ると、入れ替わりに、医療器具を積んだカートを押して、看護師二人が入っていった。

呆気ない幕切れであったが、とりあえず、仕事は果たした。報酬がきっちりと支払われるのか不安も残るが、相手が相手だ。大丈夫だろう。

一階までの階段を下りながら、倉持はふと考える。上尾はなぜ、俺の家族のことをきいたのだろうか。彼がそんなことに興味を持つ人間であるとは思えない。

まあ、いいか。

深く詮索（せんさく）をしないことが、便利屋としてやっていく秘訣（ひけつ）であることを、倉持はすでに学んでいた。仕事をして、金をもらう。それで、充分だ。

正面玄関を出ると、見舞客専用の駐車場へと向かう。前回、バスの不便さに辟易（へきえき）し、知り合いに車を借りた。むろん、借り賃も払うつもりだ。必要経費に入れてある。白のホンダフィット。初めて乗る車だが、操作性はよく、整備も行き届いている。便利屋として、業務用の専用車を持つのが夢だが、残念ながら実現の目処はついていない。

曇り空の下、冴（さ）えないドライブが始まった。曲がりくねった山道を、ゆっくりと下る。ここで事故など起こしては、元も子もない。ラジオもかけず、ウインドウを少し開けて、ゆったりとハンドルを握る。どこかで山本に手土産でも買っていくか。カメラの世話をしてくれた礼だ。

緩いカーブを曲がると、前を軽自動車が走っていた。初心者マークをつけており、後ろから見ていても、どこか頼りない走り方だ。さっさと抜き去りたいが、追い越し禁止区間だ。カーブの多い山道でもあるし、無理はできない。

倉持はアクセルを緩め、ノロノロ運転に付き合うこととなった。ふと気がつくと、背後に黒色のセダンが迫っていた。車間距離をほとんど取らず、ぴたりと後ろにつけている。煽(あお)っているつもりか。

この程度で腹を立てていては、便利屋なんて務まらないんだよ。

倉持はかまわず、軽自動車に合わせて走る。軽い衝撃があった。セダンがこちらを小突(こづ)いてきたのだ。さすがに怒りがこみ上げてきた。

借りた車に傷をつけられ、このままで済ます法はない。

きっちり落とし前つけさせてもらうぞ。

停車しようとして、違和感を覚えた。前を走る軽と後ろのセダン。このタイミングは偶然だろうか。減速から加速に転じ、軽を一気に抜き去ろうとした。軽は、こちらの動きに合わせ右に動く。運転ミスではない。進路を塞ぐという意思のある動きだった。

はめられた。軽はグルだ。

悟ったときには、すべてが終わっていた。

軽を弾き飛ばして脱出を図る手もあるが、対向車が来れば万事休すだ。敵もそれを承知の上で行動しているに違いない。

倉持は徐々に速度を落とし、車を停めた。軽とセダンもぴたりと前後に停止する。三台は、まるで一本のロープで結ばれているようだ。

倉持はハンドルに両手を置き、相手の動きを待つ。セダンの助手席側から、スーツ姿の男が一人現れた。ゆっくりとした足取りで近づいて来る。歳(とし)は三十代で、見た目はどこにでもいる、地味な会社員だ。男は倉持に、降りろと身振りで示した。

降りろと言われて、降りるバカはいない。そう言い返したかったが、今の倉持はそんな立場にはなかった。シートベルトを外し、大人しく降りる。男は無言で、後ろの車を指さす。

倉持は言った。

「この車はどうなる？」

男は再度、セダンを指さした。

「口がきけないのか？」

腹に拳が飛んで来た。それなりの備えはしてきたつもりだが、内臓を直接えぐられるような、強烈な一発だった。息が止まり、反射的に体がくの字になる。男の手が顎にかかり、無理やり立たされる。溢(あふ)れだした涎と涙が、顎の先からしたたり落ちる。

男は笑顔で、セダンを指さした。倉持は両手を上げ、大人しく指示に従った。移動の最中も、男がぴたりとついてくる。

セダンのドライバーは女性だった。地味なスーツ姿で髪を後ろで束ね、化粧(けしょう)っ気(け)もない。整った顔立ちではあるが、切れ長の目で倉持を睨む迫力と度胸は、一般人のそれとは明らかに異なっていた。

　男が前に回りこみ、後部ドアを開けた。後ろには誰も乗っていない。腰を小突かれ、中に押しこまれた。反対側のドアに額をぶつけた。身を起こしたとき、車はすでに発進しており、男は倉持の脇に座っていた。よからぬことを企む暇もない。

　すぐ前には、例の軽自動車が走り、倉持の車は遥か後方に取り残されていた。

「俺の車は……どうなるのかな」

「気にするな」

　横の男が言う。

「あんたらの仲間が、返してくれるってことか？　それとも、俺はもう、そんな心配をしなくてもいいってことか？」

「口のへらないヤツだ。黙ってろ」

　車は右折して、沢にかかる橋を渡り、林道へと入っていく。未舗装の道に、車体が大きくバウンドする。その瞬間に反撃のチャンスはないかとうかがうが、そのような初歩的なミスを期待できる相手ではなかった。男は片ときも倉持から目を離さず、いざとなれば、完全に動きを封じる用意があることを、言外ににおわせていた。

　林道に入って五分ほど走っただろうか、車が停まった。正面には崩れかけた小屋がある。雑木林の中にある開けた場所で、小屋の向こうには、指導標の名残と思える杭が立っていた。かつて、この辺はハイキングコースだったのだろう。小屋もまた休憩所の名残だ。時とともに道は廃(すた)れ、今では完全に忘れられている。

軽自動車から、男が降り立つのが見えた。横にいる男同様、スーツ姿である。髪は整えられ、品のいいネクタイ、靴は綺麗に磨き上げられていた。男は倉持に目をやると、かけていた眼鏡を外した。変装用のダミーのようだ。男は顎をしゃくり、小屋を示した。

運転席から女が降り、倉持側のドアを開いた。背後から男が両手首をとって締め上げる。肘から肩にかけて、激痛が走った。

顔を顰めつつも、悲鳴だけは抑(おさ)えた。男は倉持をひったて、小屋の中へと入っていく。

小屋の中は暗く、黴臭かった。壁に沿って、ベンチが設(しつら)えられているほかは、何もない。窓ガラスもなくなり、床では入りこんだ落ち葉がカサカサと音をたてる。屋根の一部には穴が開き、そこから吹きこんだ雨水が、部屋の真ん中に小さな水たまりを作っていた。

軽に乗っていた男が、折り畳みの椅子を一脚提(さ)げ、入ってきた。椅子を部屋の真ん中、ちょうど水たまりのある場所に置く。倉持はそこに座らされ、後ろで手を組まされた。手錠でもかけられるのかと思っていたが、男が取りだしたのは、荷造り用のビニール紐だった。三〇センチほど切りだすと、それを倉持の両小指に巻きつけた。それだけで、両腕が棒と化したように固まり、椅子に座ったまま、微動だにできなくなった。関節が軋み、すぐに冷たい汗が出てきた。

気がつくと、部屋の中は男女の二人だけになっていた。倉持を連行してきた男は、外で見張りの任についているらしい。

軽自動車の男と、冷酷な気配をまとった女。二人は倉持のすぐ前に立っていた。

男がしゃがみ、目線を倉持に合わせる。

「質問に答えてくれたら、すぐに解放する」

「お決まりのセリフだな。堂々と顔をさらしておいて、俺を帰すのか？」

「便利屋に顔くらい見られたところで、問題はない」

「俺のことは、調べがついているんだろう？」

「ああ。少し驚いたよ。ただのチンピラかと思っていたが、なかなかどうして。立派な経歴だ」

思いだしたくもない記憶を、無遠慮にかき回されている気分だった。

「昔のことなんて、忘れたよ」

「槍ヶ岳の一件は、ついこないだの出来事じゃないか」

「忘れたよ。さあ、ききたいことがあるのなら、さっさときけ」

「上尾誠三に、何を頼まれた」

やっぱり、止めておくんだったよ。心の中で、今一度、山本に語りかけた。あんたの言う通り、面倒事に巻きこまれた。前回とは比べものにならない、頭に〝超〟のつく面倒事だ。

男が、椅子の脚を叩いた。

「おい、起きてるのか？」

「この状況で寝られるわけないだろう」

「なら、質問に答えろ」

「上尾誠三って誰だ」

右の頰を張られた。人を殴り慣れた手だ。硬くて重い。

「遊んでる暇はないんだよ。おまえが上尾の依頼で、天狗岳に行ったことは判っている」

「そこまで判っているのなら、もう充分だろう。こんなことする……」

男は立ち上がり、倉持のつま先を踏みつけた。踵に全体重をかけ、骨も砕けよとばかりに踏んでくる。稲妻のような激痛が、頭のてっぺんにまでかけぬける。

「何のために天狗岳に登った？　それを知りたい」

倉持は必死に首を横に振る。

「ただ、景色を撮ってきてくれと言われただけだ。昔、登ったことがあるんだそうだ。死ぬ前に、もう一度、そのときの光景が見たい。実際に行くことはできないから、せめて映像でだけでも、見てみたいと」

男は女と目を合わせる。二人とも、倉持の答えには、不満な様子だ。

男は倉持の髪を掴む。

「上尾がそんな、感傷的な依頼をするはずないだろう」

「そんなこと、知るか。あの病院に行くまで、上尾とは会ったこともなかったんだ」

「ただの山登りだったなんて、到底、信じられん。さあ、洗いざらい吐いてもらうぜ」

「待ってくれ、俺は本当に何も知らない。いや、裏に何かあったとしても、いっさい聞かされていないんだ」

「信じられるか」

「俺はしがない便利屋だ。言われたことを、ただその通りにやるだけだ。上尾が何か企んでいるのかもしれないが、俺は無関係だ」

男の顔にとまどいが表れた。こちらの話を信じかけている。女が男を押しのけ、倉持の胸を正面から蹴りつけた。為す術もなく、椅子ごと後ろに引っ繰り返り、縛められている両腕が悲鳴を上げた。とっさに体を捻らなければ、今ごろ指は砕け、両腕とも使い物にならなくなっていただろう。蹴りをまともに受けた胸は、剃刀で切り裂かれたように痛む。シャツが裂け、皮膚がすっぱりと切れていた。流れだした血が、ヘソの脇を流れていく。

女の靴が、倉持の頬に食いこんできた。

「便利屋としては、そこそこ評判がいいみたいだけれど、近所のじいさん、ばあさんと一緒にされては困るのよ。そのペラペラとよく回る舌、引っこ抜いてやろうか？」

「そ、そいつは……勘弁してほしい……な」

「なら、本当のことを言いなさい」

「だから、言ってるじゃないか」

ふいに、帰り際、上尾が発した言葉の意味が理解できた。上尾は倉持の家族、親について尋ねた。あいつには、倉持がこうなることが判っていたのではないか。だから、家族について知りたがったのだ。倉持が死んで、悲しむ者はどのくらいいるのかと。

誰もいないと知って、多少、罪悪感は薄らいだのだろうか。

上尾にとって、倉持は使い捨てだった。適当な理由をでっち上げ、天狗岳の映像を撮らせる。真の目的については、いっさい明かさない。知らなければ、どれだけ責められようと、白状の仕様がないからだ。拷問にかけられ、倉持が凄惨な死を迎えたとしても、上尾には何の痛痒もないわけだ。

まいったね……。

死の淵に立ち、殴られ、蹴られ、女の靴が頬の上に乗っている状況となっても、不思議と倉持は冷静だった。恐怖も怒りも湧いてこない。

考えてみれば、ここまで順調とは無縁の人生だった。挫折と失敗の繰り返しで、その象徴的な出来事が、数年前の槍ヶ岳だ。ある依頼がもとで、大切な人からの信頼を失い、数少ない親友も一人なくした。実際、今の倉持は火が消えた煙草のようなものだ。煙となって消えることもできず、みにくい吸い殻となって、人に踏まれている。

地面に積もった埃が鼻に入り、むずがゆい。倉持は口を開こうとしたが、出たのは咳ばかりで、息苦しさに身を捩らせるしかなかった。

「何なのこいつ。泣くでもなく、命乞いをするわけでもない」

「ただ者じゃないかもな」

男女は低い声でささやき合っている。もっとも、静寂に包まれた狭い空間だ。すべて聞こえている。

「俺はただの便利屋だ。家に帰してくれ。あんたらのことは、他言しないよ。口が堅いのが取り柄なんだ」

「いつまで、余裕をかましていられるかな」

ドアが開き、もう一人の男が入って来た。脇に折りたたんだブルーシートを挟んでいる。それを床に広げると、ニヤリと笑い、椅子ごと倉持を持ち上げ、シートのど真ん中に置く。

「ぞんぶんにやれ。人が来る心配はない」

男は出て行った。

シートの意味は、倉持にも理解できた。床を汚して、痕跡を残さないためだ。

女が寄ってきて、耳元でささやく。

「その堅いお口を、やわらかくしてあげる」

「そいつは楽しみだ。あんたの声を聞いてると、ほかの部分が硬くなってくる」

往復ビンタを食らい、さらに喉元にナイフを突きつけられた。獣の爪を思わせる湾曲した両刃、グリップエンドにある保持用のリング。カランビットナイフというやつか。

「二度とそんな口をきくんじゃない」

女の目に宿る獰猛な光は、しなやかな野生動物を連想させる。指も細く、長い。

「こんな場所で、会いたくはなかったよ」

左手が振り上げられた。

「顔は止めておけ」

男の声で、女は寸前で手を止めた。人を殴り慣れている手だ。両頰は蜂にでも刺されたように、ビリビリと痺れている。

ナイフなんていらないだろう。ビンタで人が殺せるぜ。

打開策はないのだろうか。このままでは、二人に責め殺される。それも、さほど時間をかけずに。

知らぬと本当のことを言い続けても、納得はするまい。では、適当な嘘をでっち上げ、時間を稼ぐか。

出任せにのせられるような輩（やから）ではないだろうが、倉持に残された道は、それしかない。

男の携帯が鳴った。苛立たしげな表情で舌打ちをし、通話を始めた。倉持のことは気にする様子もない。

「何だ？　連絡するなとあれほど……何？　やられた？　いつ？　昨夜（ゆうべ）だと？　どうしてすぐに知らせなかった！」

それを聞いた女の顔色も変わった。会話を拾うべく、男の携帯に耳を寄せる。

「そちらの事情も判るが、何としても連絡をつけてもらいたかった。で、二人は深江にやられたのか？　違う？　狙撃？　そんなバカな……」

二人はそのまま小屋を出ていった。

一人残された倉持は、ただぼんやりと、すすけた壁を見つめる。見張りがいなくなった今は、逃亡のチャンスだった。

繋ぎ止められた小指を軽く動かしてみるが、紐は解（ほど）けそうもない。

ドアが荒々しく開かれ、さっきの男女が揃って入って来た。

男が憂（うれ）いを含んだ表情で、倉持を見下ろす。

「最後にもう一度だけきく。上尾はおまえに何を依頼した？」

雰囲気が違う。やはり、あの電話によって、状況が大きく変わったらしい。

倉持は首を左右に振った。

「天狗岳の映像を撮ってきてくれと頼まれただけだ」

男はため息をつく。

「これ以上、おまえに付き合う時間はなくなった」

ひゅうぅぅという、音程の外れた口笛のような音が、表から聞こえてきた。男女がぴくりと体を震わせる。冷静に見えて、極度に緊張しているようだ。

入口のドアがゆっくりと開き始めた。

暗い目をした男が、立っていた。

二

教石基医療センターの正面玄関が見える道端で、深江は老婆（ろうば）の愚痴（ぐち）を聞いていた。

「あそこの教石基はヤブですよ。特に産婦人科がね。私の娘があそこでお産したんだけど、そりゃあ、酷いもんでしたよ」

山向こうへと向かうバスの停留所だ。そこに置かれたベンチに、深江は老婆とともに座っていた。次のバスまで、三十分以上ある。

「看護師の言葉遣（づか）いや態度もなってない。帝王切開になったんだけどねぇ、挙げ句、娘は麻酔の量を間違えられてねぇ。お産の後、何日か、足が動かなくなっちまったんだ。そのせいで、患部が炎症を起こしてね。可哀想に、娘だけ一週間、余計に入院だよ。それなのに、赤ん坊だけは、さっさと引き取ってくれだなんて。娘は産んだ翌日から二週間、子供を抱けなかった。可哀想だと思うだろう?」

「ええ、たしかに」

「訴えてやろうかと思ったけど、病院相手に喧嘩するのは、そりゃあ、大変らしい。結局、泣き寝入りさ」

「そいつは、大変でしたね」

　奥多摩湖を離れた深江は、途中で車を失敬し、この病院までやって来た。手がかりは錯綜していて、いまだ形を成さない。どのルートを進むべきか、正直、深江にも判断はつかなかった。しかし、ここは、頭を吹き飛ばされたあの二人が、最後に訪れた場所である。今日一日、ダメモトで張りこんでみよう。看護師か患者に化け、院内で探りを入れるのもいいかもしれない。そんな企てをしながら、まずは病院の外観と人の出入りの確認をするため、この場所に陣取ったのだが……。

「あなたは、どこがお悪いの?　見たところ、すごく健康そうだけど」

　深江は玄関を見たまま、言った。

「内臓がね」

「まあ、若いのに。あんまり不摂生しちゃダメよ。お酒とか煙草もやるんでしょう?」

お袋に怒られているみたいだな。遠く、微かな記憶が呼び起こされ、思わず胸が熱くなった。

一方で、気になる動きもあった。病院の周りを同じ車が、確認しただけで二周している。白の軽自動車で、運転しているのは会社員風の若い男だ。病院とわずかな集落しかない場所で、地味な会社員のスタイルはかえって目立つ。製薬会社の人間にも、医師にも見えない。そしてもう一人、ホンダのフィットでやって来て、緩和ケア病棟の専用駐車場に駐めた、中年の男性だ。動きやすいラフな格好で、身のこなしにも隙がない。現役のプロフェッショナルではないが、探偵、もしくは警察官上がりと予想をつける。男は封筒大の包みを手に、病棟へと入っていった。ただの見舞客とも思えず、この男も深江のアンテナに引っかかったのだった。

老婆の話が、愚痴から自分の一代記に移るころ、さきほどの男が病棟から姿を見せた。釈然(しゃくぜん)としない顔つきで、そそくさと車に乗りこむ。手にしていた封筒はなく、手ぶらだった。

男の運転するフィットが駐車場を出ようとしたとき、例の軽自動車がさりげなく、前を通り過ぎる。さらに、道に出たフィットの後に、黒のセダンが現れた。三台が次々と深江の前を通過していく。

深江は立ち上がった。

「おばあちゃん、ちょっと用事を思いだした。バスはもうすぐ、来ると思うよ」

「あらぁ、残念。駅までお話しできると思ってたのに」

「お元気で」

「あんたもね。体を大事にね」

　深江は、少し先の空き地に駐めておいた車に乗りこむ。シルバーのスカイラインだった。助手席の下にはコーヒーの空き缶が転がり、灰皿は吸い殻でいっぱいだ。元の持ち主の素性(すじょう)は知らないが、綺麗好きではないようだった。

　かなりの間を空けて、三台を尾行し始める。最後尾を走るセダンには、スーツ姿の男女。運転しているのは、女の方だった。軽自動車の運転者と併(あわ)せ、地味な会社員スタイルが三人。もう一工夫(ひとくふう)すべきだったな。深江は確信を持って、車を走らせる。

　まもなく、フィットが路傍(みちばた)に乗り捨てられているのを見つけた。後部のバンパーがひどくへこんでいる。遥か遠くのカーブを、セダンが曲がっていくのが見えた。

　深江は、そのままの速度でさらに車を走らせた。相手は尾行に気を配っていたが、慎重さには欠けていた。尾行者が現れる可能性を最初(はな)から無視しているようだ。深江は悠々(ゆうゆう)と尾行を続け、崩れかけた小屋へとたどり着いた。

　小屋の前には、見張り役の男が一人。軽自動車のドライバーだ。スーツの着こなしから見て、銃を持っている様子はない。非力な会社員を装ってはいるが、実のところ、鍛え抜かれた肉体を持っている。

小屋から二〇メートルほどのところにある茂みに深江は身を沈め、様子を見守った。男を小屋に連れこむ様子から見て、彼らの狙いは尋問だ。それも、拷問を伴う死の尋問。答えても答えなくても、あの男は殺される運命にある。

ざわざわと風に揺れる茂みの中で、深江は思案に暮れる。この状況で男を無事救出するのは、至難の業だ。それどころか、深江の命も危うい。男をあきらめ、ことが済んだところで、三人と対決する方が、リスクは少なかった。

それができれば、どれだけ楽だろうか。理由はどうあれ、三人に責めさいなまれる男を見殺しにはできない。この性格が、我ながら、忌々しい。

深江は見張り役の男との距離を縮めていった。

どれほど注意を払っていても、乾いた落ち葉を避けきることはできない。見張りの男は、すぐに気がついた。深江は猛然と相手に向かって行った。男の頭の中には、二つの選択肢があったはずだ。一人で迎え撃つべきか、中の二人に敵襲を知らせるべきか。深江は思考の暇を与えたくなかった。さらに、男は訓練を積んだプロだ。腕に覚えもあるだろう。一対一であれば、負けぬ自信もだ。深江はそこに賭けた。

向かって来る深江に対し、男は咄嗟に防御の姿勢を取った。深江は賭けに勝った。体付きはがっしりしており、一発、二発のパンチなど、効きはしないだろう。向こうもその覚悟があるらしく、攻撃を食らうのを承知で向かって来る。手早く制圧するならば、急所、股間や目を狙うべきだが、簡単にそれを許す相手でもない。急所への攻撃は効果的ではあるが、いかんせん、的が小さい。命中の確度は落ちる。

いったん立ち止まり、間合いを取った方が、その後の展開としてはやりやすい。一方で、相手に時間を与えることになる。深江は一気に踏みこみ、股間を狙うかのように、右の蹴りをだした。相手は難なくブロックにくる。その隙をついて、左膝を内側から蹴った。思い通りの場所に決まる。相手の体が大きく傾き、脇、胸、首のガードが下がる。深江は喉元に一撃を加えた。力は半分ほどに加減する。命があるかないかは、相手次第だ。

ひゅううう、と濁った口笛のような音を発して、男は仰向けに倒れた。とどめの一撃を繰りだすまでもない。気絶していた。胸は一定のリズムで上下している。命に別状はないようだった。

男をまたぎ越え、小屋のドアに手をかける。内部は足音一つしない。ゆっくりとドアを開いた。

真正面に、男がいる。椅子に座らされ、かなり憔悴している。その両側に、男女一人ずつが、殺気を放ちながら、こちらをうかがっていた。左に女、右に男だ。距離はほぼ同じ。

女はまったく表情に変化がないが、男の目には微かな揺らぎがあった。二人は深江の顔を知っている――。思い浮かぶのは、昨夜、頭部を撃たれた二人の男たちだ。彼らからは、同じ臭いがする。

　男がドアの向こうを気にする。深江は言った。

「大丈夫、殺しちゃいない。二、三日、声はだせないだろうが」

「おまえ、何者だ？」

　男がおもむろに銃を抜いた。ヘッケラー＆コッホＵＳＰ、九ミリ自動式拳銃だ。銃口は深江の胸にぴたりと向けられている。引き金にかけた指にためらいはなく、いつでも、無造作に発射できることを示していた。

　深江は両手を上げ、言った。

「俺も同じことをききたい」

「答える必要はない」

「そうだろうな」

　男が、深江の体を探れと女に促す。だが、女は動かない。

「どうした？　武器を持っているかもしれん。丸裸にしろ」

「こいつ、待ってるのよ、私が近づくのを」

　女の方が男より一枚も二枚も上手のようだった。女は冷たい視線を深江に向け、形だけの笑みを作った。

「そうでしょう?」

深江が二人にあえて身をさらしたのは、武装を確認するためだった。銃を持っているのなら、すぐにそれをだすに違いない。案の定、男が銃を抜いた。女の視線などから判断しても、銃はそれ一丁だけだろう。しかし、女のカランビットナイフといい、男のUSPといい、武器にはこだわりがあるようだ。昨夜、射殺された二人とは別格と見るべきかもしれない。深江はじっと機会を待った。ボディチェックのため、近づいてきた者を利用して反撃に転じる。そうなれば自ずと道も開ける……はずだった。

男は苛立たしげに声を荒らげる。

「じゃあ、どうする」

「撃って」

「何?」

「こいつは危険よ。さっさと撃って」

「そんなことをしたら銃声が……」

「かまわない。二人ともすぐに撃って。誰かが来る前に、姿を消せばいいだけのことよ」

こんなことなら、奥多摩で手に入れた銃を捨てるのではなかった。銃を持って移動するのは、それだけでリスクが高まる。職務質問でも受けたら、目も当てられない。今回はそうした用心が裏目に出たようだった。

深江は気持ちを切り替える。できることなら、殺しは避けたかった。何者とも判らない相手を殺すことは、肉体的にも精神的にもダメージが大きい。嶺雲岳のようなことは、もうたくさんだった。

しかし、この状況を突破するには、そんなことは言っていられない。

男は銃に慣れており、経験も豊富なようだ。何もしなければ、一発で片付けられてしまう。何とか気をそらし、第一弾を避ける。そして、第二弾発射前に、懐へと飛びこみ、息の根を止める。女は男から奪った銃で撃つ。三秒あれば、可能だろう。

深江は心の内でカウントダウンを始める。

十……

女に強要され、男もようやく心を決めたようだった。

九、八、七……

「判った、判ったよ」

あらためて、深江に銃口を向ける。

六、五……

「悪いな、名前も知らない、あんた」

四、三、二……

椅子に縛られた男が、荒い息の下から、か細い声をだした。

「何だか知らないけどさ、そういうことは、止めたらどうだ？」

男の注意が一瞬、それた。深江は動く。銃を払い落とそうと男の手を押さえこむ。相手の反応は予想以上に早かった。逆に深江の腕を払い、銃を向けようとする。深江はわずかに体を引き、男のバランスを崩した。轟音(ごうおん)とともに、銃が発射された。弾(たま)は見当違いの方向に飛び、小屋の壁にめりこむ。深江は男の脇腹に肘を叩きこんだ。

男がうめき、銃が床に落ちた。

女が叫ぶ。

「くそっ」

男は床に落ちたＵＳＰを拾い上げようとした。その手のひらを深江は踏みつける。骨の砕ける音が響いた。苦痛に顔を歪(ゆが)めながらも、男は深江の足を払い、左手で銃を摑む。そのまま、女とともに開いたドアから外に出て行った。

ドアの向こうでは、最初に倒した三人目が息を吹き返していた。女の声が聞こえた。

「走れる？」

「な、何とか」

「撤収だ」

森の中に消えて行く三人が、ドア越しに見えた。

椅子の男が安堵のため息をつく。

「ふぅ、やれやれ」

深江は男を見下ろした。

「名前は？」

「倉持。月島で便利屋をやっている」

「便利屋にしては、ずいぶんとスケールが大きいな。月島から遥か離れた山の中で、謎の奴らに拷問されている」

「そんなこと、知らないよ。もう訳が判らない。ただのしがない便利屋だって、何度言っても信じてもらえなかったんだ」

深江はゆっくりと椅子の後ろに回った。倉持の緊張が伝わってくる。

小指同士を繋ぎ止めている紐を解いた。

うはっと叫び声を上げながら、倉持は両肩をゆっくりと回し、腕の筋肉をほぐしていく。そして最後に、紐の痕も生々しい両小指を気にしながら、五本の指を曲げ伸ばしした。

深江はそんな様子を、壁際からゆっくりと眺める。

首を回し、腰を叩き、三度深呼吸をした後、倉持は振り返った。

「まずは礼を言うべきなのかな」

「そうだろうな。俺が来なければ、あんたの命はこの場で消えていた」

「おお、怖い、怖い」

自分の体を抱き、震えてみせる倉持に、深江は苦笑する。

「度胸があるんだな」

「あん？」

「殺されかけたというのに、まるで他人事だ」

「俺は楽天家でね。過去も未来も大して気にしない。大切なのは今、この瞬間だけだ」

「この瞬間、あんたは生きている」

「そう。だから、ハッピーなのさ」

「しかし、状況に大した差はないだろう。あんたの前に立っているのが、あの三人から俺に変わっただけだ」

「で？　あんたは、俺に何の用がある？」

「ききたいことがあるんだ」

「どうぞ。知っていることなら、何でも答える」

「なら、どうしてあの三人との関係がこじれたんだ？」

「本当のことを答えているのに、信じてくれないからだ。しがない便利屋だと、口を酸っぱくして言っているのに、信じてくれない」

「そりゃあそうだろう」

「今度から、もう少し、弱々しく振る舞うことにするよ。さてと、車のところに戻らないとな。レッカー移動とか、されてなければいいけど」

「知っていることなら、何でも答える。そう言ったな」

「ああ。あんたは命の恩人だ。何でも喋るぜ」

「あの病院には、何をしに行った？」

「便利屋の依頼だよ」

「どんな？」

「天狗岳に登り、その行程を映像に収める」

「その理由は」

「余命幾ばくもない老人の思い出作り」

「その老人とは？」

倉持はわずかの間、口を閉じていた。教えるべきか迷っていたようだが、「上尾誠三」とだけ答えた。ここで口をつぐんでも、深江が少し調べればすぐに割れる。そう考えたのだろう。

「ちなみに、この情報はあの三人にも伝えた。あんただけ、特別扱いしているわけじゃないぜ」

「狙われる理由に心当たりは？」

「こんな仕事をしているんだ。恨みを買うこともある」

「プロを三人も雇って情報を聞きだし、用済みになったら口を塞がれるほどの恨みは？」

「そのスケールだと、ここ最近はないねぇ。仕事の多くは買い物代行や家の前のドブさらいだからな」

深江は時計を見る。あれだけの銃声だ。林道の先には、民家もあった。通報がいっているると見ていいだろう。安全圏はあと二分ほどか。

「天狗岳はどうだった？」

倉持が、初めてまともにこちらを見つめ返してきた。

「そんなことを聞いて、どうする？」

「俺も山をやっていたから」

倉持は眩しいものでも見るかのように、目を細める。

「何もきかずに済ませようと思っていたが、だんだん、あんたのことが気になってきたよ。何者だ、あんた」

「何者でもない。さあ、詮索(せんさく)は止めだ。あんた、俺の質問にまだ、答えていないぞ」

「……ああ、天狗ね。よかったよ。秋晴れの穏やかな日でね。下山するのが、もったいないくらいだった」

「あんたは、その行程をカメラに収めたんだな」

「カメラっていうか、ビデオだけどな。最新式のヤツだ。ざっと確認しただけだが、上手く撮れていたよ」

「映像のデータは……」

「依頼者に渡したよ。さっき」

「その直後、あんたは拉致され、情報を聞きだそうと拷問を受けた」

倉持は両手で耳を塞ぐ。

「おおっと、それ以上のことは何も聞きたくないね。俺はただの便利屋。ただ、それだけだ」

深江はドアの方を顎でしゃくった。

「行けよ」

「俺はこれでも口は堅い。あんたの素顔も見ちまっているが、たれこんだりはしないからな」

「別にかまわんよ、喋っても」

「そんなこと言って、背中から撃つ気だろう」

「撃つつもりなら、とっくにやっている」

「信じられないね」

倉持はドアに向かって、まっすぐ進んでいく。その背中に向かって、深江は言った。

「耳を塞いだところで、あんたはもう巻きこまれている。早晩、あんたはまた狙われる」

「俺が何も知らないことは、ヤツらにも判ったはずだ」

「あんたは奴らの顔を見ているし、やり口も知ってしまった。このままで済むはずがない」

「ご忠告どうも。ところで、あんたと俺は今日が初対面だ。どうして、俺に対してそんなに親切なんだ？　初めて会う者には、いつも、そうなのか？」

「まさか。あんたに親切にする理由……思い当たらんな」

「ただの気まぐれってことか。いずれにせよ、あんたは命の恩人だ。もう一度、礼を言うよ」

「教石基医療センターの産婦人科、あそこの看護師は評判がよくないようだ」

倉持が顔半分をこちらに向ける。

「藪から棒に、なんでそんなことを？」

「必要になるかもしれないと思ってな」

「余計なお世話だよ」

右手をヒラヒラと振りながら、倉持は小屋を出て行った。

彼の姿が森の向こうに消えたのを確認すると、深江は携帯をだし、儀藤にかけた。

「連絡を待っていましたよ」

意外なことに、応答があった。

第五章　再会

一

八重洲通り沿いにある、喫茶店「にしむら」にたどりついたのは、深夜を回った時間であった。攻撃を受けた車の傷みは予想以上に酷く、バンパーは傷だらけ、ヘッドライトも割れ、片方は点灯しなくなっている。ブレーキランプも同様で、走らせるだけで神経をすり減らすこととなった。警察の目に留まれば、その場で停められる。高速は使わず、下道の裏通りを選んでここまで来た。時間はかかったが、何とか警察の目を避けることには成功した。もっとも、車を返却するさいには、油をしぼられることとなりそうだが。

「にしむら」は、数十年続く、老舗の喫茶店である。近代的なビルが建ち並ぶ一角にあって、店構えはほとんど変わっていない。古びた雑居ビルの一階にあり、壁にはあちこちヒビが入っている。看板などはなく、出入口のドア脇に、小さく「にしむら」と書いてあるのが唯一の目印だ。一見(いちげん)の客は、よほどの猛者(もさ)でない限り、入ろうという気すら起きないだろう。

カランとベルの音をさせ、倉持は店に入る。来たのは、槍ヶ岳の一件以来だ。店内はよく言えばレトロ、普通に言えば雰囲気のよくない街の喫茶店だ。薄暗く、煙草臭く、客は親爺(おやじ)ばかり。表面がすり切れたソファに、長い年月を経て凹凸ができ、ザラザラになったテーブル、壁際には、各種新聞と漫画雑誌が並んでいるから、客はおのずと絞(しぼ)られる。この世知辛(せちがら)い世の中に、いかにして売り上げをたてているのか知るべくもないが、古色蒼然(こしょくそうぜん)たる雰囲気、風格は相当なもので、客が店を選んでいるのではなく、さながら、店が客を選んでいるかのような趣(おもむき)であった。

時間が時間であるから、客は窓際の席に座る男一人のほか、誰もいない。カウンターの向こうでは、頭の禿(は)げたマスターが、煙草片手にタブレット端末をいじっていた。倉持が入って行っても、挨拶一つせず、顔を上げようともしなかった。

それが、オーナーなりの気遣いであることは、判っている。

ただ一人の客、砂本(すなもと)の前に、倉持は立つ。皺一つないスーツを着た砂本は、倉持がドアを入ったときから、瞬(まばた)きもせずじっとこちらを見つめていた。前回会ったときと、まったく変わらない。

座れと、向かいの席を示してくる。テーブルの上には空のコーヒーカップ、灰皿には吸い殻が二本、入っていた。

「待たせてすまん」

倉持はゆっくりと席につく。昼間やられた傷が、今になってじわじわと効いてきた。胸、肩、腰が鉄にでも変わったかのように張り、呼吸するだけでも痛みが突き上げてくる。腕のダメージも酷かった。全体が強ばっており、鉛筆を持つことすら危うい。

砂本は値踏みするかのようにじっとこちらを見つめる。

「相当、やられたみたいだな」

「なに、このくらい……」

そこから先は言葉にならない。薬局で買った痛み止めを飲んだものの、まったく効果がない。強がりだけで平静を装うのは、無理があった。

砂本は後ろを振り返り、マスターに言った。

「ホットもう一杯。それと、アイス一つ。とびきり甘くしてやってくれ。あと、氷、多めに」

マスターは返事もせず、大儀そうに立ち上がった。

倉持は両手をテーブルに載せ、組む。赤く腫れ上がった小指は隠しようもない。

砂本が笑いだした。止めようとしても、止まらない、泉のように湧きだす笑いだった。

「久しぶりに連絡をくれたかと思えば、このざまだ。笑いたくもなるだろう?」

「笑うがいいさ。言い訳はしない」

「会うときは、いつもボロボロだな」

「そうでも……ないさ」

マスターがコーヒーを運んでくる。仏頂面のまま、カップとグラスをそれぞれの前に置く。倉持の小指に、数秒目を留めた以外は、いつものマスターだった。

アイスコーヒーは、頭の芯にまで届くほど、甘かった。

「効くなあ」

しばし甘みを堪能した後、倉持は言った。

「稼業は順調そうだな」

「当然だ。俺が社長なんだから」

倉持はかつて、大手探偵事務所の「アンディ」に所属していた。砂本はそのころの同僚である。ある事件をきっかけに、倉持は「アンディ」を追われ、便利屋になった。それまでの関係者は皆、倉持から離れていったが、砂本だけは違った。折に触れ、連絡を寄越した。彼の夢は、独立して自分の探偵社を持つことだった。倉持のどこが気に入ったのかは判らないが、一緒に仕事をしようと再三、声をかけてくれた。そして、倉持はそれを断り続けた。険悪になった時期もあるが、今はつかず離れず、いい関係が続いている——と倉持は勝手に思っていた。

「それで、用件は何だ？」

　砂本は改まった態度も見せず、ふらりと切りだしてきた。

「仕事を頼みたい」

「おまえ、またやばいことになっているんだろう。大人しく手を引くべきなんじゃないのか？」

「話も聞かないで、説教か」

「そのなりを見れば、想像はつく」

「教石基医療センター、知っているか？」

「ああ。緩和ケア病棟も併設している、中規模の病院だろう」

「そこの緩和ケア病棟にいる看護師を一人、人形にしたい」

「人形？」

「こちらの言うなりになる木偶（でく）にしたいってことさ」

　砂本は深々とため息をついた。

「おまえ、まだそんなことを……」

「得意だろう？　目をつけた者の身辺を探って、弱みを握る」

「おまえがここを指定した時点で、ある程度のことは覚悟していたがな」

「やってくれるか？」

「報酬はきっちりと貰う。それで、期間は？」

「早ければ早い方がいい。二、三日ってところか」

「バカを言え。それっぽちの期間で何ができる。中規模とはいえ、いったい、何人看護師がいると思っている？」

「とっかかりの当てはあるんだ。あそこの産婦人科はあまり評判がよくない。看護師の素行も今ひとつらしい。その辺りから攻めれば、案外簡単に、行き着けるんじゃないかと思ってな」

「簡単にだと？　おまえの口から、簡単なんて言葉が出るとはな。で？　産婦人科云々はどこが出所（でどころ）だ？」

「内緒」

「相変わらずだな」

「時間はあまりないが、金もまったくない。頼めるのは、おまえしかいないんだ」

「貧乏神が」

砂本はテーブルの端にあるレシートを、倉持の前に滑らせる。

「ここはおまえの払いだ」

「無論だ。経費で落とせるからな」

「こいつは貸しということで、一つ、やってみよう」

「返せる当てはないんだが」

「あるさ。俺には判る」

砂本はマスターに会釈すると、店を出て行った。

時刻は午前二時近くになっていた。倉持はコーヒー三杯分、千五百円をテーブルに置くと、カウンターの向こうで船を漕ぎ始めているマスターに声をかける。

「助かったよ」

マスターは「ああ」と低く返事をしただけで、また船を漕ぎ始める。

ドアを開くと、吹きこんだ風に、テーブルの千円札がはためいた。


月島商店街の外れにある、二十四時間駐車場に車を入れ、商店街へと歩いて行く。通りに人影はない。点在する飲み屋も、午前二時で店を閉めるため、二十四時間営業のコンビニやチェーン店のない通りは、朝までの短い眠りに入るのだ。

車を貸してくれた古賀(こが)の店の前にも行ってみたが、すでにシャッターが下りている。車の件は、明日、報告しよう。修理代は全額持つとして、かなりの出費だ。自宅へと向かいながら、携帯で明日のスケジュールを確認する。

朝一番で、遠藤花枝(えんどうはなえ)宅に行き、仏壇(ぶつだん)回りの掃除。それが終われば、仏花(ぶっか)などの買いだし。その後は佃島(つくだじま)にある高層マンションで、粗大ゴミの運びだし。午後五時まで、びっしりと埋まっていた。夜は夜で、商店街自治会との見回りが待っている。

働けど、働けど……か。

商店街を抜け、細い運河を渡ると、勝鬨橋周辺の高層マンション群が空を覆い尽くす。この辺りも、ここ数年で大きく様変わりした。

晴海通りに出る手前の路地を左に取る。再開発の波から置き去りになった、エアポケットのようなブロックがある。木造の一戸建てが二軒と、二階建てのアパートが一棟だ。アパート二階の左端が、倉持の住まいだった。前はマシなマンション住まいだったが、家賃の重圧に耐えきれず、先月、知り合いの不動産屋に紹介してもらい、越して来た。家賃は格安だが、住人は皆、出て行ってしまい、現在住んでいるのは、倉持ただ一人である。大家からは、あんたも物好きだなと、呆れられる始末だ。

一戸建てにそれぞれ住んでいるのは、八十代の老夫婦と七十代後半、元豆腐屋の頑固親父の三人である。彼らは頑として、土地を離れようとしない。そのため、この一角だけが手つかずのまま残っているのだ。しかし、老夫婦は体を壊し、すでに入院、自宅には一ヶ月以上戻って来ていない。元豆腐屋は歳の割に大いに元気だが、孤立した暮らしに、疲弊の色も濃い。ここが更地となり、高層マンションとして生まれ変わる日も、そう遠くないと思われる。

錆びついた外階段を上がり、外廊下にしばし佇んだ。

周囲への警戒を緩めることはなかったが、敵は得体の知れないプロだ。尾行くらいはお手の物であろうし、本気でかかられたら、ひとたまりもないだろう。

乾いた夜風に身をさらしながら、考える。天狗岳行きには、いったい何の意味があったのか。依頼者である上尾の意図、山小屋の部屋への侵入者、端々で感じた妙な気配――。裏に何かあることは察していたが、まさか、自身の命まで狙われることになろうとは。山は鬼門か。

倉持は鍵をだし、戸を開く。気配を感じ、振り返った。外階段の途中に、人影がある。人影はゆっくりと階段を上がり、倉持の眼前に立った。

「どうしたの？　そんなおっかない顔しちゃってさ」

落合孝の姿が、そこにあった。

二

新宿歌舞伎町の雑踏の中から、儀藤の姿が現れた。午前二時を回ったというのに、人の群れが途絶えることはない。深江がいる、やや奥まったところにある公園も、そこここに人がたむろしている。泥酔した会社員風の男たち、固く抱き合ったまま動かない若い男女、煙草と思しきものを吸いながら談笑している白人男性の三人組。

「いやはや、すごい人ですねぇ」

外気はひんやりとしているが、儀藤の額には汗が浮き出ていた。それをハンカチで拭い、深江の横に立つ。

「どうして、こんな奥まったところに？　少し捜してしまいましたよ」

「こんな場所で、背中をさらすほど惚けちゃいない。それより、ご無沙汰だったじゃないか。こちらから連絡をしても梨の礫。そちらに用事があるときは、有無を言わせず呼びだすわけか？」

「申し訳ない。こちらもいろいろと大変でしてね」

「それで、用件は？」

「鑑識の結果が出ましてね」

「結果？　何の？」

「手ぬぐいですよ。ほら、一場の現場に残っていた」

「何か、判ったのか」

「手ぬぐい自体からは何も。市販品ですし、これといった物証もなし」

「手ぬぐいは少し湿っていたな」

「さすが、鋭い。あの状況から考えて、手ぬぐいがあそこまで湿っているのは妙だということで……」

儀藤はポケットから小さなメモをだし、「うーん」と目を細めながら、のぞきこむ。老眼らしい。

「アンモニウム、カリウム、ナトリウム……いろいろと成分が書いてありますが、遊離二酸化炭素、遊離硫化水素……」

「単純二酸化炭素、硫黄冷鉱泉（いおうれいこうせん）。稲子湯か」

「さすが。おっしゃる通り、稲子湯の主成分とほぼ一致しました。採取できたのが微量だったので、あくまで参考程度と釘（くぎ）を刺されましたが」

「天狗に稲子湯か。繋がるな」

「え？　天狗？」

倉持の件は、まだ報告していなかった。しばらくの間、伏せておくことにする。

「それより、昨夜の奥多摩湖の一件だ。殺された二人の身元は判ったのか？」

「それが面目（めんぼく）ないことに、皆目（かいもく）」

「あんたほどの男が突き止められないとはな。突き止められないのではなく、突き止める気がないんじゃないか」

「そんなことは……」

「ないのか？」

儀藤は押し黙ってしまう。

「では、撃ったヤツの方は?」

「それは『霧』で間違いないかと」

「しかしなぜだ? 身元不明だとしても、殺(や)られたヤツらは須賀宝正とは関係ないんだろう?」

「おそらく」

「にもかかわらず、『霧』の標的になった」

「須賀とは無関係でも、別のターゲットと関係している。私はそう考えています」

「もう一つ。あの二人はやられたが、俺は無事だった。あのタイミングなら、俺も撃てたはずだ。なぜ、そうしなかった?」

「あなたが何者なのか、ヤツも判っていないからですよ」

「得意げだな。つまり、撃たれた二人の身元調査を突っこんでやらないことが……」

「逆に、こちらの身元を隠すことにもなるのですよ」

「俺はいまだに、正体不明の男ってことか」

「そう。相手が霧なら、あなたは影だ」

黒人の男が近づいてきた。「ヘイ」と声を上げ、右手の人差し指と薬指を前後に動かしている。何かのサインなのだろうが、理解できない。手を振って、追い払った。

「落ち着かない場所だ」

「でも、いい場所でしょう?」

「ああ。それは認める」

「一人いましたよ」

「何が?」

「須賀の失踪と殺害に呼応するように、現場を離れた男が」

「誰だ?　所属、階級は?」

「警察官ではありませんでした」

「警察官じゃない?　なら……」

「国会議員でしたよ」

　予想外の回答だった。

「誰だ?」

「新村清人(にいむらきよと)。京都七区選出の三世議員です。親父は文部科学大臣も務めた新村介司(かいじ)でした。三年前、在職中に脳梗塞(のうこうそく)で倒れ、そのまま死去。息子の清人がそっくり地盤を継いで、当選しました。当選二度の若手ですが、親の七光もあって……」

「で、その新村がなぜ、あんたのアンテナに引っかかったんだ?」

「須賀の死体が発見される前日から、病気を理由に公務を欠席しています。秘書にきいても、行き先などは教えてくれません。重要な会合などにも欠席しており、水面下ではありますが、ちょっとした騒ぎになっています」

「新村と須賀との関係は？」

「それがまだ、摑めていないのです。見当違いの可能性もありますから、議員相手には、さらに慎重にならざるを得ないのですよ」

「姿をくらますのも異例だが、時期的な符合も気になるな」

「申し訳ないのですが、私はこれ以上の動きが取れません」

「情報が漏れ、それは回り回って『霧』にまで届く」

「我々の最終目的は『霧』なんです。須賀や新村など、駒に過ぎません」

「それを聞いて安心した。つまり、ここからは、俺の流儀で動いていいということだな」

「あなたを連れだしたときから、そのつもりです」

「では、一つ宿題だ。奥多摩湖で撃たれた二人だが、俺と同じ種類の人間じゃないかと思う」

「あなたと同じ。というと、元自衛官ですか」

「生きていられても面倒、死なれても面倒。そんな人間は手元に置いて、賢く使った方がいい。あんたはそう考えて、俺に声をかけた。同じことを考えるヤツがほかにいても不思議はない」

「それが新村だと言うのですか？」

儀藤は肩を竦め、首を振る。そんな大仰な身振りが、深江はどうにも好きになれない。

儀藤は身振りと同様、鼻にかかった声で続ける。

「新村にそんな才覚はないでしょう。ヤツはホンモノのバカです。政治家の資質なんて、微塵もない。親のご威光だけで生きている俗物です」

「しかし、政治の世界では、そうした輩の方が偉くなったりする。今の総理を見ろ」

「立場上、政治的な発言は控えたいですな。とりあえず、あの二人については、そちらの方向から、身元を洗い直してみましょう」

「新村が雇い主でないのなら、いったい誰なのか。その辺りがポイントになりそうだな」

「では、私はこの辺で失礼します。少し離れたところに車を駐めています。あなたはどうしますか？　近くであれば、送っていきますよ」

「遠慮しておこう。車は自分で手配する。それに、おれの傍にはなるべくいない方がいい」

とろんとして眠そうな儀藤の目が、微かに見開かれた。

「うれしいですね。私のことを心配してくださるとは」

「雇い主に死なれては、後々、面倒だからな」

「ご安心ください。こう見えて、私は案外、しぶといのですよ」

儀藤はアジア系の男五人がたむろする真ん中を、ヒョコヒョコと突っ切っていった。男たちは口々に母国語で、叫んだ。卑猥な蔑称だった。

儀藤は振り返りもせず、ヒョコヒョコと遠ざかっていく。

五人組はその背中を指さして、なおも笑っていた。

深江は五人組の中に割って入る。右端の男に右の肘打ち、正面に立つ三番目の男の腹に左のパンチをめりこませた。倒れこむ二人の間に立つ二番目の男の額に頭突きを食らわせる。一瞬にして三人が倒れ、残る二人はただポカンと口を開け、深江を見つめている。二人に微笑みかけると、深江は言った。

「おまえら、車を持ってないか?」

第六章　供花（きょうか）

一

遠藤花枝はすでに起き、玄関の前で待っていた。八十代半ばではあるが、矍鑠（かくしゃく）としている。数年前から膝の痛みに苦しんでいたが、針治療の効果が出てきたのか、十五分ほどであれば、散歩も一人で行けるようになっていた。

花枝との付き合いもずいぶんになる。仏壇に供（そな）えるための仏花の購入が最初の依頼だった。その後、仏壇回りの世話、掃除いっさい、今では、水回りの修理から電球の取り替えまで、生活のほぼすべてを、倉持が取り仕切っている。

灰色の髪を束ねた花枝が、こちらを見て、「ホッ！」と声を上げた。

「こいつは驚いた。ついにあんたも弟子を取ったのかい」

「よしてくれよ。俺一人でもカツカツなのに、こんな若いの雇えるはずないだろう」

倉持の横で、落合が明るく笑う。

「落合でーす。よろしく」

倉持は落合をあらためて睨みつける。

「昨夜（ゆうべ）は拝み倒されたから、泊めてやった。夜が明けたら、すぐに出て行く。そう言ったよな」

「そんなこと、言ったっけ？　あ、言ったかもしれない。だけど俺、行くところもないしさ、することもないし」

「だからといって、俺の後をついてくることもないだろう」

「いいじゃないか。スケジュール見て、忙しい忙しいってぼやいていただろう？　手伝ってやるよ」

「いらねえよ。とっとと帰れ」

「冷てえなぁ」

「そもそも、俺とおまえは友達でも何でもない」

「友達だよ。あんた、山の上で俺のこと、いろいろ心配してくれたじゃん。俺、ちょっとうれしかったんだよ」

「心配なんてしてねえよ。腹が立って、頭の中が真っ白だったんだ」

「俺、あんたの言いつけ守って、あのまますぐ山を下りたんだぜ。その後、軽井沢（かるいざわ）の駐車場でバイトしてたんだけど、すぐクビになっちゃってさ」

「それは昨夜聞いた。だからって、どうして俺のところなんだよ？」

「いや、得意げに言ってたからさ。月島で便利屋やってるって。だから、来てやったんだよ」

あの場で名乗ったのは、やはり一世一代の不覚だった。

落合はニヤニヤ笑いながら、続けた。

「だけどあんた、評判いいね。商店街で家の場所、きいたんだけどさ、みんな、ニコニコしてあんたのこと、聞かせてくれたよ」

「おまえには関係ないことだ」

「ちょっと！」

花枝が険しい顔で叫んだ。

「いつまでやってるんだよ。あたしをここに立たせたままにしておく気かい？」

「判った、判りましたよ」

倉持は花枝に、家に入るよう促す。

「おまえも来い。その代わり、タダ働きしてもらう」

「金はいらない。寝床と食い物さえもらえたら」

「まあ、そのくらい、何とかしてやる。さあ、無駄口叩いている暇はないぞ。まずは拭き掃除だ。そこにバケツがあるだろう。水をくんでこい」

昼食どきのもんじゃ焼き屋「ピターヤ」は、待ち客が出るほどの盛況だった。二十人ほどが入れる店内の隅で、倉持は落合共々、小さくなって、焼きそばを頰張っていた。落合は大盛り五目焼きそばを、「美味(うま)い、美味い」と連呼しながら、かきこんでいる。

「急いで食えとは言ったけど、そんなに慌てなくても大丈夫だ。昼休みはしっかり一時間、取ってやるから」

「いやいや、慌ててるわけじゃなくて、ホントに美味いんすよ」

「そんなに豪快に食ってくれて、こっちもうれしいよ」

客が一段落したのか、古賀がカウンターから出てきた。夫婦二人で店を切り盛りする若きオーナーは、バンダナにエプロン姿である。妻の姿が見えないのは、おめでたで実家のある広島(ひろしま)に戻っているからだとか。

「臨時のバイト雇って、何とかしのいでるけど、やっぱり一人だときついね」

そう言う古賀だったが、表情は明るく、充実感にあふれていた。

倉持は膝に手を置き、あらためて頭を下げた。

「車の件、本当に申し訳ない。きちんと修理して返す」

「気にしないでいいって。どうせ、しばらく乗らないから」

「こんなことなら、レンタカーにするんだったよ」

「水くさいなぁ」

　三人連れの客が入って来て、古賀は応対に立ち上がった。そんな姿を見ながら、落合が言う。

「あの人とは、長いんすか？」

「まあな。二人だけで店やってると、いろいろあるんだよ。夜、酔っ払いが暴れても、なかなか対応しきれない。そんなとき、俺が呼ばれるわけさ。そんなことをもう、何年もやってるんだ」

「へぇ」

　焼きそばを食べ終わった落合はグラスの水をひと息に飲み干す。

「便利屋ってのも、大変なんだね」

「気楽に言いやがって。ところで、おまえは何やってるんだ」

「何って？」

「仕事だよ」

「仕事は……ない」

「見たまんまか。今まで何してきた？」

「高校中退して、東京に来て、いろいろやって、今に至るってとこかな」

気楽に笑う。

「生まれはどこなんだ？」

「やだなぁ。探偵みたいな顔してるぜ」

「言いたくなけりゃ、別にいい」

「京都の亀岡(かめおか)ってとこ。親が勉強、勉強ってうるさくてさ。そこそこの私立高校入ったんだけど、全然、ついていけなくなって、学校行かなくなって、私立だから出席足りないと進級もさせてくれない。二年の冬に、それが親にばれて、そのまんま」

「そのまんまって、家出か？」

「出てけって怒鳴るからね。じゃあって、笑顔で出てきた。そのまま、京都駅に行って、新幹線乗って、東京」

「おまえ、今、いくつだっけ？」

「あれ、言ってなかった？　二十一。こっちに来て、四年と少しかな」

「親には連絡してるんだろうな」

「ハガキだした」

「ハガキ？」

「元気でいるから、捜さないでくださいって。こっちの住所は書かなかった。まあ、半分、ホームレスみたいなもんだから、書きたくても書けなかったけど」

「親とは、それっきりか」

「うん。でも、心配ないよ。俺とは正反対の弟が二人いてさ。たぶん、そっちにかかりきりなんだよ」

「向こうから連絡は？」

「あるわけないっしょ。こっちの居場所も知らないのに」

「そんなもん、ちょっと金積めば、すぐ調べられる」

「それをしてないってことは、俺の想像通りってことなんじゃないの？」

落合の話を聞くうち、食欲が失せ、三分の一ほど残したまま、箸を置いた。

「寂しい話だな」

「どうしてそうなんの。俺、ちっとも寂しくないぜ」

「これからは、どうすんだよ」

何で俺が、こんな親父臭いこと、言わなくちゃならんのだ。辟易しながらも、どこか放っておけない。捨て猫のだすオーラのようなものが、落合には備わっていた。

「どうしようかな。あ、便利屋なんてどう？　午前中、ちょっとやってみたけど、俺、向いてるかも」

「自分で言ってんじゃねえよ」

そう言ったものの、たしかに飲みこみも早く、行動もてきぱきと無駄がない。向き不向きだけで言えば、大いに向いている。

　そんなこちらの心理を見抜いたのか、落合は言った。

「俺、雇ってくれない？」

「おまえを？　俺がか？　バカ言うな」

「さっきも言ったけど、寝るところと食い物くれたら、バイト代とかいらないからさ。えーっと、こういうの、何て言うんだっけ……そう、修業！　修業して、一人前になったら、出てく。どう？　ちょっとよくない？」

「よかねえよ。一人前になるのに、何年かかるんだよ。付き合っていられるか」

　カウンターの向こうから、古賀が声をかけてきた。

「それ、いいんじゃないの？　最近、忙しい忙しいってこぼしてたじゃない」

「うるせえな。余計なこと言わないでくれよ」

　落合が、倉持の皿を指して言う。

「もったいない。食わないの？」

「ああ」

「もらうね」

　皿を持ち、麺をかきこみ始める。

「食ったらいくぞ。次は力仕事だ。しっかり動いてもらうぞ」

何だかんだで、落合の望み通りになっている。倉持は二人分の代金を、テーブルの端に置いた。

二

夜通し車を走らせ、稲子湯旅館前に到着したのは、早朝午前六時だった。

歌舞伎町の男たちからかっぱらった車は、ニッサンのシーマだった。車内は髪の毛一本、落ちていないほど綺麗であり、カーナビを初め、様々な装備がついていた。快適なドライブではあったが、車を道具としか見ることのできない深江には、少々、手に余る代物でもあった。

澄みきった空気の中、人気のない駐車場に車を乗り入れる。ほかに客もいないのか、六台ほどが駐められるスペースは空だった。

天気は快晴であり、頭上を覆う木々の合間から、真っ青な空が見える。

車を下り、稲子湯旅館へと歩く。宿泊客は何人かいるようで、廊下を行く人影が、ガラス越しに見えた。

正面玄関の扉を開き中に入ると、そこは靴脱ぎ場であり、左右の靴箱に数足の登山靴が並んでいる。受付に人がいないので、深江はいったん外に出る。左手にある自販機で、温かい缶コーヒーを買い、それを片手に沢のせせらぎを目指して歩きだした。

それとなく気配を探るが、危険の兆候はない。ここまでの道中も、尾行などに細心の注意を払ってきたが、アンテナに引っかかるようなことは、何もなかった。

夜通しの運転で固くなった体をほぐしつつ、いまだ薄暗い樹林の中を早足で進んでいった。

十分足らずでゲートが現れ、その先が唐沢橋だった。沢の荒々しい音が、深江のささくれだった神経を宥めてくれる。目を閉じ、しばし、聞き入った。

戻ろうとした深江の目に留まったのは、橋のたもとにある、花だった。すでにしおれてはいるが、置かれたのはごく最近だ。どうやら、手向けの花らしい。

深江は来た道を取って返す。

旅館の前に戻ると、自販機回りを箒で掃いている女性がいる。従業員のようだ。深江を見ると、丁寧にお辞儀をした。

「お早いですねぇ」

「評判を聞いて、温泉につかりに来ました。もう入れますか？」

「申し訳ありません。営業は九時からになってまして」

深江は頭を掻き、苦笑してみせる。

「張りきりすぎて、早く着いてしまった。中で休ませてもらってもいいですか」

「それは、もちろん。ゆっくりなさってください」

「ありがとうございます。ところで、今、唐沢橋のところまで散歩してきたのですが、橋にお花が置いてありました。何かあったのですか？」

女性の表情が曇る。

「……ええ、あの橋から落ちて、亡くなられた方がありましてね。あ、でも、だいぶ前のことです。五年か六年くらい」

「そうでしたか……。しかし、そんなにたつのにお花を手向けに来られるなんて、やはり、ご遺族の方ですか」

「いいえ、刑事さんですよ」

「刑事？」

「変わった人でね。事故が起きたときも、真っ先に来て、いろいろ調べていましたよ。知り合いでもないのに、それから、毎年、命日になるとお花を供えに来られて」

「その刑事さん、名前は判りますか？」

「原田さんとだけ聞いてますけど……何で、そんなことを？」

さすがに警戒心が芽生えたとみえ、女性は挨拶もそこそこに、旅館の中に消えてしまった。

深江は手にした缶コーヒーを、指定のゴミ箱に捨てると、携帯をだした。通話は可能だ。

儀藤にかけた。案の定、留守電メッセージに切り替わる。

「緊急の用件だ。長野県警に原田という刑事がいるはずだ。至急、話が聞きたい。セッティングしてくれないか。それと、稲子湯旅館の傍にある唐沢橋で、五、六年前に人死にがあったらしい。詳細は不明だ。それに関しても情報が欲しい」

携帯を戻し、シーマへと戻る。温泉に心惹かれたが、残念ながら、のんびり湯につかる暇はないようだ。

駐車場を出たところで、儀藤からの連絡が入った。道端に車を停める。

儀藤はいつも通りの、のんびりした調子で言った。

「長野県警山岳警備隊に、原田という巡査部長がいます。彼で間違いない」

「今、どこにいる？　話は聞けそうか？」

「彼は警備隊の中でも、特殊な部署にいます。通常、山岳警備隊員は、地域課の職務と兼任であり、夏山シーズンをのぞけば……」

「そのくらい判っている」

「原田巡査部長は警備隊専任なんですよ。つまり、夏だろうが冬だろうが、山で事件が起きれば、まず駆けつける」

「ほう。そんな部署ができていたとは」

「まだ二人だけですがね」

「それで、原田は？」

「昨日まで、北アルプス方面にいたそうですが、今日は下山して、松本に入ります」

「それは好都合だ」

「あまり表立って動きたくはないのですが、今回だけはセッティングしましょう。場所は追って知らせます」

「もう一つ、唐沢橋の死人についてだが」

「こちらは情報が潤沢にありました。警察は事故として処理していますね。今から六年前の十月三十日の早朝、唐沢橋のたもとで、丸居統良、三十二歳の死体が見つかりました。発見者は、小杉寛貞。稲子湯旅館に湯治に来ていた客です。朝の散歩の際、死体を発見、慌てて通報したと」

深江は携帯を手にしたまま、車をスタートさせる。

「続けてくれ」

「鑑識の結果、丸居は川に下りようとして足を滑らせ、転落したものと判断されました」

橋から下までは、約四メートル。頭から落ちれば、命はない。

「死亡推定時刻は、前日の午後四時から六時」

「ずいぶんと幅があるな」

「一晩、水につかったままだったんです。そんなものでしょう」

「丸居が稲子湯にいた目的は？」

「天狗岳登山です。前夜は本沢温泉に一泊。死んだその日は天狗岳に登り、下山してきたところだったようです」

「丸居はなぜ、川に下りようとしたのだろう。十月下旬の夕刻であれば、水浴びをしたい陽気でもない。飲み水が欲しければ、少し歩いて稲子湯で飲めばいい」

「さあ、そこまでは、判りません」

「死体発見の報を受け、一番に駆けつけたのが、原田巡査部長だったんだな」

「ええ。たまたま黒百合ヒュッテにいたので、すぐ下山し、本隊の到着前に、現場保存などをしたそうです」

「最後にもう一つ。丸居は何者だ？」

「何者というほどの人物ではありませんよ。慎(つつ)ましく生きる、ごくごく平凡な男だったようです。長野県の旧穂高町(ほたかまち)の出身で、地元の高校卒業後は、やはり地元のスーパーに就職。死亡時は、同スーパーの松本駅前店で、副店長をしていました」

「山の経験は？」

「高校時代、ワンダーフォーゲル部に所属。就職後は、一人でたまに出かけていたようです」

「家族構成は？　結婚していたのか？」

「丸居の経歴で、気になるところと言えば、この一点くらいですかねぇ」

「あんたの感想や推理はいらない。事実だけを言ってくれ」

「失礼しました。未婚。両親、共におりません」

「いない？」

「施設で育ったんですよ。二歳のとき、母親が死んで、養護施設に入りました。高校入学を機にそこを出て、一人だちしています」

「判った。聞きたいことは以上だ」

「何かあれば、また連絡を下さい。ところで、原田巡査部長と落ち合う時間は？」

「諏訪から高速に乗れば、二時間ほどで着くと思う」

「場所は？」

「向こうに決めさせろ。その方が話が早い」

「判りました」

通話は切れた。

麦草峠（むぎくさとうげ）を一気に越え、茅野の市街を抜ける。道は空いており、諏訪インターまではあっという間だった。

高速に乗ったところで、儀藤から連絡が入る。原田との待ち合わせは、松本駅近くにある松本多々良ホテルの一階ラウンジと決まった。

道は空いており、快適だ。時おり、後ろを確認するが、尾行などはされていない。松本で下り、一五八号線を駅方面に向かう。松本多々良ホテルは、かなり目立つ場所にあった。整備の進んだ駅前から、徒歩、五分くらいのところだ。深江は車を地下駐車場へと滑りこませた。螺旋を描きながら、地下に下りると、かなりの駐車スペースが広がっている。空いていて、場所は自由に選べる。深江は階段に一番近いところに駐めた。約束の時間まで、あと十分だ。

エレベーターは使わず、階段で一階に上がる。一階には、ロビーとラウンジがある。天井が高く、中庭の緑をガラス越しに眺めることのできる、気持ちのいい空間だった。

チェックインカウンターを横目に、奥にあるラウンジを目指す。賑わっており、席はすべて埋まっていた。原田はすぐに判った。真っ黒に日焼けした小柄で細身の男が、庭園のよく見える窓際の二人席にかけている。空いている向かいの席に無造作に置かれているのは、使いこまれたデイパックだ。短く刈った髪に、うっすらと伸びたヒゲ。絵に描いたような山男だった。

続いて深江の注意をひいたのは、原田の三つ横のテーブルに座る男性だった。松本の観光ガイドを手に、コーヒーを飲んでいる。チェック柄のシャツにジーンズ。椅子の脇には、大きく膨らんだ旅行用バッグが置いてある。連れがいる様子はなく、一人旅のようだ。

男は窓を背に座っており、そこからは、ラウンジの出入りは無論、ロビーが一望できる。男はときおり本を置いては携帯を確認し、何やら操作している。

深江はラウンジに入ると、まっすぐ、原田と思しき男の許へと向かった。向こうも深江を早くから認識していたらしい。素早く立ち上がると、デイパックを肩にかけた。お互い、名乗る必要はなさそうだった。

深江は言った。

「支払いを済ませたら、そのまま、地下駐車場へ」

「勘定は済ませてありますから、すぐに行けますよ」

二人はウェイターに会釈すると、並んでラウンジを出た。旅行者風の男が、席を立つのが気配で判った。

非常口の表示があるドアを開け、その先にある階段を地下二階まで、駆け下りる。下りきったところは、自販機が二台並ぶ休憩スペースになっていた。右手には、駐車場に出るドアがある。利用者のほとんどはエレベーターを使うため、ここが開くことは滅多にないようだ。

深江は言った。

「先に車へ行くか、ここで待つか?」

「ここで」

原田はデイパックを背負ったまま、隅に寄った。無駄な質問はしてこない。監視者には、とっくに気づいていたらしい。原田という男、ただの警察官にしては、なかなか優秀だ。

まもなく、階段を下りてくる足音がした。一段一段進みながら、周囲を警戒しているのが判る。

さっきの旅行者が踊り場に姿を見せる。待ち受ける二人を見て、ぎょっとした表情を見せた。

「な、何か？」

壁際から、原田が言う。

「どうして、俺のあとをつけてきた？　今朝、下山してから、ずっと張りついていたな」

「な、何をおっしゃっているのか。僕は……」

そう言いながら、階段を下りてくる。

深江はその場を動かず、相手の動きに細心の注意を払いつつ、全身の力を抜く。

「一人旅の人間が、なぜ、美しい庭を背にしてコーヒーを飲む？　それから、大事なカバンを持っていないようだな。どこに置いてきた？　中身は枕か何かだろう？　ダミーだから、置いてきても問題ない」

男の左手がわずかな動きを見せた。気配を感じ、深江はわずかに右へ重心を移動させる。頬の横を何かが飛んでいった。深江の注意がわずかにそれた瞬間に、男は跳躍、背後に回っていた。首に固いものが巻きついてきた。ベルトだった。縛めを解こうと体を捻るも、ぴたりと背中側に張りつき、猛烈な力で締め上げてくる。首の肉にベルトが食いこみ、呼吸ができなくなった。

ふと見ると、自販機の前に、先のひしゃげたボールペンが落ちている。ヤツがさっき投げたのは、これか。

隅にいた原田が加勢のため、前に出ようとした。それを深江は目で止める。山のエキスパートとはいえ、この男にかかれば、十秒ともたないだろう。深江は袖口に隠した、ナイフを手の中に滑りこませた。さきほどのラウンジから失敬してきたものだ。逆手(さかて)に持ち、相手の右手に突き刺した。

耳元の息づかいが荒くなり、ベルトを締める力が緩んだ。噴き出た血が、深江の頬にふりかかる。そのまま切っ先で、相手の右脇腹を突く。刺しこむほどの威力はないが、痛みは相当なものであるはずだ。うめき声と共に、男の手がベルトから外れた。肘で腹をつき、男から離れる。振り向いて相対した。ナイフで一気に片をつけたいところだが、残念ながら、ただの食卓ナイフだ。服の上から皮膚を引き裂くことはできない。

男は怒りにまかせて、躍(おど)りかかってきた。深江はナイフを捨てると、放たれた突きを払い、鳩尾に拳を叩きこんだ。手応えはあったが、こちらの期待ほど、効いてはいないようだ。大きな手が、深江の顔を包みこみ、そのまま壁際まで押しこまれた。手を首にかけられたら、力任せにへし折られる。深江はポケットに忍ばせておいた、もう一つの品を取りだした。ナイフと同じく、ラウンジから持ちだした胡椒の瓶だ。指で蓋を外し、中身を相手の顔にぶちまける。効果は絶大で、両手で顔を覆い、深江に背を向ける。首の後ろを摑み、頭から自販機に叩きつけた。男はそれでもなお、立ち上がろうとする。深江は床に落ちていたナイフを拾い上げ、男の右大腿部に振り下ろす。根元までめりこんだところで、激痛による絶叫が狭い空間に轟き渡った。

「抜けば、出血で死ぬぞ」

耳元にささやいた後、深江は原田に言った。

「行こう。しばらくは、動きを封じられるはずだ」

山岳警備隊として百戦錬磨であろう男の顔も、さすがに色を失っていた。

「しかし、この男はいったい……」

「話はあとだ。俺の車で」

原田の手を引くようにして、駐車場に出た。新宿からの友であるシーマはすぐ目の前にある。運転席に乗りこみ、エンジンをスタートさせる。原田は無言で助手席におさまった。

出口に向かおうとしたとき、正面に銃を持った男が立ちふさがった。ヘッケラー＆コッホＵＳＰ。あの小屋で、倉持を拷問していた一人、男女ペアの片割れだ。右手に包帯を巻き、銃は左手で持っている。深江はかまわずアクセルを踏む。あわやというところで、男は横に飛び退いた。タイヤを軋らせ、車は坂道を上がり、地上へと出た。

第七章　情報

一

依頼仕事をすべて終え、帰宅したのは、午後十一時を回っていた。ここからは、もんじゃストリートからの電話に備える。

落合は疲れた様子も見せず、床に置いたテレビでお笑い番組を見ている。

丸一日、働きぶりを見ていたが、倉持の目に狂いはなさそうだった。便利屋としての適性は極めて高い。見た目や言動は当てにならないと、あらためて思い知らされた。

高層階からの荷物だしも、道路端のどぶさらいも、最初のうちこそまごついていたものの、すぐにコツを掴み、いつの間にか倉持の指示がなくとも勝手に動いている。汚れ仕事を厭う様子もなく、単純作業への耐性も高かった。

これは、思わぬ拾いものかもしれない。半年ほど同行させて仕事を叩きこめば、すぐに一人前になるはずだ。どこかに事務所でも借りて、二人して便利屋をやるか。

コンビニで買ってきた弁当を温める。部屋の隅で埃をかぶっていたちゃぶ台をだし、その上に並べた。

落合はそれを見て、くるりとテレビに背を向ける。

「俺は慣れてるからいいけど、毎晩、こんな食事なの？」

「毎日ということはないが、飲みに出ないときは、こんなものだな」

「酒、飲むんだ」

「付き合い程度だがな。商店街の知り合いが、連絡してくるんだよ。呼ばれたら、行かないわけにはいかない。付き合いあっての商売だから」

「ふーん」

落合は、唐揚げ弁当の蓋を開け、器用に片手で割り箸を割る。

冷蔵庫からウーロン茶をだし、紙コップに注いでやる。

「で、どうだった、便利屋の仕事は」

「面白かったよ。俺、向いてるかも」

落合はウーロン茶を口に含みながら、うなずく。

「確かにな。おまえ、向いてるよ」

「やっぱり？」

「どうだ？　しばらく、一緒にやってみるか」

唐揚げを口に頰張りながら、落合は無邪気に笑う。

「宿、飯（めし）付き。給料なし。条件はこのまま？」

「それでよければ」

「俺はかまわないよ」

「交渉成立だな」

相棒を持つか。こんな日が来るとは思わなかったな。倉持は湯気をたてている麻婆丼（マーボーどん）に、スプーンをさした。

一口目を口に運ぶ前に、携帯が鳴った。画面に表示されたのは、公衆電話の文字だ。

「砂本か？」

「よく判ったな」

「長い付き合いだからな。どうした？　何か、トラブルか」

「その逆だ」

「何？」

「例の件、おまえの要望に応えられそうだよ」

「冗談だろ。頼んでまだ、一日たっていないぞ」

「こういうこともあるさ。もっとも、依頼を受けるや、すぐに腕利き三名を投入した、俺の手柄でもあるがな」

「自慢話はあとで聞く。説明してくれ」

「おまえの言っていた産婦人科、そこを集中して当たっていたら、何と、二週間前にそこを退職した女に行き当たった。勤続二十年、師長を務めていたベテランだ」

「当然、非円満退社なんだろうな」

「ご明察。その女、アルコール依存症なんだ。五年間、何とか隠し通してきたが、院内でもちびちび飲っているのを、何度かチクられたようだ。退職金も貰えず、クビになった」

「読めてきたぞ。その女が、こちらの質問に、何でも答えてくれるってわけか」

「そういうことだ。弱みを握って、人形を作る手間をすっ飛ばしてな」

「しかし、俺が知りたいのは、緩和ケア病棟のことだぞ」

「だてに二十年、勤めていないさ。美味しい情報は、しっかりと耳に入ってくるよう、独自の網を作り上げていたらしい」

「何と、頼りになるヤツよ。素晴らしい」

「言葉より礼金をいただきたいね。その女にはそれなりの金額を握らせてある」

「請求書を送ってくれ。場合によっては、分割払い、いや、出世払いに……」

「とにかく、急ぐのなら、これからでも会えるが、どうだ？」

「無論、行くよ」

倉持はそう答えながら立ち上がり、録音機とメモをカバンに放りこんだ。そんな様子を、落合はポカンとして見つめている。

「先方は、おまえと一対一を希望だ。場所は三軒茶屋(さんげんぢゃや)の『ジャラミー』ってバーだ」

倉持は「ジャラミー」の住所を書き留める。これからであれば、タクシーを使うよりないか。

「ただし、行くなら、早く行け」

「なぜ?」

「言っただろう、相手は無類の酒好きだ」

「なるほど」

通話を切ると鍵を持ち、靴を履いた。

「仕事だ。今日は戻らないと思う。適当に寝ていてくれ」

「了解」

「朝には戻る。明日の予定は変更なしだ」

「引越の手伝いと、ビラはがしだったよね」

「じゃあ」

外に飛びだした。落合が気怠(けだる)げに手を振っていた。ドアが閉まる。

深夜をかなり回っていたが、三軒茶屋の駅周辺には、多くの人がいた。表通りから一本入った路地では、数坪の飲み屋が軒を連ね、酒を手にした老若男女がひしめきあっている。渋谷、六本木のような華やかさはなく、昭和の香りが漂う、どこか人間味のある光景だった。

「ジャラミー」は、そんな飲み屋街の一角にあった。三階建ての建物の一階だ。カウンター八席に加え、路上に並べたテーブルと椅子が数脚。カウンターの手前で入れ墨をのぞかせた外国人が一人でウイスキーを傾けているほかに、客はいない。

倉持はカウンターの向こうにいる初老のバーテンダーに声をかけた。

「待ち合わせなんだけど」

バーテンダーは「おっ」と声を上げ、奥を指さした。手洗いのドアがある。見れば、一番奥の席には、半分ほど琥珀の液体が残ったグラスが置いてあった。

バーテンダーはニヤリと笑って、言った。

「まだ正気だよ。あと三杯やると、危ないかな」

「ご忠告、ありがとう」

荒々しくドアが開いた。しかめっ面をした五十代前半と思しき女が、転がるようにして出てきた。人差し指をバーテンダーに突きつけ何か言おうとしたが、言葉は出てこず、しゃっくりを二度した後、自分の席に戻っていった。雰囲気を見れば、かなり荒んだ生活をしていることが判る。

　倉持は女の背後からそっと声をかけた。

「ここ、いいかな」

　隣のスツールを指す。

　グラスに口をつけようとしていた女は、面倒臭そうに振り向くと、口の端を歪め、「あん？」と言った。

　あん？　の意味が判らず、倉持は作り笑いを続けるしかない。五秒ほど見つめあった後、女は、「あんた、クラマチさん？」

「倉持です」

「ああ」

　乱れた髪に指をつっこむと、また顔を顰める。

「早かったのね」

「そりゃあ、もちろん」

「何？　そんなにあの病院のこと、聞きたいの？」

　大きな口から、黄色くなった歯がのぞく。

「ああ、聞きたいね。すごく聞きたい。だから、すぐに飛んできた」

「ふふーん、あのクソ病院を肴に飲めんだったら、この一杯は我慢しとくんだった」

　空になったグラスを掲げる。倉持はそのグラスを取り、カウンター越しに差しだす。

「マスター、この人に同じものをもう一杯、俺はビールをもらおうかな」

　バーテンダーはグラスを手にした後、「はい」と答え、冷蔵庫から白く曇ったビールグラスをだしてきた。

　女は、グラスに注がれるビールを食い入るように見つめる。隙あらば、横から攫っていきそうな気配であった。やはり、早めに話を進めた方がよさそうだった。

「俺は倉持と言います。今日はどうも」

　女のグラスが満たされると、形ばかりの乾杯をした。

「あたしは、檜山。よろしくね」

　それが本名であるかすら判らないが、倉持としては、名前なんてどうでもいい。

　倉持は再度、店内を見回して言った。

「ここって、この手の話をしても、大丈夫なとこなんですか?」

「ああ、平気さ。何話してたって、酔っ払いの戯言にされちまうからね」

　うひゃひゃひゃと猿のように笑う。慣れているのか、バーテンダーは涼しい顔で、グラスを洗っていた。

　檜山はぐいと顔を寄せてくる。煙草の臭いが鼻についた。

「で、あのクソ病院のことだってね」

「ええ。檜山さんは、産婦人科に二十年お勤めだったとか」

「二十二年さ。病院としては、中の上、骨を埋めるには充分過ぎるとこだったよ。それがまさか、この歳でクビになるとはね」

自業自得だろうと思いつつ、倉持は穏やかに微笑み、うなずいた。

「お察しします」

「アル中だとか、難癖つけやがってさ。そもそも、あたしは、アルコール中毒じゃないよ。そりゃ、昼間から飲んでたさ。でもね、あれだけの仕事をこなすには、ガソリンってもんがいるでしょうが。みんな、いろいろやってるよ。ある人は煙草、ある人は風俗、ある人は買い物、あたしはそれがたまたま、酒だったのさ」

見事なまでの屁理屈を聞きつつ、倉持はビールをあおる。この調子だと、一杯や二杯では、終わりそうもない。

「で、何だっけ、あんたが聞きたいことってのは」

「緩和ケア病棟のことなんですがね」

「ああ。あそこはね、あたしが言うのも何だけど、天国みたいなとこさ」

バーテンダーが顔を顰める。

「あんまり、気の利いたジョークじゃねえな」

「人の話、勝手に聞いてんじゃないよ。あたしは大まじめに言ってんのさ。医者も看護師も一流だ。あそこなら、胸張ってお勧めするね」

　倉持は言った。

「そこに入っている上尾誠三という人物なんですが……」

「上尾ね。聞いたことあるよ」

　檜山のグラスが空になっていた。彼女は遠慮なくグラスを掲げ、もう一杯！　と叫んだ。バーテンダーがこちらに目を向けてくる。倉持はうなずいた。即座に酒が満たされる。

「こうやって酒がすいすい出てくると、気持ちがいいね。毎晩、こうあってもらいたいや」

「それで、上尾のことなんですが……」

「あの人は、末期の肝臓ガン。見た目は元気そうだけど、実際のところ、自力で歩く気力もないようだよ」

「精密部品作ってるところの社長なんでしょう？」

「会長さ。ちょっとした人物らしいよ。まあ、そうでなくちゃ、あの病棟のあんないい部屋にゃ、入れない」

「あまり大きな声では言えないけど、上尾さんについて、ちょっと調べたいことがあるんです。その緩和ケア病棟に、誰か知っている人、いませんか」

「山ほどいるさ。だけど、あそこは無理だ。今も言ったけど、働いているヤツらはプロ意識を持った本物さ。後ろ暗い秘密とか何とか、そんなものはないよ」

「そいつは……困ったなぁ」

肘をもの凄い力ではたかれた。

「そこで、この檜山さんの出番なんじゃないか。何のために、わざわざ来てもらったと思ってんだ。上尾のことなら、何でも知ってるよ」

「何でもって、そこで働いている人はプロ意識の高い本物なんですよね。だったら、あなたはどこからそんな情報を？」

「病棟に出入りするのは、医者や看護師ばっかりじゃない。食事の配膳係や掃除係や、いろいろいるんだよ。だからまぁ、ちょっとアンテナ立てれば、いろいろ入ってくるんだよ」

こんな女がいたら、おちおち入院もしていられないな。そんなことを思いつつ、倉持は静かに相づちを打ち続けた。相手が気持ちよく喋っている間は、わざわざ腰を折ることもない。

「上尾って人の評判はそこそこよかったみたいだよ。見た目は偏屈ジジイそのものだけど、寡黙なだけで、文句も言わないし、あれこれ用事を言いつけるわけでもない。日がな一日、ベッドに横たわって、じっとしてるんだって。だけど、意識ははっきりしていたって言うから、痛み止めなんかはあまり入れてなかったのかねぇ。だとすると、恐ろしく我慢強い人なんだね」

　病室で初めて会ったときの上尾の顔が思い浮かんだ。倉持に対しては、けっして寡黙ではなかったが、病人とは思えぬほど矍鑠としており、言葉もしっかりしていた。あの体の奥で、病魔が猛威を振るい、激しい痛みが駆け巡っていたとは、到底、思えない。

「上尾さんを訪ねる人は、けっこういたのか？　財界の大物だったら、見舞客もいっぱい来たでしょう」

「それがさ、あそこに入る前に、会社の経営から財産まで、綺麗に整理してきたって話だから、見舞客なんて、ほとんど来なかったって話だよ。人なんて冷たいもんだからね。肩書きがなくなれば、ただの人。余命幾ばくもないただの人に割く時間なんて、みんな、ないんだよ」

　まるで見てきたかのように言うが、果たしてこの言葉、どこまで信用してよいのか。

　檜山はいち早く、倉持の疑念を察したようだった。

「信じる信じないは、そっちの勝手さ。あたしは、こいつさえ、貰えれば、文句なし」

　グラスを掲げ、もう一杯要求する。こうなったら、止めることはできそうにない。倉持の会釈で、グラスが満たされる。

　檜山は満足げにうなずき、言った。

「疑(うたぐ)り深い人みたいだから、言っておくよ。上尾を訪ねて来ていたのは、会社の専務。ほぼ毎日、午前九時から十時まで。業績の報告やら何やらをやってた。上尾はそれをただ、聞いているだけで、指示とかそうしたものは、いっさいしなかったってさ」

「本人はもう引退した身と言っていましたが」

「仕事ひと筋で家族もなし。会社は赤の他人が引き継(つ)ぐわけでしょう? あたしからしたら、何とも寂しい人生だわよ」

「あなたは、寂しくないと?」

「当然。飲み友達もいるしさ、まあ、家族はいないけど、近所に付き合いのある人もいる」

「仕事はどうするんです?」

「何とかするよ。ま、病院関係は、もう無理だけど。それにしても腹立つんだよねぇ。あたしのこと、チクったの誰なんだろ」

　悪人ではないが、いろいろと誤解されやすい人物のようだ。本人の知らないところで、恨みを買っていたのかもしれない。

「上尾さんは、起きている間、これといって、何もしていなかったんですね」

「そうみたいよ。テレビを見るでなく、本を読むでなく。検査や何やで、かなり時間を取られてはいたみたいだけれど、とにかく、何もしてなかったって。魂が抜けたみたいとも言ってたわ」

「山のことで、何か話題にのぼったことはないですか。あるいは、山に関する何かが置いてあったとか」

「山？　山って、あの登る山？」

「ああ」

「さあ、それはないと思うけどねぇ。掃除していた人の話だと、私物はほとんど何もなくってさ。最低限の着替えだけだって」

「本当のところ、上尾さんの余命は、どのくらいなんです？」

「年を越せるかどうか、微妙みたいよ」

上尾の中では、死への備えはもうできているのだろう。人生のすべてをかけて築き上げてきた会社の行く末も、すでに決まっている。この世への未練など、もうないのかもしれない。

そんな男が、天狗岳の撮影を倉持に依頼した。ますますもって、妙な話だ。

昔の思い出云々というのは、檜山の話を聞く限り、出任せだろう。死を前にして過去にすがるような人物とは思えない。

では、何のために？

結局、疑問はそこに戻って来てしまう。

檜山が怪訝そうに、顔をのぞきこんできた。

「あんた、どうしたの？　急にボーッとしちゃって」

「いや」

無駄足だったかもしれないな。この、呂律（ろれつ）が怪しくなりつつある女の言葉を、すべて信じるのは危険であるし、その情報が正確である保証もない。

一から出直すか。

バーテンダーに勘定を頼もうとしたとき、檜山が「あっ」と言って、手を打ち鳴らした。

「そう言えばさ、一度だけ、上尾が怒ったことがあったっけ」

「怒った？」

「あの人、さっきも言ったみたいに、底抜けに愛想（あいそ）が悪いけど、怒ったり暴れたりはしなかった。だから、病院内では、すっかり大人しくて扱いやすい人ってことになっていたのよ。それが……」

酔いでぼんやりとした檜山の目が、ほんの一瞬、正気に返ったようだ。

「一度だけ事務員をこっぴどく怒鳴りつけて、その場の全員どん引きだったらしい」

「それが、上尾さんらしくないと？」

「そう。後にも先にも、そんなことは一度だけだったって」

「原因は何でしょう?」

「花よ。花を送る日を間違えたの」

「話がよく判らないんですが、上尾が誰かに花を送ったということですか?」

「毎月ね。二十九日に花を送ってた。病院に入ってからずっと。それを新人の事務員が、間違えて三十日の手配にしちゃったの。それを知った上尾が、怒髪天を衝く勢いで怒ったってわけ」

「それは、もしかして、女性?」

檜山は口に含んだ酒を噴きだした。そして、しばらく、くぐもった声で笑い続けた。

「男ってのは、ホント、そんなことしか頭にないんだね」

「違うのですか?」

「そんな浮いた話じゃないの。だって、送り先は寺だもの」

「寺?」

「長野にある松上院ってお寺さ」

「毎月、寺にか……。なぜ?」

「知らないよ。墓地に誰か大事な人が眠っているのかもしれないね」

檜山の言うことは図星だ。たった一度、しかも一日到着が遅れただけで、上尾は激怒したという。彼にとって、月に一度の習慣は、よほど、大切なものだったのだろう。

空振りかとあきらめていたが、最後に微かな光がさした。

あらためて檜山を見ると、頰は赤らみ、目はすでに焦点を失っていた。

「ね、もう一杯、いい？」

倉持はうなずくと、席を立った。

「いろいろ、ありがとうございます」

「あれ、もう行っちゃうの？　今夜はとことん飲ませておくれよ」

倉持は封筒をテーブルの上に置く。

「これで、好きなだけ飲んでください」

檜山は封筒を鷲掴みにした。感触で、中身の多寡を確かめているようだ。もぞもぞと指を動かした後、ニカッと笑う。

「ありがとうよ」

「ほどほどに」

「あいよ」

檜山の意識から、すでに倉持の存在は消えていた。グラスをバーテンダーに差しだし、何か喚いている。

外に出ると、檜山の酒に当てられたのか、足元がふらついた。

邪魔されたくないとマナーモードにしてカバンに放りこんでおいた携帯を取りだす。

着信が二十件以上あった。月島の仲間からのものがほとんどで、中には知らない番号もある。これは、ただごとではない。

履歴の一番上にあった、古賀に電話をした。

すぐに応答があった。古賀の声は震えていた。

「倉持さん？　倉持さんだね」

「お、おい、どうしたんだよ。俺だよ、倉持だよ」

「あんたのアパートが燃えてる」

「何!?」

「中に人がいるって情報があるんだ。てっきり、倉持さんかと思って……」

「落合だ……！」

「え？」

「落合だ。あいつ、俺の部屋に……」

倉持は通りを目指して駆けだした。

二

「ここなら、当分は安全なはずです」

原田が案内してくれたのは、安曇野にほど近い、郊外に建つクライミングジムだった。古い倉庫を改築し、壁一面に登攀用のウォールを設置している。もともと天井が高かったことを活かし、室内でも一〇メートル以上のクライミングが楽しめる造りとなっていた。

深江が通されたのは、クライミングスペースとは壁で仕切られた、簡単な造りの事務室だった。デスクが四つあるだけの簡単なものだ。

「裏にもう一つ、倉庫があるんですよ。そこにレンタル用の装備品が置いてあります」

部屋の中に、パソコンが一台もないことに気づいた。

原田は苦笑する。

「ここの経営者はその手のものが嫌いでしてね。今でも、手書きで顧客名簿を作ってますよ。まあ、データの流出とか、その手の心配がないので、逆に管理は楽なようです」

「ずいぶん詳しいんですね。そのぅ、内情に」

「トレーニングでいつも使わせてもらっているのでね。その経営者とは学生時代からの付き合いです。いつでも好きなときに使えと、ほら」

原田は入るときに使った鍵を掲げた。

営業時間の終わった建物内に人気はなく、天井の明かりが照らしだすわずかなスペースをのぞけば、ほとんどが暗闇だ。

ホテルを飛びだして、約一時間、尾行を気にしながら、松本市郊外を流した。どこか話ができる場所を探そうとしたとき、「ちょうどいい場所がある」と原田が言いだし、ここに案内したというわけだ。

原田はデイパックを下ろし、椅子に腰かける。

「とはいえ、この通り、お茶も出せないし、空調も使えません。明け方は冷えますよ」

「気にせんでください。慣れてますから」

「さきほどの手並み、見事でしたね」

「ひとまず、あなたを守れてよかった」

「しかし、どういうことです？　私はあんな輩に狙われる覚えはない。第一、これでも一応、警察官です。白昼堂々、襲いかかるなんて、常識では考えられない」

「昨日まで山に入っておられて、今朝の下山直後から、ヤツは尾行していた。あなたは、そうおっしゃいましたね。たしかですか？」

「ええ。涸沢から上高地に下り、そこからバスで松本へ。尾行に気がついたのは、バスを降りて、五分ほどしてからです」

「相手はプロだ。すぐに気づくとは、さすがです」

「実を言うと、気づいたのは、バスの到着場所で落ち合った、私の上司なんですよ。釜谷と言って、なかなかの猛者です。山で何度も死線を越えている。後ろに目がついているような男でしてね、それが山の中では役に立つ。ただ、下界では陸に上がったカッパ同然で、誰が見ても、昼行灯にしか見えない」

「彼の卓越した能力が、初めて下界でも役に立ったと」

「そういうことですねぇ。釜谷は警察庁かどこかの偉いさんからの指示を伝えに来たんです。多々良ホテルで、ある男と会えって」

「それが俺か」

「釜谷も詳しいことは聞いていないようです。あとのことは、私に一任されたのですが……」

「どうやら、俺のせいで、あらぬことに巻きこんでしまったようだ。申し訳ない」

深江は頭を下げた。

「いや、気にせんでください。釜谷も、楽しんでこいと送りだしてくれましたから」

「楽しんで……ねぇ」

深江は苦笑するしかない。

「話を聞きたいのは、稲子湯旅館の先にある唐沢橋での件なんです」

「六年前の……。しかし、どうしてまた？」

「実は今朝方、唐沢橋まで行ってきました。そこで、橋のたもとに置かれた慰霊の花を見ました。それを供えたのが警察の方だと聞き、興味を覚えたのです」

原田が眉間に皺を寄せた。

「……それだけ、ですか？」

「実のところ、私が追っているのは、まったく別の事案です。ですが、その件について詳しく話すことは、あなたに無用の危険を負わせることになる」

それ以上は言う必要もなかった。地下駐車場での一件を見れば、意味は判るはずだ。原田も小さくうなずいた。

「なるほど。しかし、事件の概要であれば、簡単に入手できたはずだ。どうしてわざわざ？」

「気になったんですよ。どうして、あなたがわざわざ、花を供えに来たのか。六年も前のことなのに。まさか、自分が関わった案件すべてに、そうしているわけではないでしょう？」

「無論です。あの、唐沢橋の一件だけは、特別、頭に残っているものですから」

「その辺りを聞かせてもらえませんか」

「あの日、私は黒百合ヒュッテで、一報を受け取りました。直接の応援要請はなかったが、近くにいるのだから、行かないわけにはいかない。大急ぎで駆け下ったところ、一番乗りとなってしまいました。通報者はその場におらず、唐沢橋の下に遺体だけが横たわっていた。冷たい水に洗われ、酷い状態でした。第一印象は、事故でした。何らかの理由で川に下りようとした登山者が、足を滑らせるか何かして転落。そのまま、死亡したと」

「事実、警察はそう判断しています」

原田の顔に苦渋の表情が浮かんだ。

「ええ。上層部がそう判断したのであれば、仕方ありません」

「どうやらあなたは、独自の見解をお持ちのようですね」

「橋の欄干(らんかん)には、ザックのものと思われる繊維片(せんいへん)が付着していました。被害者が所持していたものと同色の繊維です。さらに、橋付近には、複数の足跡があり、私にはそれが、争った形跡に見えた」

「被害者は何者かと争い、橋の欄干を越えて、川に突き落とされた――あなたはそう見ているわけですね？」

「被害者の爪には、青い繊維片と微量ながら人の皮膚片(ひふへん)、血液もついていました」

「遺体は川の水に浸(つ)かっていたのでしょう？」

「右手はね。遺体は左手をぐっと伸ばした状態で倒れていました。そのため、左手は川岸に届いており、濡れてすらいませんでした。あれは、被害者の執念の産物、私はそう考えているのですよ」

「河床に叩きつけられた被害者が最後の力を振り絞って、腕を伸ばした、そういうことですか？」

「まったく、科学的ではありませんがね」

「しかし、そこまで明らかな疑いがあるのであれば、当然、事件性ありとして捜査本部が立ち上げられそうに思いますが」

原田の表情が、さらに苦々しくなる。

「結果として、そうはなりませんでした。現着したのが最初とはいえ、私に捜査権はありません。口出しのできるはずもない。ただ、まさか単純な事故として処理されるとは、思ってもいませんでした」

「あの花の意味は、そういうことでしたか」

原田はうなずく。

「私は自分の見たものを信じます。あれは、事故などではない。少なくとも、彼が転落したとき、その場に一人ないしそれ以上の人物がいたと考えています」

「そのことを、誰かに言ったことは？」

「管轄（かんかつ）する警察署の署員に、それとなく言ったことはあります。反応は、複雑なものでしたよ。その件については、今後いっさい、話題にするなと、その一点張りでした」

「警察ではよくあること……おっと、失礼」

「かまいませんよ。すべて事実だ。かく言う私も、それ以上、何もできなかった。署員たちと同じです」

「警察という組織で生きる以上、仕方のないことだ」

かつての自分を顧(かえり)みて、深江は言った。自分はその組織からはみだした。それがよかったのか悪かったのか、いまだ、判断はつかない。おそらく、死の瞬間まで、結論は出ないだろう。

「あなたの証言通りだとすれば、鑑識は欄干の繊維片や被害者の爪に残った皮膚片、血痕を採取しているはずだ。それが丸ごと握り潰されたとしたら、相当、大きな力が働いたことになる」

「ええ。警察署、いや、長野県警を黙らせることのできる力です」

「迂闊に近づくと、ケガをする」

「近づき過ぎると、身を滅(ほろ)ぼす」

「政治……かな」

原田が突然、洟(はな)をすすり上げるようにして、小さく笑った。

「失礼。今の話とは関係ないのですが、あなたがシーマに乗ってやって来たのが、おかしくて」

「なぜ？」

「因縁(いんねん)めいたものを感じるからです」

「まだ、話していないことがあるようですね」

「ええ。実は、私の上司である釜谷が、独断で聞きこみを行っていたんです。六年前に」

「ほう」

「当時、私は県警にマークされ、身動きが取れなかった。釜谷は私を厳しく監督するフリをしながら、自らが動いて、情報を集めてきたわけです」

「いい上司をお持ちだ」

「ええ。一生、頭が上がりませんよ」

「それで、その釜谷さんが持ってきた情報とシーマがどう関係するのです？」

「釜谷は死亡推定時刻の前後、稲子湯周辺にいたと思われる人間を片っ端から当たり、話を聞いたようです。その中に、発見者の小杉寛貞さんもいました」

「もし警察によるもみ消しが事実なら、発見者こそもっとも注意すべき人物だ。相当な圧力がかかったと推測できる」

「その辺の真偽は判りません。小杉さんは当時、すでに高齢でしたし、遺体の発見で動転し、詳しい状況はまったく覚えていないというのが、本当のところのようです」

「その小杉さんは、今、どうしているんです？　まさか……」

「いえいえ、元気にされていますよ。腰痛はかなり悪化していて、車椅子を使うようになったそうですが」

「それを聞いて、ホッとしたよ」

そうは言ったものの、油断はできない。おそらく、小杉にも監視がついていることだろう。彼に何事もないのは、彼を下手に始末して事を大きくするより、監視して静観する方が得策と踏んでのことだ。状況が変われば、いつ何どき、彼と彼の家族に危難がふりかかるか判らない。いずれにせよ、深江が小杉を訪ねるような真似は、決してしてはならないということだ。

原田が一呼吸置いてから言った。

「何も覚えていないと言った小杉さんですが、唯一、車のことを記憶していたそうです」

「車？」

「遺体を発見する前日の午後、小杉さんは稲子湯旅館の前を散歩していた。そのとき、道端に駐められている車を見たそうです。山道にはそぐわない、大きくて立派な車だったので、何となく記憶に残ったと」

「もしかして、それが……」

「ええ。釜谷は何車種かの写真を見せたそうです。小杉さんは、迷うことなく、シーマであると言ったそうです」

「前日の午後か。もう少し、正確な時刻は判りませんかね」

「夕刻に近い時刻だったそうです。小杉さんは時計を持っておらず、日の傾き具合などから、三時前後ではなかったかと、言うに留めたそうです」

「丸居さんの死亡推定時刻は……」

「前日の夕刻、もっとも早い場合で、午後四時前後だと」

「合うことは、合う……か」

「具体的なものは、何もありませんがね」

「証拠はありますよ」

「え？」

「あの男です。正体は判らないが、あなたが下山すると見るや、すぐに監視をつけた。つまり、あなたが知る何らかの情報に反応したことになる」

「なるほど」

深江はハッとした。

「上司の釜谷さんはどうしているんですか？　おそらく、彼にも監視が……」

「あの人は、簡単に捕捉（ほそく）されたりしませんよ。今は奥深い、山のどこかです。私も居所を知りません」

「直属の上司なのに？」

「ええ。用があれば、連絡してきます」

「不思議な部署だな」

「それなりの実績を挙げていますから、好きにやらせてもらっています」

「ほかに何か情報はないのですか？　例えば、稲子湯旅館の方から聞いたこととか」

「釜谷は、旅館関係者からは、話を聞かなかったようです」

「なぜ？　宿泊名簿を見るとか、いろいろできたはずだ。シーマだって、誰か見ていたかもしれない」

「正式な捜査でもないのに、個人情報をむりやりださせるわけにはいかないと」

逸る心を、そっと押し留められた気がした。山の麓、奥深い森の中に建つ、秘湯と呼ばれる場所を、釜谷はできる限り、守ろうとしたに違いない。

原田はやや不安げな面持ちで、深江を見た。

「あなたがどう考えるか判らないし、あなたの行動を我々が止める術もない。それでも、できることなら、そっとしておいてほしい」

深江はすぐにうなずいた。

「無論です。小杉さんの目撃情報だけで、充分ですよ」

「正直、ホッとしましたよ」

深江は立ち上がった。

「私はこれで」

原田は驚いて、深江と肩を並べる。

「今出て行くのは、危険だ。せめて、朝まではここに……」

「大丈夫。身を守る術は心得ています」

そこにこめられた言外の意味を、原田は悟った様子だった。

「なるほど。私がいては、足手まといですね」

「あなたとも、ゆっくり山登りを楽しみたいものです」

「同感です。そのときは、釜谷もぜひ」

「会ってみたいですね。その方に」

「いつでも、連絡を下さい」

「ありがとう」

深江は暗がりの中に原田一人を残し、広いクライミングスペースを横切っていく。

こうした場所で、存分に山登りが楽しめたら……。原田の温かさに触れたせいだろうか、叶（かな）わぬ夢を追ってしまう自分がいた。

第八章　狙撃(そげき)

一

消防、警察の聴取が終わったのは、昼を回ったころだった。西月島署の玄関を出ると、外はどんよりとした曇り空だ。現場で染みついた煙の臭いが、全身から立ち上っている。服は煤(すす)で黒ずみ、バンドが切れたのか、腕時計がなくなっていた。

疲労が重くのしかかっていたが、体はフワフワと軽かった。これが現実であると、まだ信じきれていないのかもしれない。

おぼつかぬ足取りで、晴海通り方面へと歩きだす。勝どきから月島にかけて建ち並ぶ高層マンション群が、近未来的な風景を作りだしている。

黎明橋(れいめいばし)公園の手前で、足に力が入らなくなった。川縁(かわべり)の手すりに身をもたせかけ、大きく息を吐いた。

人が近づいてくる気配がした。顔を上げる気力もない。

「何て格好だ」

クシャクシャの剛毛に太い眉、潰れた右耳の上に器用に煙草を挟み、金田が立っていた。

金田は西月島署地域課に所属する巡査長である。便利屋として、管轄区域を縄張りに働く倉持と金田は常に、持ちつ持たれつの関係だった。

便利屋をやっていると、街の落書き事案、違法駐車のもめごとなど様々なトラブルに関わりを持つことになる。その際、金田のような男と意を通じておくと、何かにつけ、迅速に片がつく。一方で、不審者や空き巣、車の窃盗などの情報を、倉持の方から積極的に金田の方へと上げる。二人はそうして、この数年間を生き抜いてきた。

金田はしばらく、何も口にせず、ただ黙って川面を見つめていた。ヘビースモーカーであり、何もせずじっとしていることが大嫌いな男がだ。

倉持は言った。

「吸えよ」

「ん？」

倉持は煙草を吸う仕草をしてみせる。

「署の目と鼻の先で、路上喫煙ができるかよ」

「あんたでも、そんなこと、気にするんだ」

「忌々しい話だが、そうしなくちゃ、俺なんてあっという間にお払い箱だからな」

「心にもないことを。月島の治安は、俺でもってる。この間、そう言ってたじゃないか」

「おまえ、覚えてんのか？　ベロベロだったじゃねえか」

「記憶力だけはいいんだ」

「言葉の使い方を間違えてるよ」

再び、沈黙が落ちた。

倉持は手すりから身を離すと、金田を見た。

「それで、結論は出たのか？」

「放火と失火、両面で捜査するらしい」

「落合の身内と連絡はついたのか？」

「まだだ。何しろ、落合という名字(みようじ)しか判らないんだからな。おまえ、本当に知らないのか？」

「あいつとは、会ったばかりだった。京都の亀岡の生まれだと聞いただけで、実家の住所も何も聞いていない」

「遺体の損傷が酷くてな、指紋も採(と)れなかったようだ」

「火元は、俺の部屋なのか？」

金田が倉持を睨む。

「俺にきくか?」

「警察ってところは、質問するばかりで、こっちの問いには、何一つ答えてくれない」

「当然だ。そういう商売だからな」

「火災の原因が何だったのか、せめてそれだけでも知りたい。そうでないと、俺は……」

「おまえのせいじゃない。それだけは間違いのないことだ。可能性はいくらでもある。その落合とかいう若いヤツが煙草を吸いながら寝ちまったとか、あのアパートは古かったからな、漏電(ろうでん)か何かが原因になったのかもしれん」

「落合以外は、全員、無事なんだな」

「ああ。裏に住んでいた二人は入院中、もう一人は預金通帳と火災保険の証書を抱いて、いの一番に逃げていた」

「三軒、全焼か……」

「古い建物だったからな。火の回りは早かった」

「消防からの情報、入っているんだろう?　本当のところを教えてくれ」

「知ってどうする?」

「燃えたのは、俺の家だ。しかも、人が一人死んでいる。俺が泊まるよう勧めたからだ。俺には、責任がある」

「責任？　何の責任だ？　おまえは出火当時、三軒茶屋にいた」

ドアの向こうに消える落合の姿が、瞼から離れなかった。

「落合の遺体は、どこで見つかったんだ？　死因は？」

「おいおい、いったいどうしたんだよ」

金田の顔つきが警察官のそれになる。

「何か、思い当たることでもあるのか？」

倉持は金田に背を向け、歩きだす。

「おい、待てよ」

肩に手をかけられた。柔道で鍛え抜いた、革手袋のような手だ。

「これからどうするつもりだ？」

「何も。何も考えていない」

偽らざる本音だった。まだ、自分の中で整理がついていない。金田の目にも、さすがに同情の色があった。

「商店街の連中も心配している。もし、行くところがないんだったら……」

「財布やカードは無事だし、金も下ろせる。当分は、ホテル暮らしでもするさ」

「仕事は？」

「さすがに明日は休ませてもらう。そのあとは……その日の気分次第さ」

金田は左右を素早く見渡すと、低い声でまくしたてた。

「おまえのアパートは完全に焼け落ちていて、遺体がどの部屋にあったのかは判らない。死因は間違いなく火災によるものだ。煙を吸いこみ意識をなくしたんだろう。原因については……」

「失火の可能性を口にしていたが、実のところ、放火なんだろう？」

金田が舌打ちした。

「妙に勘だけはいい野郎だ」

「勘じゃない。夜通し、入れ替わり立ち替わり尋問されたんだ。俺のアリバイだって、ばっちり調べられた。ただの失火とは思えないさ」

「失火と放火、双方で捜査が進んでいるのは、嘘じゃない。ただ、放火の見方が大勢だ。燃焼促進剤の痕跡も出ている。たぶん、ガソリンだろうな。出火元は、おまえのアパートと隣の家の間あたり、ガソリンをぶちまけて火をつけた。荒っぽい仕事だ」

「その場所から火の手が上がったとなると、アパートの外階段下は火の海だな」

「逃げ場はなかっただろう」

「目撃者はいないのか？」

「そのあたりは捜査中としか言えん。動機も皆目不明。ただの愉快犯なのか……」

「あのブロックは、再開発からも取り残されていた。それを愉快に思わない輩がいたのかもな」

「地上げか……」

「今でもあるんだろう?」

「まあな。その線は濃いな」

「そうか」

倉持は再び歩きだす。今度は金田も引き留めようとはしなかった。

倉持は足を止める。

「金田巡査長」

「何だ?」

「ありがとう」

「けっ」

金田の方から、歩き去っていった。

倉持はゆっくりとした足取りで黎明橋を渡り、かつての住み処(すみか)があった場所へと向かう。

奥まった一角とはいえ、一ブロックがほぼ全焼したのだ。路地の手前には停止線が張られ、マスコミの姿もわずかだが、見られる。道行く人々は、好奇に目を光らせて足を止め、中には写真を撮っていく者もいる。消防車の姿はすでになく、パトカーが一台、駐まっているだけだ。

近づいていくと、濃い煙の臭いが漂ってくる。放水の名残だろう、車道や歩道はまだ濡れている。

倉持は停止線の前に立ち、焼け跡を眺めた。完全に鎮火してから見るのは初めてだった。すべては真っ黒な瓦礫と化し、昨日までの面影は探しようもない。どこに自分のアパートが建っていたのかすら、はっきりとしない。

焼け跡の中ほどからは今も蒸気とも煙ともつかぬものが立ち上り、その中で消防による検証が続いていた。

落合はここで煙に巻かれ、死んだのだ。

俺が誘ったりしなければ……。払っても払っても、後悔の念は心の襞にまとわりつく。

ふいに、かつて亡くした友人の面影が脳裏に浮かんだ。あの夏の日、約束を果たせぬまま、非業の死を遂げた、友人だ。

落合との付き合いは浅く、まだ友人と呼ぶには抵抗があった。それでも、久しぶりに現れた、将来、友と呼べるであろう男だった。

倉持は背後を見る。野次馬たちが、無遠慮に視線を走らせていた。倉持に注意を払う者はいない。

その場を離れ、歩きだす。

愉快犯？　地上げ？

倉持の頭にあるのは、第三の可能性だった。

一昨日、山中（さんちゅう）に連れこみ、命を奪おうとした男女。ヤツらがまたやって来たとしたら。落合は俺と間違えて殺された。あるいは、ヤツらの顔を見たために、口封じのため殺された……。

やり場のない怒りが、体を火照（ほて）らせる。だが今の倉持にできることと言えば、両手の拳を固く握り締めることくらいだ。倉持は無力だった。

背後に複数の視線を感じる。一つは警察関係者のものだろう。アリバイがあるとはいえ、倉持は放火事案の関係者だ。当然、監視がつくだろう。

問題はもう一つだ。ヤツらが見ているに違いない。

倉持の周囲は今、奇妙な三すくみの状態にあった。倉持が放火をしたという証拠もなく、警察はただ、遠巻きに監視するしかない。一方、倉持を狙う者たちは、警察の監視ゆえ、簡単には手がだせないでいる。そして、倉持自身は、警察の監視があるため、思いきった行動を取れないでいる。

気づけば相生橋（あいおいばし）のたもとまで来ていた。隅田川を水上バスが軽快に走り抜けていく。天候は回復傾向にあるようで、雲の切れ間から青空がのぞき始めていた。

間近に迫る高層マンション群を見上げつつ、川沿いの公園に出る。ベンチに腰を下ろすと、今後のことに思いを巡らせた。

今の状態であれば、ここ数日は安全が確保されているだろう。あとは倉持の気持ち次第だ。逃げるか、あえて渦中に飛びこむか。

逃げるのであれば、どこに逃げるのか。安全な場所などあるのか。いつまで、逃げればいいのか。

逆の選択をした場合、果たして勝ち目はあるのか。倉持の手元には、ほとんど情報がない。相手の素性も判らないようでは、喧嘩にもならない。

遠くで何かが弾ける低い音がした。晴海の方角だった。そちらの方向に目をやりつつ、公園を走り出る。相生橋まで戻り、今一度、晴海の方角を見やった。

正確な場所は判らないが、黒煙が立ち上っていった。事態に気づいた人々が、にわかにざわめきだす。さっそく、カメラを向けている者もいる。

「何だ⁉」

「爆発⁉」

そんな声が飛び交う。

視界の隅を、何かが横ぎった。ほんの一瞬であるため、すぐには何であるか判断できない。

倉持は意識を集中する。今、俺は何を見た？

ふいに、女の顔が浮かび上がった。あの小屋で、倉持を椅子に拘束し、挙げ句、さっさと殺せと命じた女だ。

今、間違いなく、俺はその女を見た。周囲に目をやるが、それらしき姿はもうない。

倉持は集まり始めた人の間を縫い、中央大橋方面へと延びる道へ出た。清澄通り方向からは、すでにパトカーなどのサイレンが聞こえ始めていた。近隣のオフィスビルなどから出てきた人々で、歩道は混雑している。人目の多い今が、倉持に残された最後のチャンスだった。

あの爆発は、例の女たちが起こしたものだろう。昨日、放火事件のあった近くで、新たな爆発が起きれば、警察は色めき立つ。倉持の監視も、手薄になる可能性が高い。そこが彼らの狙いだ。三すくみの状態を、強制的に解除したのだ。警察の監視がなくなれば、倉持一人など、どうにでもできる。

歩道を早足で進みながら、逃げ道を探す。たとえ人混みであっても、彼らは躊躇しないであろうし、銃か何かを突きつけ、動きを封じた後、どこかに連れだすこともできる。車に押しこめられたら、最後だ。

ポケットの携帯が震えた。焦りと緊張で足がもつれ、倒れこみそうになった。かけてきたのは、砂本だった。

「晴海界隈で爆発があったと聞いた。昨日の今日だから、気になってな。大丈夫か」

「ああ、今のところは」

「携帯の履歴を調べたんだろうな。俺のところにも、警察から問い合わせがあったよ」

「すまん」

「その様子だと、またトラブルか？　まさか、爆破事件には関係してないよな」

「そのまさかかもしれん。どこか身を隠せるところはないか？」

「日本橋の箱崎に『ブラーザ』というビジネスホテルがある。そこの七〇一号は、俺がキープしている部屋だ。受付カウンターで田丸と名乗れ。ノーチェックで入れるよう、手配しておく」

「すまん。箱崎なら、すぐに行ける」

「俺もすぐに行く」

「ダメだ。部屋を提供してもらうだけで、充分だ」

わずかな沈黙で、砂本がおおよそのところを悟ったのが判った。

「無事かどうかだけ、連絡を入れろ」

「ああ」

通話は切れた。倉持は人混みを隠れ蓑としつつ、やって来たタクシーを止めた。走りだした車の中で、できるだけ身を低くしつつ、外の様子をうかがう。パトカー、消防車がひっきりなしにやって来る。野次馬の数も膨れあがっていく。その中に、あの女の顔を捜した。

　車が中学校前のバス停を通り過ぎたとき、歩道上に女の姿があった。携帯で喋っているところだった。確認できたのは、ほんの一瞬だ。それでも、女と目が合ったような気がした。そして、彼女が微笑んでいるように見えた。

　気のせいだ。自分に言い聞かせ、シートに身を沈める。

　ときおり後ろを見ては、尾行の有無を確認する。そんな倉持の挙動を、運転手はうさんくさげにバックミラーで見ている。

　結局、何事もなく、ビジネスホテル「ブラーザ」に到着した。地下鉄水天宮前駅の近く、傍にはホテルや雑居ビルが整然と建ち並ぶ一角だ。

「ブラーザ」はホテルとは思えぬ地味な外観で、看板がなければ、周囲の雑居ビルと変わりがない。一階は、受付カウンターとエレベーターがあるだけで、フロア表示によれば食堂などもないようだった。カウンターで田丸という名を告げると、すぐに、七〇一のカードキーを渡された。駆けこむようにしてエレベーターに乗り、七階へ。部屋は廊下の奥、非常階段の傍だった。

　シングルベッドと小さなデスク一つが、パズルのようにはめこまれた小さな部屋、トイレはついているが、風呂は共同浴場を使うシステムらしい。窓の外は意外に見晴らしがよく、大きくうねる首都高の姿やホテルの先にある神社の緑などをのぞむことができた。

倉持はベッドに腰を下ろす。喉が渇き、胃の腑がずっしりと重かった。

焼け跡を見て覚えた底知れぬ怒りも、今は追われる恐怖と緊張で、急速に萎みつつあった。

探偵を生業としていたころは、こうした感覚が逆に生き甲斐になっていた。ヒリヒリと肌が粟立つようなスリルを求め、わざと危険に身を投じたりもした。

それも、今は昔だ。小屋に拉致され、命の危機に晒されたときも、実のところ、肝が縮み上がっていた。

だからといって、おめおめと逃げだすのは、自分の流儀ではない。何の罪もないのに、ただ巻きこまれ命を落とした、落合の落とし前をつけねばならない。

あの日、天狗岳で彼と出会いさえしなければ、いや、出会ったとしても、無視して会話などしなければ。

カチリと微かな金属音が聞こえた。立ち上がろうとしたときには、ベッドへと押し倒されていた。あの女がいた。倉持にのしかかりながら、頬にナイフの切っ先を当てている。

あの忌々しい、カランビットナイフだった。

女は妖艶に微笑む。

「油断したわね」

「そのようだ。こうも簡単に突き止められるとはね」

「私たちを甘く見ないこと」

「しかし、この状況はどうかと思うな。人が見たら、何て言うか」

「その心配は的外れね。あなたが心配すべきは、ほかにある」

ナイフの切っ先が移動し、倉持の胸で止まる。

「今度こそ、すべてを話してもらうわ。あなたの素性も含めて」

「素性ならとっくに知っているだろう。俺はしがない便利屋だ」

「ずいぶん強気なのね。さっきまで、あんなに怯えて、コソコソと逃げ回っていたくせに」

「だから、強気とか何とか、そういうことじゃなくて、俺は本当に……」

「いい加減にしろ」

頰を張られた。女の顔が怒気に歪んでいた。

「こっちはもう何人も仲間がやられている。その落とし前もつけてもらわないとね」

「待ってくれ。あんたらが何者なのか俺は知らないが、俺はいっさい手だしはしていない。何か、勘違いしているんじゃないのか」

女が倉持の髪を鷲摑みにする。

「まずは耳からよ。喋りたくなったら、左手を挙げて」

「歯医者みたいなこと、言うんじゃないよ」

倉持は女の体を突き飛ばす。手応えはなく、女は身を翻して、ベッドの脇に立つ。ナイフは逆手に握り直されていた。

「さあ、楽しみましょう。質問は二つ。一つ、上尾に何を頼まれたの？」

ベッドの上で膝立ちとなり、何とかこの場を切り抜ける方法を探る。ベッドとドアの間には、女がいる。窓ははめ殺しで開閉できない。倉持にできることと言えば、大声で助けを呼ぶくらいか。運よく誰かが通報してくれたとして、警察がやって来るまで、何分かかる？

女は微笑みながら、続けた。

「二つ目。小屋にやって来た、あの男は何者なの？」

「一つ目の質問に関しては、もう答えている。二つ目の質問の答えは、何も知らない、だ。あんな男、俺の知り合いにはいない。何なら、携帯を見てもらってもいい。あいつとは初対面……」

女が躍りかかってきた。抵抗する間もなく、胸ぐらを摑み上げられ、壁に叩きつけられた。後頭部を打ちつけ、視界が歪んだ。

「お、おい……」

光のような速度で、拳が飛んで来る。胸板のど真ん中に、激しい痛みを覚えた。威力は相当なもので、殴り飛ばされた倉持はベッドの角で額をしたたかに打ちつける。

「き、急所じゃないかよ。死んじまう」

女の足が倉持の顔に乗せられた。

「口を割らせろと命令されているけど、もういいわ」

「……それはどういう意味かな」

「こういうことよ」

足の感触が消えた。仰向けになった倉持の目に飛びこんできたのは、窓から差しこむ光・の中、ナイフを振り上げる女のシルエットだった。

ピシリと小さな音が響き、倉持を覆っていた影が消える。女の姿がかき消えたのだ。

わけも判らず、上体を起こす。壁に真っ赤な幾何学模様がついている。女は仰向けのまま、デスクの下に潜りこむような体勢で倒れていた。室内には、生々しい血の臭いが充満している。

倉持は窓に目を向けた。ガラスの真ん中に、小さな穴が空き、その周囲が微かにヒビ割れている。弾痕だ。

女は何者かに狙撃されたのだ。

倉持は飛び起きると、自分の状態を確認する。幸い、血はどこにもついていなかった。女に痛めつけられたところが、火かき棒でも押しつけられたかのように、熱を持って痛む。痛みは生きている証拠だ。倉持は乱れた髪を手で整えると、投げだされた女の足をまたぎ、部屋を出た。

二

東京駅のホームに下り立つと、柱の陰に見知った顔があった。

「直々にお出迎えとは」

深江の声に、儀藤はおずおずと顔を上げた。日の光が眩しくて仕方がないといった風情である。闇夜に紛れて活動するコウモリのような男だと思っていたが、あながち的外れでもないらしい。

「こっちへ」

儀藤は先に立って、とことこと歩いていく。深江は後ろにつきながら、周囲を改めて警戒した。新幹線に乗った時点で、尾行が一人いるのには気づいていた。自分の気配を隠そうともせず、かなり離れた座席に座り、じっと深江を見つめ続けていた。正体は不明だが、深江と小競り合いを続けてきたヤツらに間違いなかった。

今までに確認したのは、奥多摩で二人、小屋で三人、ホテルの駐車場で一人の合計六人だ。うち二人は「霧」と思われる人物に狙撃され、死んだ。二人は深江が倒し、行動不能にした。無傷なのは、男女ペアの二人だけだが、今尾行しているのは新顔の若い男だった。

相手はいったい何人いるのだろうか。そして彼らは命までかけて、いったい誰のために動いているのか。

儀藤は駅の人混みを、巧みな身のこなしですいすいと進んでいく。深江も注意していなければ、見失ってしまいそうなペースだ。うだつの上がらない外見は、フェイクなのか。それとも、時おり見せるハッとさせる動きは、偶然の産物なのか。真偽のほどは、深江の目をもってしても見抜くことはできなかった。

八重洲側の改札を抜けると、儀藤はそのまま、地下街への階段を下りる。地下街に一歩足を踏み入れただけで、深江の方向感覚は朧になった。迷路のように入り組んだ通路が四方に延びる。そして、ぎっしりと店舗が並ぶ光景は、どちらを見ても同じだ。深江がもっとも苦手とするタイプの場所だった。

儀藤はこちらの思いなど気にする様子もなく、さらに足を速め、進んでいく。背後からは、ぴたりと尾行者もやって来る。自ら進んで不利な場所に身を投ずるなど、信条に反する。それでも、立場上、儀藤から離れるわけにもいかなかった。

苛立ちを覚えながら、深江は足を進める。店先で見つけた安価なパーカーとパンツに着替えてはいるが、数日間、風呂にも入っておらず、ヒゲもそっていない。会社員たちばかりのこの界隈で、深江の姿は浮いていた。

ふいに、儀藤が通路脇の階段を上り始めた。地上に出るらしい。内心ホッとしながら、続く。

階段を上りきったところにあったのは、巨大な銀行の建物だった。儀藤は振り返ることもなく、建物の中に消える。

深江は舌打ちをしながら、自動ドアを入る。一階は窓口とＡＴＭコーナーがある。十台以上のＡＴＭが並び、その前にはかなりの列ができている。窓口も混雑しており、待合の椅子はいっぱいだ。

深江は儀藤を目で捜した。彼は二階へと通じる階段をえっちらおっちら、上っているところだった。

どこまで行くつもりだ。

警備員の視線を感じつつ、階段を駆け上り、ようやく儀藤に追いついた。

二階は投資や預金などの相談窓口が並び、一階に比べ、人の数は少ない。儀藤は案内係の女性を捕まえ、一言二言、声をかけた。女性はすぐにカウンターの向こうへと消える。

深江は儀藤にささやいた。

「こんなところに連れてきて、どういうつもりだ？」

「すぐに判りますよ」

細い目をさらに細め、ニヤニヤと笑う。表情からその真意はまったく読み取れない。そのことが、深江を余計に苛立たせる。

「お待たせしました」

さっきの女性が戻ってきた。

「こちらへ」

と先に立ち、部屋の奥へと案内していく。そこには小さなドアがあり、女性は手にした鍵を穴に差しこんだ。

ドアの向こうは細い通路になっており、一〇メートルほどのところで直角に折れている。

深江はこうした細い通路も苦手だ。こんなところで襲われたら、抵抗もできない。

そんな深江の神経を儀藤も理解しているのだろう。ここでもまた、苛立ちを増すニヤニヤ笑いをしてみせた。

「大丈夫です。ここで何か事を起こすような輩はいませんよ」

角を曲がった先には、巨大な金庫があった。映画で見るような、十数センチの厚さを持つ、巨大な丸い扉が、手前に開いている。

女性がにっこりと笑い、鍵を儀藤に手渡した。

「終わられましたら、お声をかけてください」

そのまま来た道を戻り、ドアの向こうへと姿を消した。巨大金庫の前という不思議な空間に、深江は儀藤と共に残された。

「ここはいったい、何なんだ？」

儀藤は金庫の中を示す。

「見れば判りますよ」

深江は金庫の中に首だけ入れる。中は天井も高く、かなりの広さがあった。そこにあったのは、無数の扉だった。銀色に鈍く光る扉が、三方の壁を埋め尽くしていた。扉の大きさは様々だった。三〇センチ四方の正方形のものから、縦二〇センチ、横六〇センチほどの長方形をしたものもある。

「何なんだ、ここは？」

「貸金庫ですよ。銀行が顧客に有料で貸しだしているのです。実は私も一つ借りていましてね。これがその鍵です」

右手の鍵をクルクルと振り回す。

「あんたがわざわざ借りるほどだ。中に入っているのは、よほど貴重なものなんだろうな」

「残念ながら、金庫は空っぽです」

「空？」

「薄給にあえぐ、しがない公務員ですよ。こんなところに預けるようなもの、あるわけがない」

「ならば、なぜ借りている？　賃料だって、安くはないだろう？」

「手痛い出費ではありますが、それを埋めてあまりあるほどの利を、私にもたらしてくれます」

「回りくどい言い方はもうたくさんだ。ここに何があるんだ？」

「何もない、それこそがこの場所に求めているものです。ここには、あなたのあとをついてくる無粋(ぶすい)な男もいない。盗聴器の心配もない。携帯の電波さえも入らない」

「なるほど」

深江は静寂に包まれた、金属製の宮殿を見回す。

「つまり、ここでなければ話せないようなネタを、あんたは持っている。そして、俺をここに連れてこなければならないほど、あんたもまた、追い詰められている」

儀藤は眉をハの字にして、悲しげに笑う。

「話が早くて助かります。思っていた以上の圧力でしてね。どうもこの件に関わったのは、失敗だったようですなぁ」

「どういう経緯で関わったのかは、あえてきかないが、あんた、体の方は大丈夫なのか」

「ええ。体だけは健康そのもの。医者には百まで生きると……」

「そうじゃない。身の安全は保証されているのか？」

「私のことを心配してくださるので？」

「報酬の心配をしているだけだ」

「どちらにしても、ありがたいことですよ。私のことならご心配なく。その程度のことは、面倒を見られます。ただ、あなたとお会いするのは、今日が最後になるでしょう」

「今までのように情報も流せないと？」

「ええ。誠に申し訳ないのですが」

「それはずいぶんと勝手な言い分だな。それでは、命がけで『霧』を仕留めても、報酬を貰える保証がなくなる」

「私を信用していただくほかありません」

「もっとも信用できない人間の一人だよ、あんたは」

「誉め言葉として受け取っておきましょう」

「勝手にしろ。俺はおりるぞ」

「いや、あなたはおりたりはしませんよ」

「なぜ、そう言いきれる」

「この状況を放りだして、あなたはどこに行くつもりなのです？　また、あの山奥に戻りますか？」

儀藤には、すべてお見通しのようだった。彼は続ける。

「この快感を手放すことなんて、できるわけがない。命をかけたこの緊張感こそ、あなたが求めて止まないものでしょう？」

この男を、この場で殺してしまおうか。深江は本気でそんなことを考えた。

「大した自信だな」

「私の動向に関係なく、あなたは『霧』を追う。それだけは間違いない」

「やれやれ。恐ろしいヤツに魅入られてしまったな。判ったよ、認める。俺は手を引くつもりなどない。『霧』は俺の顔を知っている。このまま大人しく手を引いたところで、向こうがどう出るか判らない。ある日、突然頭をぶっ飛ばされて終わり、なんてご免だからな」

「私の目に狂いはなかったようだ。では、最後の情報です。今回は紙やデータにはいっさい残しません」

「判った。始めてくれ」

「まずは新村清人の行方ですが、今もって不明のままです。これについては、秘密裏に警察も動きだしているようですので、早晩、判明すると思います」

「やはり、『霧』の第二の標的は、新村で決まりなのか？」

「まだ判りません」

「須賀、一場との関係は？」

「それもまだです。ただ、新村のような立場であれば、二人と接触することは可能だったと」

「丸居統良の方はどうだ？」

「こちらもさっぱり。以前、お話しした以上のことは、出てきません」

「つまり、収穫はなしか」

　儀藤の目が怪しく光る。

「いやいや。話はここからです。あなたにお渡しできる情報は出てきませんでした。これは逆におかしいのですよ。丸居に関する情報があまりに少なすぎる。そこに何かがあると考えた方がいい」

「唐沢橋か」

「ええ。そこで気になるのが、丸居の死です」

「原田から話を聞いて、自分の推理に自信を持ったよ。丸居の死は単純な事故などではない」

「にもかかわらず、長野県警はそれを事故として、処理をした。なぜか」

「警察内部に関わりのある者がいたか。あるいは……」

「警察上層部による圧力」

「原田とも同じ結論に至ったよ」

儀藤は薄く目を閉じると、指でこめかみを一つ、叩く。

「当時の長野県警をひと通り当たってみたところ、一人、浮かんできました。真壁大翔(まかべたいと)。この人物が当時、長野県警察本部本部長を務めていました」

「上手くすれば、他殺も事故に塗り替えることのできる立場か。しかし、真壁以外にも、それが可能な者はいたはずだ。それとも、真壁が刑事課の捜査に介入した証拠でもあるのか?」

「さすがに、そんなものは残していないでしょう。真壁は東大法学部を卒業し、警察庁に入庁。切れ者との評判はありましたが、決して、出世コースのトップを走っていたわけではありません。それどころか、上層部に大した引きもなく、実質、干(ほ)されかけていました。権力志向の強すぎる人間というのは、得てして、そうなりやすいものです。頭が切れるとなると、余計にね。自分を踏み台としか見ておらず、いつ裏切るかもしれない。そんな人間を誰も傍には置いておかないでしょう?」

深江は苦笑する。

「まるで見てきたような口ぶりだな。もしかすると、実体験か?」

「買いかぶりですよ。私はそんなんじゃありません。続けます。長野県警の本部長になったのが四十一歳のとき。通常であれば、そこで真壁の先は見えたことになる。それなりの出世は見こめますが、決して表舞台に立つことはできない……はずでした。ところが、ここから彼の快進撃が始まるのですよ。そこから埼玉県警察本部本部長、さらに、警察庁長官官房総務課課長補佐です。次の異動では、長官官房審議官か警視庁公安部部長かと噂されています。警視総監、警察庁長官には遠く及びませんが、最終的には、かなりのポストにまで昇り詰めるのではないかと」

「空回りしていた男が、日陰から一気に日向へと羽ばたいた。その転換点が、長野か。だがそれだけでは……」

「まだありますよ。真壁の大逆転の後ろ盾と噂されている人物は、誰あろう、新村介司です」

「ボンボンの親父か。繋がったな」

「ぼんやりとですが、画が見えてきたでしょう？　ああ、それから最後にもう一つ、六年前、新村清人はシーマを所持しておりました」

「六年前、唐沢橋で死んだ丸居統良の一件に、新村清人が関わっていた公算が大きい。清人は当然、父親である介司に泣きついた。介司は県警本部長であった真壁に連絡を取る。真壁にとっては棚からぼた餅、あきらめかけていた己の夢が、突然、自分の懐に飛びこんできた。真壁は丸居の死を事故として処理させた。そしてその後、新村のバックアップで出世街道に乗った」

「ところが、何者かが、清人の殺害を『霧』に依頼する。その情報を得た清人は、再び、真壁に泣きついた。須賀とコンタクトを取ったのは、おそらく清人の一存だろう。ところが、ヤツらはあっさり『霧』に片づけられてしまう。追い詰められた清人は、慌てて姿を消す」

「一方、真壁は真壁で、着々と手を打っていた」

「あいつらか」

「奥多摩であなたを追いかけたのは、正体を突き止めるためでしょう。しかし、先に『霧』によって息の根を止められてしまった」

「病院近くの小屋で会った三人も、真壁配下の者たちだな。問題はなぜ、あの便利屋を拘束していたかだが……」

儀藤の目が、はっと見開かれた。

「そうだ。その便利屋、何という名前でしたかね」

「倉持とか」

「月島だか勝どきに住んでいると言ってましたね」

「ああ」

「彼の家が燃えましたよ」

「何だって？」

「焼け跡から遺体が見つかっています。どうやら倉持ではないようですが、今のところ、身元不明です」

「あの手のタイプは案外、しぶとい。そのくらいでやられる手合いではないさ」

「言いきりましたね。一度会っただけなんでしょう?」

「何となくだよ。勘だ」

「プロの勘はよく当たる」

「とにかく、真壁配下の者が、あと何人残っているのかだ。二人は死亡、二人は重傷。俺が知っている限り、残り二人だ」

「何とも気の毒な人たちだ。『霧』とあなたを同時に敵に回した。勝てるわけもない」

「俺と彼らは同じ相手を狙っていたんだ。戦う必要なんてなかったのに……」

「敵の敵は味方だなんて言いますがね、そんなのは嘘だ。敵が一つ片づけば、味方はまた敵になる。そうやって潰し合いは続き、気がつけば、誰もいなくなっている。それが真実です」

「誰もいなくなったところで、漁夫の利を得る。それが儀藤、あんたか?」

「とんでもない。私も貧乏くじを引かされた一人です。この件の結末がどうなるにせよ、命があれば異動となるでしょう。誰もが嫌がる最低最悪な仕事を、一生させられるのですよ」

「どんな仕事に就くにせよ、今よりはましだろう」

「たしかに。あなたのお守りは、最低最悪だ」

「誉め言葉として受け取っておくよ」

「さて、そろそろ時間です。行かないと」

「最後に一つだけ、頼みがある」

「何でしょう?」

「この数日間に見つかった、身元不明死体をもう一度、洗ってほしい」

「なぜです?」

「面白いものが見つかるかもしれない」

儀藤はほんの数秒、深江から目をそらし、考えていた。

「判りました」

目をそらしたまま、答える。

「何か判ったら、知らせます。手段方法はお任せいただきたい」

「どうする? あんたが先に行くか?」

「どうぞ、お先に」

「じゃあな」

深江は先に金庫を出る。通路を進み、銀行の窓口に戻ると、案内してくれた女性が待っていた。恭しく礼をしてくれる態度に居心地の悪さを覚えながら、逃げるようにして、銀行を出た。とたんに、空を行くヘリコプターの轟音が耳をついた。表の道路がなぜか物々しい。緊張に体の筋肉が収縮するが、どうやら自分にはまったく関係がないらしい。

携帯のニュース画面を確認する。トップに速報があった。

中央区箱崎のビジネスホテルで銃撃事件。それ以上の情報はない。そこに着信があった。何と儀藤からだった。

「もう連絡はしないんじゃなかったのか」

「状況が変わりました」

「箱崎の銃撃事件か」

「ええ。ホテルの部屋で女性が射殺されたようです。被害者の身元は不明。ただ、どうやらあなたのお知り合いではないかと思いましてね」

「あの女か……」

小屋で会った、ナイフの切っ先のような女——。

「あの女はかなりの手練(てだ)れだ。簡単に射殺されるような手合いでは……」

「狙撃ですよ。かなりのロングキルです。距離はおおよそ四〇〇メートル」

「女は、ホテルの部屋で何をしていたんだ？　ほかに誰かいたのか？」

「詳しいことは不明です。ただ、狙撃があった直後、ホテルから慌てて出ていった男がいます。その人相風体(ふうてい)がですね、あなたお気に入りの便利屋と一致するのですよ」

「倉持が？」

「事件のあった部屋というのは、砂本という男の探偵会社が押さえている部屋でしてね。砂本は現在、事情をきかれていますが、倉持と砂本は、かつて同じ探偵社に勤務、現在も親交があるようです」

「決まりだな。進退窮（きわ）まった倉持が砂本に助けを求め、彼がその部屋を紹介したんだ」

「死んだ女は、倉持を尾行し、部屋に押し入った。判らないのは、彼女を狙撃した犯人です」

「『霧』だろう」

「なぜ？」

「判らん」

「お知らせできる情報は以上です」

「あんたとの腐（くさ）れ縁（えん）は、なかなか切れそうもないな」

「いえいえ。これが本当に最後ですよ。幸運を」

通話を切ると、信号が青に変わったばかりの交差点を渡る。地下街には下りず、地上から東京駅方面に進む。背中にはジリジリと焼け付くような視線を感じる。銀行に入る前までとは、まったく違う。これは尾行者側の心理に、何か決定的な変化があった証左だ。

深江は足を速めるでもなく、緩めるでもなく、一定の歩幅でまっすぐ前を見て、歩道の左端を歩き続けた。尾行がもっとも楽になるよう、心がける。動揺が見られる尾行者に、心理的な余裕を抱かせるのだ。

頃合いを見て、深江は路地に飛びこんだ。左右には雑居ビルが並ぶ。あるものは建て替えたばかり、あるものは築四十年を経ていようという外観だ。深江は目についた画廊に駆けこむ。写真家が個展を開いていた。花や山といった風景写真が壁に並んでいる。机の前で暇そうにしている五十代くらいの男性が、当のカメラマンのようだ。深江は自分が客ではない旨を伝え、ビルの管理会社に頼まれ、水回り設備の点検をしていると言った。男はあからさまにがっかりした表情を見せ、室内には流しも給湯設備もないと言った。そして、裏のドアを出た先に、フロア共同のトイレ、洗い場などの設備があると告げた。

深江は丁重に礼を述べ、男が示したドアから裏へと出た。薄暗く殺風景な廊下で、奥に共同トイレ、その手前に給湯設備がある。

深江は廊下の壁にもたれ、待った。

三分を過ぎたとき、勢いよくドアが開き、男が一人、飛びだしてきた。目の前に立つ深江を見て、ぎょっと目を見開く。がら開きとなった顔面に、拳を叩きこんだ。鼻が折れ、血を噴きだしながら、男は派手に倒れこんだ。それでも、背中を丸め素早く後方に回転、足をふらつかせながらも、何とか立ち上がる。深江はあえてノーガードで待ち受ける。相手は不意打ちを食らい、頭に血が上っていた。深江の態度がダメ押しとなり、力押しで向かってくる。拳の連打を払い、右手で髪を摑む。左で下腹を殴りつける。頭を押さえず腹を叩くと、頭突きを食らうことがある。深江が教官から最初に教えられたことだった。男は打撃によって激しく嘔吐する。深江が右手を離すと、自分の汚物の中に、頭から倒れこんだ。

異臭が鼻をつく中、男の脇にひざまずく。

「俺をつけた目的や、雇い主についてきくつもりはない。教えてほしいのは、一つだけだ。倉持の居所を知っているか？」

男の目が動き、深江を見た。あきらかに困惑しているようだった。手酷く殴られ、顔は血と汚物にまみれてはいるが、見た目ほどダメージは大きくないようだ。戦意も失っておらず、反撃の糸口を眈々と狙っている。

深江は繰り返した。

「倉持の居所を言え」

男の唇が微かに動き、低く擦れた声が聞こえた。

「それは……便利屋のことか？」

「そうだ。警察に捕まって洗いざらい喋られたら、困るのはおまえたちだ。口を封じるため、あとをつけているはずだ」

男が何かをつぶやくが、耳までは届かない。

「無駄だ。俺が顔を近づけるのを待っているんだろう?」

「……違う。声が……」

深江は立ち上がり、男の右手を勢いをつけ踏みつけた。苦痛の声が上がる。

「声、出るじゃないか。ここまで聞こえるように、大きな声で言え。倉持はどこだ?」

「し、知らんよ」

靴底に力をこめる。男は懸命に耐えている。

「倉持だ」

「そんなこと、きいてどうするつもりだ」

「おまえが心配することじゃない」

「言えば、逃がしてくれるのか」

「ああ。どこにでも行けばいいさ」

男はしばらく逡巡(しゅんじゅん)する様子を見せていたが、やがて懇願するように顔を上げ、言った。

「情報を漏らしたことがばれたら、どのみち、俺は無事では済まなくなる」

「この場で言わなければ、同じことだ。時間稼ぎをするんじゃない」

さらに足元に力をこめた。

「判った、判ったよ。聞いた話だと、電車で西の方に向かっているらしい。何とかっていう、病院だ」

「教石基」

「そう、それだ」

電車を使ったか。深江は安堵する。その一瞬を、相手は突いてきた。動きは、深江の予想を遥かに上回っている。無理に動いたため、靴の下で手の骨が砕ける音がした。男は力任せに体を捻り、右手を砕くことで深江から脱出したのだ。

三メートルの距離を置いて、向き合った。見た目は酷いことになっているが、逆に相手の戦意は高まっている。右手は使い物にならないが、左拳を上げ、深江の出方をうかがっている。左右どちらでも対応できるよう、訓練されている。武器も持たず、丸腰で深江を尾行してきたことからも、己の力量に自信があるのだろう。それにしても、この鬼気迫る圧力はどうしたことか。深江を尾行しているときもそうだった。強い感情によって存在を察知されていては、話にならない。

男が言った。

「おまえが、撃ったのか?」

「何のことだ?」

「亜野(あや)だよ」

その名前に聞き覚えはなかったが、誰のことを指しているのかは、おおよそ、見当がついた。

「信じてもらえないかもしれないが、撃ったのは俺じゃない」

「亜野はおまえのことを恐れていた。小屋で相対したとき、かつてないほどの恐怖を覚えたそうだ」

「俺があの女と会ったのは、あの小屋でだけだ。それ以降は、顔も見ていない」

「おまえと倉持はグルだ。倉持を黙らせるため、部屋に行った亜野を、おまえは狙撃して殺した」

「違う。俺はおまえらの仲間を一人も殺してはいな……」

男の左手が伸びてきた。何の予備動作もなく、深江に向かって手が近づいてくる。手にはボールペンが握られている。画廊の芳名帳の横に置いてあったものだ。深江を捜して中に入った際、盗み取ったものだろう。ペンの先端は、まっすぐ深江の左目に向かっていた。

深江は男の腹をまっすぐ蹴り上げた。腕より足の方が長い。ペンの切っ先はわずかなところで目には届かず、男は蹴りによって、後ろへとはじけ飛んだ。壁にぶつかり、ずるずると崩れ落ちていく男の喉元に向かって、深江は手刀を振る。男は歯を食いしばって、目を閉じた。

寸前で、止めた。

相手がいまだ握り締めているボールペンをもぎ取り、粉々に踏み潰す。そのまま、背を向けて外に出た。

頭の中は、すでに倉持のことで占められていた。何だかんだで、ヤツらをここまで本気にさせた男だ。こうした場合の対処法は心得ていると信じたい。

決して一人になるな。ほんのわずかな時間でも、一人きりになったら最後だ。公衆に身をさらし続け、たとえ手洗いの間であっても、一人になるな。

あとは倉持にどこまで自覚があるかだ。

可能性は五分五分だな。深江は東京駅の改札へと向かった。

第九章　標的

一

教石基医療センター行きのバスは、八分(はちぶ)ほどの混雑だった。駅前を出て山を越え、病院前に向かう路線バスで、午後の診療に間に合うための最後の便だ。乗客の大半は高齢者で、それぞれに馴染(なじ)みがいるのか、皆、病院に行くとは思えない陽気さで、語り合っている。

倉持は車両の中ほど、シルバーシートの前に立ち、それとなく車内の様子をうかがっていた。今のところ、気になる乗客はいない。しかし、こちらの行き先はとっくに割れているであろうから、安堵するわけにもいかない。今ごろ、病院の片隅で、バスの到着を手ぐすね引いて待ち構えているだろう。

ホテルを飛びだした倉持は、すぐに駅へと向かった。車を借りることも考えたが、身の安全を守るためには、公共交通機関を使うに限ると考えを改めた。どれだけ警戒しようとも、相手はプロだ。探偵上がりの技術など通用するはずもない。油断すれば、暗がりに引きずりこまれ、息の根を止められる。唯一の望みは、相手も公衆の面前で手を下す勇気は持ち合わせていないであろう点だ。常に人目の中に身をさらしていれば、誰も倉持には手をだせない。

泣けてくるほど頼りない理屈だが、今の倉持には、それにすがるしか、術はない。

正体は不明だが、相手にしているのは強大な力の持ち主だ。このままでは、早晩、命運は尽きる。それが判っていても、今はただ、進むしかない。巻き添えを食らい、若い命を散らした落合のために、倉持ができることはそれくらいだ。

もし、あいつがいてくれたら。

浮かぶのは、小屋に現れた謎の男だった。あの男であれば、八方塞がりの現状を、何とかしてくれるかもしれない。

そんな儚い願望を、倉持は振り払う。

まもなく、教石基医療センター前だった。バスが停車するや、どやどやと客たちが下りていく。あとに残ったのは、学生風の男二人だけだった。

集団の中に紛れつつ、倉持は病院に入った。受付、待合室ともに、人でごった返している。

病院内の配置は、ほぼ頭に入っていた。隣に建つ緩和ケア病棟への連絡通路の位置も確認済みだ。特に混雑が激しい会計受付と薬の待合室を通り抜けつつ、文具店で購入した名札を首から下げる。中に入っているのは、財布に入っていた保険営業マンの名刺だ。先日、しつこい勧誘に音を上げ、喫茶店で話だけ聞いてやった。そのとき、貰ったものだ。

何が幸いするか、判らないものだな。生きて帰れたら、特上の保険に入ってやってもいい。

倉持は受付に列を作る見舞客の前を素通りし、階段を上る。五階まで行き、廊下へ。正面が、緩和ケア病棟に続く通路である。ここには、チェック機能がない。倉持は堂々と病棟に入り、目的の部屋を目指す。

隣と違い、ここの廊下は静かなものだった。廊下の窓も大きく、日の光が心地よく室内を照らしだしている。明るすぎず暗すぎず、どこかホッとする柔らかさがあった。そして何より、死の影が微塵もない。

上尾誠三のプレートがかかる病室のドアはほんの少しだけ開いていた。倉持はそっと中をのぞく。

壁際のテレビがついており、昼のワイドショーを映しだしている。音声は消しているのか、物音は何も聞こえてこない。

倉持はドアを開き、中に入った。ベッドに横たわる上尾は、あの日会ったときとまったく変わっていない。同じ色のパジャマを着て、同じ姿勢で正面を向いている。倉持が入っていっても、顔を向けようともしない。

芸能人のスキャンダルを伝えるワイドショーの画面を、ガラス玉のような目で見つめ、喉をひゅーと鳴らしながら呼吸をしている。両腕に繋がれた管の数も相変わらずだ。

「たこ足配線だな」

倉持は言った。上尾の目が侵入者の姿を捉えたのが判った。皺が刻まれた白い顔に、これといった表情は浮かばない。

倉持はゆっくりとベッドに近づいた。

「驚きましたか？　俺が生きていて」

上尾の顔に怪訝な表情が浮かぶ。それは芝居などではないようだ。

上尾は倉持の顔を覚えていないらしい。

「捨て駒にするために雇った便利屋の顔など、記憶に留めておく必要もないか。あるいは病気のせいで、記憶が混濁しているのかな？」

しわがれたうなり声が、血管の浮き出た細い喉からしぼりだされた。

「頭はしっかりしている。バカにするな」

「そう思っているのは、あんた一人だけかもしれないぞ」

黄色くにごった目が、倉持を見上げた。

「ふん、便利屋か」

「ようやく、思いだしてくれましたか」

「用済みの情報は、忘れることにしているのでな」

「そいつは失敗だったな。お互い、用事はまだ済んでいない。萎(しな)びた脳みその中から、俺の情報をひっぱりだせ」

「ずいぶんな口のききようだな。この間までは、餌を前にした猿のように従順だったのに」

「飼い主に裏切られた猿は、その恨みを一生、忘れないってね」

　上尾は笑ってみせた。

「裏切ってなどいない。報酬はきっちりと払ったはずだ」

「あれが命の値段だったとは、知らなかったがね」

「何のことか、判らんよ」

「あのビデオ撮影は、いったい何のためだったんだ？　天狗岳にいったい、何があったんだ？」

「おまえに話す必要はない。何もきかず、撮影をしてくる。依頼の条件でもあったはずだ」

「だいぶ状況が変わりましてね」

倉持はベッドの脇にひざまずき、上尾と目の高さを合わせた。そして、右手で相手の細い喉をつまんだ。

上尾に動揺は見られない。

「何の真似だ？　ワシを殺すのか？　そんなことをしなくても、ワシはもうすぐ死ぬ。おまえ、若いとは言いがたいが、ワシから見れば、まだまだ人生を謳歌できる歳だ。それを無駄にする必要はないと思うがな」

「さすが、聞きしに勝る鉄面皮だな。あんたは、俺が窮地に陥ってることも判っている。生きて再びここを訪ねてきたことに、少しは驚いたかもしれないが、たまたま九死に一生を得ただけで、俺の命が風前の灯火であることも、俺の様子から悟っている。それでいて、表情一つ変えず、ペラペラとそんなことが言える。さすがだよ。俺なんて、足元にも及ばない」

「非情に聞こえるかもしれないが、おまえはワシの申し出を受け、条件も呑んだ。その後に何が起きようと、自己責任で片をつけてもらうよりない。そう、ワシの依頼を受ければ、おまえがどうなるか、知っていたよ。だからといって、それはワシのせいか？　そこまで読みきれなかった、おまえの未熟さのせいではないのか？」

倉持は右手に刺さる点滴用の針を引き抜いた。目に見えないほどの小さな傷から、血がわずかに流れだす。

「確かに、あんたの言う通りだ。しかし、俺は二度の襲撃を何とか乗り越え、こうしてここに乗りこんで来た。あんたに責任を取ってもらうためにな」

上尾は傷口からぷっくりと風船のようにふくれた赤い血液を見つめる。そして、やはり笑う。

「鮮やかな色を久しぶりに見た。ここにいると、何もかもがくすんで見える。唯一、鮮やかなものが、己の血とは、皮肉なことだな」

「あんたは今、自己責任と言ったが、そのゴタゴタに巻きこまれて、若いヤツが一人、死んだんだ。まあ、すべては俺の責任なんだが……」

倉持は再び、上尾の首をつまむ。

「こっちもあとに引けなくなっていてな」

「ふむ」

上尾は微かにうなずいた。

「ワシも認めよう」

「何をだ？」

「おまえだよ。ここまでやる男だとは、見抜けなかったたな」

「あの撮影の目的は？」

「悪いな。それだけは言えん。殺すなら、殺せ」

「松上院に、花を送れなくなるぞ」

ようやく、上尾の目に動揺めいたものが走った。

「きさま、なぜ、それを？」

「俺はあんたが思っている以上に、いろいろやる男なんだよ。あんたのところに、手ぶらで来るわけがないだろう？」

効果があったのかどうか、確認する術はなかった。すべては出任せだ。倉持が知っているのは、松上院に上尾が毎月、決まった日に花を送っていたことだけだ。松上院に出向き、きっちりと調べてみたかったが、落合の件などでそれどころではなくなってしまった。

海千山千（うみせんやません）の男に対し、どこまで通用するかは疑問だったが、今の倉持にはもうこれしかなかった。

無言の睨（にら）み合いが続いた。上尾はさっきまでの上尾ではなくなっていた。右手の点滴が抜かれたままなのを気にし始め、頻繁（ひんぱん）にドアを見るようになった。看護師か医師の来訪を待っているのだ。

「時間稼ぎか？　あんたらしくもない」

「逆だ。人の気配を感じたのでな。人間、こうなると、五感が鋭くなっていかんよ」

「だから、時間稼ぎは……」

「ところで、松上院の情報、誰から聞いた？」

「情報源は教えない。それが常識だろう？」

「ふむ。ここに入るまで、花の件はワシが自分で手配してきた。秘書にも任せたりはしなかったのだ。花屋は長年の付き合いで気心が知れている。松上院の住職、関係者が情報を漏らすはずもない。となれば、情報が漏れたのは、ここに入ってからになる。自力での手配ができなくなって、やむなく、スタッフの手を借りるようになった。それでも、ヤツらが知っているのは、花を送っているという事実と送り先だけだ。果たして、ここに……」

上尾は満足そうに、顔いっぱいの笑みを浮かべた。

「なるほど。何ヶ月か前、花の届け日を間違えられたことがあった。どうにもこらえきれず、怒鳴りつけたが……」

倉持は立ち上がる。こちらの仕掛けた茶番劇は、すべて失敗に終わったようだ。

「便利屋君、話はまだ終わっていない。他の科のスタッフで少し前から姿を見なくなった者がいるらしいな。古参で腕は確かだったが、アルコールに体をやられていたと聞いている。そうか、彼女ならば、病院に恨みもあろう。そこを突いて、松上院を嗅ぎだしたか。いや、なかなか見事な腕だ。これだけの短期間で、しかも、命の危険にさらされながら」

「もういい。俺の負けだよ」

倉持は部屋を出るべく、ドアに手をかける。

歓声とも悲鳴ともつかぬ声が、上尾の口から漏れたのは、そのときだった。今まで、感情一つ見せなかった男が、テレビの画面を見て、目をうるませている。震える指で画面を指す。何か言いたいが言葉にならないと見える。

ボリュームを上げろと言っているのが、ようやく理解できた。

倉持はベッド脇まで取って返し、枕元に置いてあるリモコンを操作する。

画面にはニューススタジオが映っていた。キャスターがやや興奮気味に喋っている。

『先週より、行方が判らなくなっていた、新村清人衆議院議員の遺体が、さきほど発見された模様です』

上尾は興奮状態であり、両手を固く握り締め、ガッツポーズのような姿勢で固まっている。右目から溢れた涙がひと筋、頰を伝っていく。

このニュースのいったい何が、上尾に興奮をもたらしたのか、倉持には判らない。新村という三世議員が公務をすっぽかして行方不明であることは、ネットのニュースを通して知ってはいた。父、祖父も大臣経験者という政治一家であり、世襲批判の矢面に立たされていた男であることも、何かで読んだ。

それにしても、一人興奮する上尾の横で、ただ呆然とするしかない倉持である。いったい何のために、ここまで来たのか判らない。帰るに帰れず、時計の針が一秒進むごとに、己の間抜けさ加減が増していく。

テレビでは、新村清人の遺体が発見されたと繰り返すばかりで、実のところ、それ以上の情報は入っていないらしい。まもなくスタジオでは、新村の議員時代の批評が始まった。

それを見る限り、決して評判のいい男ではなかったようだ。何より飲酒癖があり、地元でも問題を起こしていたようであった。だが、新村家は、祖父、父ともに大臣経験者という政治一家だ。一人息子である清人を何とか一人前にするため、ずいぶんと苦労を重ねたようだった。

「親の七光とはよく言ったものよ」

上尾がつぶやいていた。

「人間としても凡庸の極み」

「あの男、知っていたのか？」

「ああ」

いつの間にか、会話が成り立っていた。

「どういう関係だったんだ？」

「仇だよ」

「え？」

「息子の……仇だった」

リモコンを手にしたまま、倉持は立ち尽くした。松上院、毎月の花……。

「話が全然、見えないな。その息子っていうのは……」

テレビ画面に動きがあった。レポーターの興奮気味の声にテロップが被さる。それによれば、新村清人の死因は溺死。千葉の海岸に三日前、打ち上げられ、身元不明として安置されていたらしい。

「溺死だと……？」

上尾がその情報に首を傾げる。もはや、倉持の存在など何とも思っていないようだ。

「何か、不審な点でも？」

「いや、別にかまわん。ヤツが死んだのであれば」

「穏やかじゃないな。いったいどういうことだ？」

「知りたいか？」

「当たり前だ。そのために、こんなところに忍びこんできたんだから」

「新村の死を知ったとき、おまえが傍にいた。これもまた、縁だな」

「何が縁だ、この疫病神が」

「冥途の土産として、聞かせるのが、ワシに課せられた最後の責任かもしれないな」

「人を勝手に冥途送りにするな。俺はまだ、やすやすと送られる気分じゃない」

「面白い男だな。気に入ったよ」

「今さら……」

「ワシには息子がいたんだよ。名前は丸居統良という」

「待てよ。上尾誠三と言えば、家族もなく、天涯孤独って触れこみじゃなかったか？」

「その通りさ。しかし、家族はいなくとも、ワシも一応、男……いや、男だったと言うべきかな。こう見えても、少し前まではもてたのさ」

「金持ちに女は優しいからな」

「哀れな男の妬み嫉みと受け取っておく。話を戻そう。息子の存在を知ったのは、今から五年ほど前だ。記者上がりの貧相な男がやって来てな。ネタを買えと言う。どうしてそんな男の話を聞く気になったのか。これも偶然かな。その日は、たまたま会議が早く終わり、時間を持て余していた。年に二日、あるかないかのことだ」

上尾は倉持が手にしているリモコンを寄越せと身振りで示す。倉持が差しだしたそれを手にすると、自分でテレビを消した。

「やって来た男は今、ある事件を秘密裏に追っているという。六年前、天狗岳の麓、稲子湯旅館の傍にある橋で、男が死んだ。事故と処理されたその事件だが、どうも裏があるらしい」

稲子湯の傍の橋と言えば、唐沢橋だ。倉持も、ビデオ片手に橋を渡った。上尾が続けた。

「死んだ男というのが、丸居統良だ。その死に疑問があるという。そこまで聞いて、ワシは席を立とうとした。警察絡みの事件になぞ、興味もない。そこで男が語りだしたのが、丸居という男の来歴だ。父親の名前は不明。母親は息子を一人で育てようとしたものの、彼が二歳のとき、仕事中の事故で死んだ。清掃員をしていたようだが、誤って階段から落ちたらしい。統良は施設に引き取られ、そこで育った。自分の出生については何も知らぬまま、高校を卒業し就職。長野県内のスーパーの仕事に就き、趣味は年数回の山登り。孤独だが、穏やかな毎日であったらしい」

「その丸居統良が唐沢橋から転落して死んだ。その死に疑問があると？」

「元記者という男、もう名前も忘れてしまったが、なかなかの切れ者のようだった。どちらかというと、切れすぎたんだな。それで、新聞社を追われフリーとなった。そして、一発逆転を狙って、大きなネタに手をだした。政治だよ」

　電源の切れたテレビ画面には、倉持と上尾の姿が映っている。倉持は言った。

「丸居があんたの息子であることは、間違いないのか？」

「間違いない。母親の名前に聞き覚えがあるし、血液型などから考えても、ワシの息子、おそらくただ一人の子供だ。だが、それを知ったとき、息子はすでに鬼籍（きせき）に入っていた。人生、晩年にさしかかってから、思わぬ体験をするものだよ」

「その丸居の死に、新村が関係しているとでも？」

「男の話では、新村清人こそが、息子を殺した犯人だということだった。六年前、新村は交友のあった須賀とかいう弁護士と、稲子湯方面に向かった。すでに泥酔状態だったらしい。適当な道に車を駐め、稲子湯旅館の周りをうろついているとき、たまたま下山してきた統良と出会った。詳細は判らんが、言い争いとなり、新村は統良を橋から突き落とし、逃走した」

「証拠はあったのか？」

「男はいろいろなものを持ってきていたよ。新村所有の車の目撃情報、橋から採取された繊維片などだ」

「どれも状況証拠に過ぎない」

「ああ。だが、事故として処理するには、拙速過ぎる。警察のそうした動きを考え合わせたとき、ワシにはある程度の真実が見えた」

「新村の依頼を受けた誰かが圧力をかけ、捜査を潰した」

「そうだ。統良は死に損だったわけさ。世間ではよくある話なのかもしれんが、いざ、当事者になると、やはり違うものだ」

「それであんたは復讐を……いや、話を聞いたのは五年前だと言ったな。すぐに仇を討とうとは考えなかったのか？」

「まったく思わなかったな。ワシの立場を考えれば、統良のことは一種のスキャンダルだ。もう一つ言えば、政治や警察を敵に回しては、損をするだけだ」

　倉持はもう一度、上尾の首に手をかけたくなった。

「俺は親になったことがないからよく判らんが、少なくとも、あんたは人並みの情すら持ち合わせていないってことだな」

「まあ、そういうことになるかな」

　上尾は唇を歪めて、微かに笑い、続けた。

「このまま死んでもよかったのだが、最後に一つ、何かしてやりたくなった。気まぐれだよ。いや、待て！」

　口を開こうとした倉持を、上尾は止めた。

「言いたいことは判る。この際だ、ワシも認めるよ。ああ、死ぬのは怖い。天国だの地獄だのを信じるほど初心(うぶ)ではないが、やはり、旅立つのは恐ろしい」

「そこで、せめてもの罪滅ぼしか。ずいぶんと手前勝手だな」

「それで世間を渡ってきたんだ。最後まで、流儀は通させてもらう」

「で？　あんたはどんな手を使ったんだ？」

「自分でできなければ、人を使うしかない。頼んだのだ、腕利きに。長いこと、一線で闘(たたか)ってきた。多少の汚ないこともやった。そういうことを頼むコネだってある」

「そんな漫画みたいな話、信じられるか……と言っただろう、少し前の自分なら。なるほど、俺が巻きこまれているのは、プロ同士の殺し合いか」

「狙われた方とて、黙ってやられる玉じゃない。あの手この手で反撃を試みるだろう。こうなることは、ある程度、予想できていた」

「壮大な話を聞いた後じゃあ、俺のことなんて、ちっぽけに思えてくるな。それじゃあ一体、あのビデオは何だったんだ？」

「知らんよ」

「何だと？」

「新村たちの殺しを依頼したとき、逆に頼まれたのだ。天狗岳の詳細なデータが欲しいとな。地図やガイドだけでは足りんらしく、結局、現地の最新映像を手渡すことになった。ワシは行けないし、ならば、便利屋にと思ったのだ」

「その便利屋は、当然、敵対グループの監視対象となり、最終的に命を狙われる危険もあった」

「さっきも言った通り、そのことについては否定しない。なればこそ、おまえに一切の情報は与えなかったし、それが契約の条件だった」

「知らなければ、喋りようもない。拷問されても……」

「とにかく、おまえは生きてここにいる。それでいいだろう」

「この部屋を出た途端、切り刻まれるかもしれんがな」

「それについては、どうしようもない」

「あっさり言いやがって。最後に一つだけ、いいか?」

「ここまで話したのだ。あと一つくらい、聞いてやろう」

「あんた自身はどうなんだ？　敵対勢力からすれば、あんたを殺した方が手っ取り早い」

「ワシを殺したところで、依頼は止まらん。依頼前に殺すべきだったな。それに、これでもワシの社会的地位はけっこう高くてな。経営のほとんどを譲ったとはいえ、世間の要所要所には、ワシの力が必要になってくる。殺したくても殺せないのだよ」

「なるほど。その辺も政治だな」

「さあ、話は終わりだ。帰ってくれ。もう二度と、会うこともないだろう」

「新村が死んで、依頼は完了。敵も矛(ほこ)を収めてくれる、なんてことはないのか」

「ないな」

「あっさり言いやがる」

「この際だ、最後のビッグニュースだ。標的はまだ残っている」

「そいつの名前を教えてくれないか」

「そんなことをしたら、ワシの方が殺し屋にやられてしまう。情報を漏らしたとしてな」

「やっぱりね」

「幸運を祈る」

「さっさとくたばりやがれ」

首から下げたでっち上げの身分証をむしり取り、部屋のゴミ箱に投げ捨てた。

廊下を進み、静かでゆったりとした空間の待合室に出る。数人の見舞客と、看護師たちが談笑している。窓から見下ろすと、よく手入れされた芝生(しばふ)敷きの中庭が見える。車椅子で散歩する親子がいた。ベンチに座り、だまって前を向いている初老の男女もいる。ここにいる限り、そう遠くない将来に、別れが訪れる。残される者の感情は人により、様々だ。先に逝(い)く者に対し、何をしてやれるのかも。

亡き息子の仇討ちか。自分が巻きこまれ、命の危機にさらされているというのに、上尾のことを心底(しんそこ)、恨めしく思えない自分がいた。

人が好(い)いとよく言われるが、まさにその通りだな。苦笑する。

駅に向かうバスも、倉持にとっては適度な混雑具合だった。様々な病気自慢を耳にしながら、バスの揺れに身を委(ゆだ)ねる。

思わぬ形で上尾から証言が引きだせたが、倉持を取り巻く状況に変化はない。今考えられる唯一の手立ては、少なくとも残る標的の始末が終わるまで、どこかに身を隠すことだ。

では、どこに行く？　砂本に相談したいところだったが、ホテルの一件で、ヤツは今、それどころではないだろう。下手に連絡を入れれば、やぶ蛇になる恐れがあった。

都会の喧噪に身を隠すべきか。あるいは、海外に出るべきか。どちらもおよそ、現実的とは思えなかった。相手の行動力、情報収集力を考えれば、どちらを選んでも、簡単に見つけだされてしまうだろう。

悶々としたまま、バスは駅前停留所に到着する。ひとまず、駅前の喫茶店かどこかで頭を冷やそう。そう思って顔を上げたとき、車椅子の少年が、前にやって来た。

「あの、すみません」

少年は膝の上に、黒革の財布を載せていた。倉持は警戒を強めつつ、少年と向き合った。

「どうか、したの?」

「実は、この財布を交番に届けてほしいんです」

膝の財布を取り、倉持に差しだした。

「どういうことかな?」

「さっき、そこで男の人とぶつかっちゃったんです。その人がこれを落としていって……。慌てて追いかけたんだけど、行ってしまって……」

心底、申し訳なさそうに、肩をすぼめる。少年の言葉に嘘はないようだ。

「仕方ないから交番に届けたいんですけど……」

駅前交番は、長い横断歩道を渡った先にあった。人通りも多く、少年一人で渡るのは、なかなか難しそうだ。

「判った。じゃあ、一緒に行こう」

倉持は車椅子を押し、信号が変わるのを待つ。

「ごめんなさい。おじさん、時間は大丈夫ですか？」

「心配しなくていい。今日はすごく暇なんだ」

横断歩道を渡り、交番へと向かう。中には制服姿の警官が一人いた。倉持が事情を話すと、警官は人の好い笑みを浮かべ言った。

「ではまず、その少年から話を聞いて、書類を作成します。財布に身分証などが入っていれば、それで持ち主が判明するでしょう」

「よかった。じゃあ、俺はこれで」

「恐縮ですが、あなたからもお話をうかがいたいのです」

「俺から？」

「拾得(しゅうとく)前後の状況は、なるべく詳しく報告書に記載しなければなりませんので。少年の聴取が終わるまで、少しお待ちいただけませんか」

面倒だなとは思ったが、少年に「暇だ」と言った手前、ここで帰るわけにもいかない。

狭い交番の中は、警官と車椅子でいっぱいだ。倉持は外で待つことにする。

聴取は案外、早く済んだ。警官が敬礼をして、少年を見送る。

少年は倉持に頭を下げた。

「ありがとうございました。時間を取らせてしまって」

「気にするなって。俺も聴取があるらしいから、先に行けよ」

「いや、それじゃあ、あんまり。僕も待ってます」

「いいって。あ、ちょっと」

倉持は通りがかった男性に声をかけ、少年を駅まで連れて行くよう頼んだ。男は快く引き受け、車椅子を押していく。少年はこちらを振り返り、何度も礼をした。

倉持は交番に入る。

「お待たせ」

警官の姿はなく、奥のドアが半開きとなっている。中をのぞくと、そこは四畳半ほどの待機スペースで、ロッカーに机、椅子などが置いてある。ここにも警官の姿はない。

戻ろうとしたとき、背中を強く押され、部屋の中に突き倒された。戸口には警官が仁王(におう)立ち(だ)となっている。

やられたと思ったときは、すでに遅かった。警官は、目深(まぶか)にかぶっていた制帽を取る。現れたのは、倉持も一度見たことのある顔だった。山小屋に監禁された際、戸外で警戒に当たっていた男だ。こうして面と向き合うまで、まったく気づけなかった。

「あんた、だったとはね。あのときはけっこうやられたみたいだったが、傷はもういいのかい？」

　男は何も答えない。もう遊んでいる時間もないということか。

「それにしても、見事な手だったよ。車椅子の少年を使うとはね。自分でぶつかり、財布を落とし、誘導したんだな。しかし、どうして少年が俺を選ぶと……ああ、そうか。バスに乗っていたのは高齢者が多い。通行人は忙しげな会社員ばかり。となると、俺に頼む確率はアップするな。おっと、本物の警官はどうしたんだ？　まさか、殺したりしてないよな」

　男は顎でロッカーを示した。

「ああ……この中ね。もう一度きくが、殺していないよな」

「気絶しているだけだ」

「ホッとしたよ」

「人の心配をしている場合か？」

　男の全身には、殺気がみなぎっている。太い腕を突きだし、どこから攻めるか余裕の表情でうかがっている。

　この狭い空間で、まともにやり合っても勝てる見こみはない。何とか、外に出られれば……。

「無駄だ」

男は真正面に立ったまま、言った。

「もっと早く殺しておくべきだった。そうすれば、皆、死なずにすんだ」

「ちょっと待て。それは、どういうことだ？」

「それがおまえの手だ。あれこれ喋らせて、好機を待つ」

「いや、違う。もしかしてあの女のことを言ってるのか？　違う、違うぞ。俺は何もしていない。それどころか、殺される寸前だったんだ」

「撃ったのは、もう一人の男だろう。同じことだ。おまえが殺したんだ」

「もう一人って、あの小屋に現れたヒーローか？　信じてもらえないのは判っているが、俺はヤツが何者なのか知らないんだ」

「おまえたち二人のせいで、三人死んだ」

倉持は床に尻をついたまま、後ろへ下がる。すぐに背が壁に当たった。

「三人って、何のことだ？　俺は便利屋だ。ただの一人も殺しちゃいない。かんべんしてくれよ」

「泣き言は、お仲間の男に言うんだな」

「だから、あいつは仲間じゃないって……」

「そいつの言うことは本当だ」

いつの間にかドアが開き、あの男が立っていた。

「あんたの名前は倉持だったな。俺は深江だ」

男の蹴りが放たれた。靴先が空を切る。深江は後方に下がり身を隠すと、あらためて身構える。男は身を翻すと、正面から深江に襲いかかる。太い腕の一撃を深江は軽くいなし、続く第二打もさばく。相手の体がわずかに泳いだ隙に、下段の蹴りが膝に決まった。男は俯せに倒れこむ。深江は背中側から馬乗りとなり、右腕を首に絡ませ、締め上げた。あがく間もなく、男は動かなくなった。

倉持は壁を頼りに、立ち上がる。

「大したもんだな、あんた。ちなみに、殺しちまったのか？」

「いや。気絶しているだけだ。殺すつもりなら、もっと手早くできた」

「あんたに救われるのは、二度目だな。前にも言ったかもしれんが、俺はしがない町の便利屋だぞ。大した礼はできない」

「いや、あんたは充分、俺の役に立ってくれると思う。あんたが知っていることをすべて、教えてくれないか」

「知っていることとか。二度命を救ってくれた礼が、たったそれだけ？」

「お買い得だろ？」

「命を安売りしたくはないがね」

「あらためて、名乗らせてもらう。俺は深江」

「倉持だ。何だかよく判らないが、あんたは俺の救世主、何でもするよ」

倉持が差しだした手を、深江はがっしりと握り返してきた。固く冷たい手だった。

二

倉持がもたらした情報は、深江にとって、驚くべきものだった。抜けていたパズルのピースが、一気に埋まっていく。

「上尾が、息子の仇討ちのため、『霧』を雇った。標的は息子の死に関わった三人。まずは手を下した新村清人。次にフィクサーとしてついていた須賀宝正」

倉持が言う。

「しかし、須賀自身は殺害そのものには関わっていないし、新村についていたのも、あくまで仕事だからだ。ターゲットにされちまうのは、少々、気の毒でもあるな」

「須賀は新村への心理的圧力のため、殺害された可能性が高い」

「何だ？　それ」

「恐怖をたっぷり味わわせてから殺す。新村にとって須賀は頼みの綱だ。その須賀が手もなくやられたと知ったとき、新村の恐怖はいかばかりか」

「なるほど。だから、やられたのも、一番先か」

「上尾はそのあたりも計算し、殺害の順番も『霧』に依頼したのかもしれない」

「いや、それはおかしい。それならば、新村を守ることに手を貸した真壁大翔が、先に殺害されるべきだ」

「それは確かにそうなんだが……。真壁は何と言っても、警察官僚だ。先に狙えば、面倒なことになる――そう考えたのかもな」

「それを言うなら、新村も国会議員だ」

「確かにな……」

倉持の言葉はいちいちもっともであり、深江は口を閉じるよりなかった。

二人がいるのは、渋谷にあるカラオケボックスの一室だ。これといって行く当てもなく、二人とも匿ってくれる友人もいない。東京駅から山手線に乗り、ふらりと下りたのが、渋谷だったのだ。

人混みは苦手だが、今は他人の中に身を置く方が落ち着く。若者たちの流れに身を任せながら、ふと目についたカラオケ屋に飛びこんだのであった。雑居ビルの四階までがすべてカラオケ用のボックスに仕切られている。いい歳をした男二人であるにもかかわらず、若い店員は笑顔を絶やさず、キビキビとした動きで、二階の隅にある部屋に深江たちを案内した。部屋には巨大なモニターとテーブル、半円型のソファがあった。テーブルの上にはマイクが二本、置いてある。モニターには、にぎやかな映像が次から次へと映しだされていた。消してしまいたかったが、その選択肢はないらしい。

店員は時間制であることや、ワンドリンクが必須であることなどを説明し、笑顔のまま、部屋を出ていった。

深江は彼の動き、表情に目を配っていたが、そこに何ら作為的なものは見られなかった。ただ、頭に叩きこんだマニュアルに乗せられ、機械的に動いているだけだ。

倉持と二人きりになったところで、深江はようやく体の力を抜いた。一方の倉持は早くもソファに座り、メニューを眺めている。

「ビールといきたいが、さすがに酒はまずいか。うーん、あんたは何にする？」

「何でもいい」

ふいに、倉持が顔を上げた。

「時にあんた、金、持ってるのか？」

首を左右に振る。

「だろうな。俺も知っての通り、すっからかんさ。何しろ、自宅がなくなっちまったんだから。となると、ここは節約、食い物はお預けだな」

壁にある受話器を取り上げ、倉持が注文したのは、アイスコーヒー二杯だった。

「煙草は？」

「やらない」

灰皿に伸ばしかけた手を引っこめ、倉持はテーブル上のマイクを片づける。

「デュエットって気分じゃ、ないな」

店員がコーヒー二つを置き、出て行くのを待って、深江はソファの片隅に腰掛けた。倉持はコーヒーにシロップをたっぷり入れると、ストローでひと息に飲み干す。

「ああ、効くねぇ。疲れているときに甘いものは」

深江は手をつけず、一つしかない出入口のドアを睨み続けていた。

倉持は頭の後ろで手を組みながら、言った。

「もう少し、気を抜いたらどうだい？　まさか、こんなところまで、来ないだろう」

「来ないとどうして判る？　来ないと思っていて、来たらどうする？　俺はまだ死にたくはない」

「この状況で、まだ死にたくないと言われてもねぇ……」

「あんたは、死にたいのか？」

「とんでもない。まだまだ、この世にやり残したことがある」

「なら、もっと臆病（おくびょう）になることだ」

深江はドアから視線を戻した。倉持は自分の携帯をだし、画面を操作し始める。

「まあ、人にはそれぞれの役割がある。そっちは、あんたに任せるよ。それより、あんたの知っていること、聞かせてくれないか」

情報の交換が終わるまで、ドアの向こうに動きはなかった。その間にあったことと言えば、受付から一度、電話があっただけだ。受話器を取った倉持が「延長する」と告げると、事は済んだようだった。

殺害の順番を巡る謎。倉持はついに我慢の限界に達したのか、煙草に火をつけ、ぼんやりと天井を見上げる。

「そうだよなぁ。俺が上尾の立場なら、新村を最後に指定する。フィクサーでもあった須賀と、警察権力に身を置く真壁が殺られたら、己が丸裸にされたことに、嫌でも気づく。そこからは、一分一秒が地獄だ。死への恐怖に怯え……」

倉持が携帯の画面をスクロールさせる。新村の死を伝えるニュース記事を読んでいるようだ。

「溺死……ねぇ」

「何か、気になることでも？」

「どうして、新村は溺死なんだ？　自殺の線は薄そうだが、『霧』にしてはずいぶん、泥臭いやり方だと思わないか？」

「死への恐怖を味わわせることが目的であれば、溺死もあり得るだろう」

「しかし、発見場所は海岸だぜ？　首尾よく発見されたからいいようなものの、海の藻屑と消えていたら、どうするつもりだったんだ？　それに、やはり順番は気になるな。新村が死んだ時点で、ゲームはおしまいだ。その後、真壁が派手に死んだところで、蛇足(だそく)の感は免(まぬが)れない。新村の死にあれだけこだわった上尾が、そこに納得するとは思えない」

　ここでもやはり、倉持の言葉にうなずくよりない。深江はきいた。

「あんたの考えはどうなんだ？」

　倉持は鼻を鳴らしながら、「聞きたいか？」と目を光らせる。深江には、この男の心理がよく判らない。このような状況下で、どうしてそこまで戯けた態度が取れるのか。沈黙をイエスと取ったらしい倉持は、一人で話し始めた。

「真壁という男、あんたが持ってきてくれた情報によれば、頭が切れる上に権力志向が強いそうだな。敵には回したくないタイプだ。一度は干されかけていた真壁は、新村清人を足がかりに、新村家に接近、メインストリームに躍り出た。さて、そんな男にとって、新村清人はどう映る？」

「邪魔者だな。いつ己の足を引っ張るかわからない」

「にもかかわらず、清人と真壁は一蓮托生(いちれんたくしょう)だ。つまり、清人は真壁の弱みを握っている。清人が自暴自棄(じぼうじき)になれば、それはそのまま、真壁に跳ね返ってくる」

　深江はドアから目を離し、倉持を見た。

「ひょっとして、真壁が……？」

「その可能性はあるだろう。真壁は切れ者だ。今回の一件、唯々諾々(いいだくだく)と言いなりになっているとは思えない。上手く利用すれば、目の上のたんこぶを取り払うことができる」

「なるほど。黒幕はもう一人いたということか」

「真壁は上尾すら利用したんだよ。もっと言えば、自分に対する殺人依頼をも、利用している」

「清人を殺したのは、真壁か」

「そう考えると、辻褄(つじつま)が合ってこないか。須賀とは別に、真壁は自衛隊崩れの人間を組織し、対『霧』用のチームを作った。その一方で、『霧』の仕業に見せかけ、清人を殺害した」

「あとは『霧』を全力で消しにかかればいいわけか」

「ヤツの誤算と言えば、ただ一つ。俺たちだな。俺たち二人が、チーム真壁と『霧』の争いの中に、フラフラと迷いこんだ。なお悪いことに、あんたは、その何人かを行動不能にしちまった。ヤツらからすれば、大変な戦力減だ」

「考えてみれば、バカな話だ。もともと俺の敵は『霧』だったんだ。真壁たちと争う理由なんてどこにもなかったんだ」

　責任の一端は、儀藤にもある。儀藤が真壁と情報を共有しておけば、このようなことにはならなかった。警察という同じ組織にいながら、どうしてこうなるのか。一匹狼の深江には、まったく理解ができなかった。

倉持はそんな深江には不服げだ。

「あんたはそうかもしれないが、こっちは一方的に命を狙われた。『霧』も真壁も同じ穴の狢さ。それに……」

聞けば、真壁たちとの争いの中で、何の関係もない若者が一人、命を落としたという。

倉持は、悔しさの滲む声で続けた。

「こっちはもう、あとに引けないところにまで、来ているんだ」

「あんた、これからどうするつもりだ？」

「どうするとは？」

「俺はともかく、あんたは真壁と話をつけるべきだ。落合だったか？　この際、その若者のことは忘れろ。儀藤に間に入ってもらってもいい。今後、ヤツらはあんたに手をださない。あんたはこのまま手を引いて、いっさい他言しない。いい取引だと思う」

倉持は一瞬、沈黙した後、口を開く。

「ただ、疑問がすべて解消されたわけじゃない。一つには、俺が巻きこまれるきっかけとなった天狗岳の映像がある。上尾がなぜこれを必要としたのか、もっと言えば、『霧』がなぜこれを必要とし、上尾に撮影を依頼したのか、そこが判らない」

やはり倉持の行動は、理解の範疇を超えている。どうやら、生により執着しているのは、倉持ではなく深江のようだ。

深江はドアに視線を向けた。ドアにはガラスがはめこんであり、廊下の様子がよく見える。学生風の三人がエレベーターの方へと歩いて行く。入れ替わりに、男二人、女一人の三人が、さきほどの店員に案内され、向かいの部屋へと入っていく。

深江は言った。

「一つだけはっきりさせてくれ。あんたの狙いはどっちなんだ？　『霧』か？　真壁か？」

「判らん」

「答えになっていないな」

「本当に判らないのさ。なあ、教えてくれよ、俺はどうすればいいんだ？」

倉持は煙草をくわえ、目を閉じている。深江は廊下の気配に耳をすまし、言った。

「さっきのこと、忘れてくれ」

「え？」

「真壁と和解しろと言っただろう？　そのことだ。忘れてくれ」

「どうして、わざわざそんなことを言う？」

「あんたが気に入った」

「おいおい、気色の悪い言い回しはご免だぜ」

「どう取ろうとかまわん。さて、覚悟はいいか？」

「覚悟？　覚悟って、いったい何の……」

ドアが開き、さっきの三人が入って来た。三人とも地味なスーツ姿であり、ごく平凡な会社員という出で立ちだ。

倉持が言った。

「あんた、気づいていたんだろう？」

「ああ。気配でな」

右に立つ男が言った。

「一緒に来てほしい」

深江は相手の全身を探る。見たところ、三人とも丸腰のようだった。

「なぜ？」

「話し合いをしたいそうだ」

男の表情がわずかに歪んだ。深江は言う。

「不服そうだな」

真ん中に立つ女が、口を挟んだ。

「おまえのせいで、何人、死んだと思っているの？」

「何度でも言うぞ。俺はあんたらの仲間を、一人として殺してはいない。やったのは、『霧』だ」

左端の男が、静かな口調で言った。

「間接的な話をしているんだ。あんたらの邪魔が入らなければ、こっちはもっと早く『霧』を仕留められていたかもしれない」

「それはどうかな。あんたらの腕では、全員、返り討ちになっていたかもしれない」

右側の男が怒りに任せ、前に出ようとする。それを女が押し留め、左手をそっとズボンの後ろへと這わせていく。

「止めときなよ」

ソファに座ったまま、倉持が言った。さっきまでのぼんやりとした様子は微塵もなく、鋭い目で、女の一挙手一投足（いっきょしゅいっとうそく）を捉えている。

「ケツに忍ばせているのは、ナイフかい？　まあ、そう慌てず、とりあえず、話し合いといこうじゃないか。一緒に来いと言ってたな。大人しく従ったとして、俺たちはどこに連れて行かれるんだ？」

左端の、この中では最も落ち着いている男が答える。

「店の前に車が駐まっている。それに乗ってもらえばいい」

「無事に帰してもらえる保証はあるのか？」

「ない。我々を信じてもらうよりない」

「それはお願いじゃなくて、命令だ。交渉は決裂だな。そこの女の人、気をつけろ。この深江って男は速いぞ。あんたなんかの倍は速い」

女は愛らしい笑みを浮かべる。

「試してみる？」

「止めないか」

男が一喝し、改めて、倉持を見た。

「あんたらを殺るつもりなら、正面から乗りこんでなどこない」

「ここで事を起こせば、一般人にも危害が及ぶ。油断させて、別の場所に引っぱりこむ算段かもしれない」

男は深々とため息をついた。

「真壁長官官房総務課課長補佐がお待ちだ」

倉持がニヤリと笑い、深江に向かって片目を瞑ってみせる。

「お出ましだ」

深江は三人に目を据えたまま、言った。

「判っていたのか。真壁が出てくると」

「確証はなかったが、あんたの言う通り、ヤツがそこそこ切れる男なら、必ず出てくると思っていた。もっとも、あんたらに任せておくと、穏便に済むものも済まなくなる。ホント、争いごとが好きなんだな」

倉持は立ち上がる。

「俺は行くぜ。あんたはどうする？」

深江は戸口の三人を、今一度、吟味する。同時に動いたとして、勝算は七分三分。だが、その後の逃走経路などを考えると、最終的な勝算はほぼゼロに近い。この建物に籠城し、遅かれ早かれ……ということになる。

深江がゆっくりと身を起こす。三人が緊張に身を固くしたのが伝わってきた。深江は両手を頭の上に伸ばす。

倉持がポンと手を打ち鳴らした。

「さあ、そんな怖い顔してないで、笑え。廊下には一般人がゴロゴロいる。怖がるだろう」

「先に行け」

深江は一歩身を引いて、倉持を先にやる。しんがりにつき、廊下を進む。周囲からは、歌、歓声、たわいもない会話などが、不協和音となって押し寄せてくる。先を行く三人は、これといった動きも見せず、非常階段に通じるドアを開く。外階段は狙撃を警戒すべきであったが、周囲はビルに囲まれ、ほとんど見通しもきかない。ステップを踏む乾いた音だけが、四角く縁取られた空に響いていく。

店の前には黒塗りのライトバンが一台、駐まっていた。運転席に一人、車の前後には黒服の男が二人、立っている。

往来のある場所とはいえ、さすがに目立つ。二人の男たちは、明らかに苛立っているようだった。

深江たちを先導していた三人は、歩道に下り立つと、そのまま三方に散っていった。

建物の陰、人混みの中へとそれぞれ姿を消し、瞬きをする間に、気配を消し去っていた。

倉持が苦笑してつぶやいた。

「慌ただしいヤツらだな」

「早く行った方がよさそうだ。あちらの二人は、待ちくたびれている」

男の一人が、歩道を横切りこちらに向かってきた。スキンヘッドで一九〇センチはある。男は居丈高（いたけだか）に言い放つ。

「何をしている。早く来い」

「これでも急いできたんだ」

おどける倉持の腕を、男は掴み上げた。

「テメエら、舐（な）めた真似するんじゃないぞ」

「痛い、痛い」

倉持は男の腕をタップしながら、引きずられるように、ライトバンへと進んでいく。

もう一人の男が、ドアを開いた。向かい合わせでシートが並んでおり、右奥に、スーツ姿の男が一人、座っていた。手足が長く、ひどく窮屈そうな様子だ。

男から解放された倉持は、わざとらしく肩を回してみせると、乗りこんだ。

「おまえも、早く」

男が手招きする。深江は前に進み出ると、男の右人差し指を摑み上げ、捻った。骨の砕ける確かな手応えがあった。

男の顔が苦痛に歪むのを見届けた後、髪を摑んで、車体側面に叩きつける。崩れ落ちる男をそっと抱き抱えると、歩道の脇に座らせた。ドアを押さえているもう一人は、身動きもできず、ただ、ポカンと成り行きを見守っている。

深江は倉持の隣に乗りこむと、向かいにいる男、真壁に向かって笑いかけた。

「さぁ、だしてくれ」

真壁はエラの張った四角い顔で、どんよりとした目つきをしていた。およそ警察官らしくない雰囲気の持ち主だが、深江はスーツの下に隠された、筋肉の存在を見て取っていた。手足もひょろりと長く、運動神経もそれなりによさそうだった。だが、何より警戒すべきは、目の前で護衛の一人を倒されても、動揺一つ顔にださず、平然と深江たちと向き合う神経だろう。

車は法定速度を守りながら、市街を適当に流し始める。

真壁は深江たちを交互に見比べると、真っ白な歯を見せて笑った。

「鮮やかなお手並みでしたよ。彼もかなりの腕前だったのですが……」

倉持が真壁を遮り、言った。

「シャンパンをだせとまで言うつもりはないが、どちらも時間に追われる身だ」

真壁は気を悪くした様子もなく、粘着質な笑みを浮かべて言った。

「あなたがたには謝らなければならない。どうも些細な誤解があったようで……」

「些細なと言いきっていいものかどうか、俺には判らないがね」

「倉持さん、あなたには特に、迷惑をかけた。申し訳ない」

真壁は膝に手を置いて、頭を下げる。倉持は冷ややかな目で、その様子を一瞥し、小さく肩を竦めた。

「しがない便利屋が、一度ならず命を狙われた。相棒がいなければ、今ごろ、死体も出ない、哀れな行方不明者として葬り去られていたところだ。知り合ったばかりの、気のいい若者も失った。それを些細な誤解と言われてもね」

顔を上げた真壁は、また元の抜け目のない、獲物を狙うトカゲのような顔つきに戻っていた。

「結果として、あなたは無事だ。それに、我々の方も、手痛い犠牲を伴った。そちらの方のために」

深江は言う。

「それもこれも、些細な誤解のせいだ」

「儀藤君が、『霧』を狙って、あなたを使うだなんてねぇ。早いうちに一言、言ってくれれば、また違った対応もあったのですが」

「間抜けな話だ。そのツケを払わされるのは、いつも、俺たち末端だ」

「貴重な戦力を、無駄にしました」

倉持が言った。

「それで、黒幕のあんたが、わざわざ顔をさらして俺たちに会おうってのは、どういう企みがあるんだい？」

真壁は目を見開いて、「心外」をアピールする。

「黒幕とは、どういう意味ですかな。私は……」

「降りかかった火の粉を払っている——そう言いたいのか？」

「当然でしょう。私は国際的なテロリストに命を狙われているのですから」

「ではなぜ、公の機関が動かない？　コソコソと私兵を使って、すべてを闇に葬ろうとするんだ？」

「あまり、外聞のいい話ではないし、それに……」

真壁は急に口を閉じた。指で膝頭をトントンと叩き、何事かを考えている。不気味な沈黙だった。

「まあ、本当のところを話しましょう。あなたたち相手に、外面を取り繕っていても、仕方がない」

ようやく、男の本性が見えてきた。足を組み、目の前の倉持にぞんざいな視線を向ける。

「何でもかんでも、嗅ぎだしてくれるよな。正直、驚きだよ」

「新村清人を殺したのは、あんただろう?」

その辺の駆け引きでは、倉持も負けていないようだ。こうした場で、深江は無用の長物だ。気配を消し、聞き耳だけをたてる。

「そこはノーコメントとさせてもらう。もっとも、それで納得するとも思えないから、これだけは言っておく。新村清人はバカだ。酒に溺れ、問題ばかり起こす。先代の力でもみ消し続けるのも限界だった。丸居統良との件もそうだ。面白半分に森に入り、枝を折ったり、苔を剝がしたりしていたところを咎められたとか、それに激高して、殺してしまった。まったく、人間としてもクズだ。価値はない」

「そのバカでクズで価値のない男に、あんたは寄生して今の地位を得た。掌を返すにしても、もう少し、やり方ってものがあるだろう」

「ほう、ほかにどんなやり方があったのかな。聞かせてもらいたいくらいだ」

「少なくとも、溺れさせて海に沈めるよりは、ましな方法があっただろう?」

「そこは、ノーコメントかな」

「この際だから、俺も正直なところを言わせてもらおう。あんたは大したものだと思う。やり方はどうあれ、己の命がかかった局面で、上手いこと邪魔ものを取り払ってしまったんだ。なかなかできることじゃない」

「うれしいね。こういう立場になると、そんなふうに率直な物言いができなくなるものでね」

「率直ねぇ。俺とあんたの間には、越えられない溝があるみたいだな。こちらから、質問しても？」

真壁は大仰な身振りで両腕を広げる。

「それは、もちろんＯＫ！　という意味？」

これには、さすがの真壁も苛立ちを見せた。

「あまり、調子に乗らんでもらいたいな」

「失礼。調子がいいのは、俺の取り柄でね。で、どうして俺たちを呼んだんだ？」

「君たちに会いたかったから。理由にならんかな？」

「生かしたまま、会う必要はなかったはずだ。あんたの弱みを握っている俺たちを、どうしてだ？」

「答えが判っていて、それをわざわざ相手に質問するのは、あまり趣味がいいとは言えないだろう」

「要するに、あんたは俺たちに頭を下げるわけだ。もはや『霧』は自分たちの手に負えません。どうか、『霧』をやっつけてください」

「バカな」

「違うのかい？」

「物事の理解には、順番が重要だ。まずは、我々と君たちの関係を修復したい。お互い、同じ敵を持つ身だ。争うのは無益だろう？」

「何度も殺されかけた俺からすると、釈然としない思いはあるがね。もっとも、俺の無念は、そこにいる深江が晴らしてくれた」

今度は真壁が、苦々しげに深江を睨む。

「君のおかげで、今も二人が病院にいる」

「そいつは、申し訳なかったな」

「君はどうなんだ？　ここまでのことは水に流し、お互い、すべて忘れるということについて」

「別に。もともと、こちらから攻撃したことなどない。襲われたから応戦しただけの話だ。もしまた、同じことが起きれば、同じことをする」

「そういうことが起きないよう、祈るとしよう。では、次だ」

倉持が鼻を鳴らす。

「物事は順番通りにか。お役所仕事だな」

「我々と君たちでは、住む世界が違う」

「俺は今の世界で充分に幸せだ。そっちは願い下げだね」

「私も同じ思いだ。さて、共通の敵が『霧』であると定義されたわけだ。ここで私から提案をさせてくれ。君たちを支援したいのだ」

「支援というと？」

「『霧』を倒すための支援だよ」

「あんたお抱えの兵隊がいるだろう」

「戦力的に充分とは言いがたいのだ」

ちらりと深江を見る。その脇で、倉持は不敵に笑っていた。

「だから、もっと素直に言ったらどうだ？　自分の手に余るので、我々に『霧』を始末してほしい。そういうことだろう？」

「そうは言っていない。なあ、深江君、君は今でも儀藤のために動いているのだろう？『霧』を倒すという命令は、まだ生きているのだろう？」

深江はうなずいた。

「では話は早い。我々は君に武器を提供する用意がある。さらに今後、君の邪魔はいっさいしない」

「悪い話じゃないな。しかし……」

「しかし、何だね？」

「俺たちには、『霧』を追う手段がない。ヤツに関する情報は皆無。今、どこで何をしているのかも判らない。あんたを狙って、もうすぐ傍まで来ているのかもしれないが」

「その件であれば、心配はない」

　真壁は言った。

「明後日、私は天狗岳に登る」

　深江は倉持と顔を見合わせる。さすがの倉持も、ここまでのことは予想していなかったようだ。

　深江はきいた。

「何のために？」

「慰霊登山だよ。新村清人君の死を悼んで、彼との思い出の山に登るのさ」

「なるほど。自ら囮になるわけか」

「察しがいいな。上尾の情報が入って以来、私は身辺を固めさせている。いかな『霧』でも、簡単には近づけない。無論、狙撃にも細心の注意を払っている。『霧』の方にも、焦りがあるはずだ。そこに、千載一遇のチャンスを与えてやろうというのだよ。ヤツは食いついてくるはずだ。このままヤツの手にかかるのを何もせず待つわけにもいかないだろう？」

「どうだろうな」

「天狗岳に通じる登山道周辺は、私の手の者で固めさせる。『霧』が迷いこんできたら、一発で仕留められる」

「こっちはヤツの顔も知らないんだ。そう簡単にいくかな？」

「そこに君らも招待しよう。首尾よく『霧』を倒してくれれば、その手柄は進呈する。進退窮まっている儀藤君への、最上のプレゼントにもなるだろう」

深江の横で、倉持は心底、愉快そうに笑っている。真壁はそんな二人に、言った。

「あまり時間がない。今、この場で決めてほしい。私の提案を受けるか、蹴るか」

倉持が言った。

「蹴ったら、どうなる？」

「どうにもならない。その点は私が保証しよう。倉持君はまた月島に戻り、便利屋を始めればいい。深江君は山奥に帰り、隠遁生活を始めればいい。儀藤君はまた、君の犯罪歴を活用することがあるかもしれないがね。君たちの動向に関わりなく、『霧』は倒され、私は手にするんだ。自分の欲しいものをね」

「本人を前にして言うのもどうかと思うが、真壁さん、あんた、本当にいけ好かないヤツだな」

「塵のような便利屋に何と言われようと、痛くも痒くもない」

倉持は両手を上げた。

「ここであんたと言い争っていても始まらない。正直なところ、決定権を持っているのは、彼だ」

二人の視線が深江に集まる。真壁は何も言わない。こちらの答えはすでに判っている。そんな余裕すらうかがえる。

深江はうなずいた。

「レミントンＭ７００。どんなバージョンでもいい。口径も問わない。手配できるか？無論、弾もだ」

「それ一丁でいいのか？」

「余計なものは持たない主義だ」

「『霧』が使っているのは、ウインチェスターM70と聞いている。使用されたのは7・62×51ミリＮＡＴＯ弾、入手経路は不明だ」

「俺と同じく、ヤツも銃そのものにこだわりはないようだ。ウインチェスターを使っているのも、たまたま入手できたからだろう。そういうヤツが、一番、厄介だ」

「銃の受け渡しは？」

「当日でいい。武器を持ってウロウロしたくはない」

「水くさいことを言うな。それまでの居場所くらい、我々で進呈しよう」

「あんたの世話にはならない。連絡方法だけ教えてくれれば、それでいい。さあ、車を停めてくれ」

真壁がウインドウを軽く叩いた。その音を拾った運転手は、車を路肩に寄せて、停める。

深江はドアを開き、歩道に下りる。倉持もすぐに続いた。

真壁が言う。

「待ってくれ。せめて、居場所だけでも……」

深江は携帯を掲げ、言った。

「これに連絡をくれ。番号はもう知っているんだろう？　電源は入れておく。ＧＰＳでも何でも辿って、追跡すればいい」

ドアを閉める。真壁の姿が視界から消え、ホッとする。

ライトバンはスルスルと音もなく発進し、少し先の十字路を右折、見えなくなった。

倉持は、バンの消えた方向をじっと見つめたまま、動かない。

深江は言った。

「ここで、別れてもいい」

倉持が振り返った。

「どうして？」

「あんたにとって、真壁は仇のようなものだ。結果的とはいえ、俺はその真壁を守り、『霧』と戦わねばならない」

「だから？」

「あんたとは、目的が違ってしまった」

「確かに、このまま何もしなければ、真壁は『霧』が片づけてくれるかもしれない」

「『霧』は強敵だ。俺が行ったとしても、真壁を守りきれる確率は五分五分といったところか」

倉持はうなずきながら、ゆっくりと歩道を進み始める。

「悪いが、俺はあんたから離れるつもりはない。天狗岳で首尾よく『霧』が倒されたとして、真壁が俺たちを放っておくとは思えん」

「だろうな。俺たちをその場で撃ち殺し、『霧』との相討ちに見せかけるつもりだろう」

「いつになったら、この窮地を脱することができるのかね」

「今できることは、せいぜい俺たちに利用価値があると思わせておくことだ。その間は、こうして安穏としていられる」

「違いない。ところで、真壁の言っていたことは、本当だと思うか？」

「ヤツの言葉はただの一片たりとも、信じてはいない」

「さすが、俺の相棒だ。ヤツは天狗岳に登り、『霧』を誘（おび）きだすと言った。だが俺は、すべて逆だと思う」

「天狗岳を指定したのは、『霧』の方か。真壁の方が呼びだされたんだな」

「須賀を殺し、真壁を殺し、最後に、天狗岳で新村清人を殺す。これが、上尾の依頼だったんじゃないだろうか。ところが、真壁が新村を殺してしまった。そこで『霧』は、真壁を天狗岳に呼びだすことになった。真壁にとって生き残る道は、誘いに乗ったと見せかけて、『霧』を消すことだ」

「それならば、納得がいく」

「俺が雇われたわけがやっと判ったよ。『霧』は最後の舞台が天狗岳になることを知っていた。だから、できる限り正確なデータが欲しかったんだ。地形や風向きの判るものが」

「あんたが撮影してきたデータがそれか。しかし、どうしてわざわざそんなことを？『霧』の面は割れていない。自分自身で登ればいいだろうに」

「この時期の天狗岳は比較的、空いている。顔や姿を覚えられる恐れがある。だから、避けたんじゃないのか？」

「それだけだろうか」

「ほかにどんな理由が？」

「今は思いつかない」

「ま、いいさ。山行きまでは時間がある。久しぶりに、のんびりしようじゃないか」

「当てはあるのか？」

「実は一つ、行きたいところがあるんだ」

「俺もだ」

「ではいったん、別れるのはどうだ？　天狗岳のイベントが終わるまでは、誰も俺たちに手出しはしないだろうからな」

「落ち合うのは？」

「明日の午後四時、東京駅でどうだ？」

「判ったよ」

深江は体の向きを変えると、倉持とは反対側に歩きだした。

『霧』との闘いは、まさに命がけだ。さらに、たとえ『霧』に勝ったとしても、次がある。真壁を何とかしなければ、深江たちに明日はない。天狗岳から無事に戻れる確率は、正直、あまり高くはない。

ならば一度、会っておくべきかと考えたのだった。

深江は携帯を登録してある番号にかけた。

「深江だが、面会を申しこみたい」

第十章　秋霧

一

待ち合わせ場所に指定したコインロッカーの前に、深江は一人、佇んでいた。影を纏い、道行く者、誰一人として、彼に注意を払わない。孤独なその姿に、倉持は思わず足を止め、見入ってしまった。悲しみでも哀れみでもない、孤高の美しさを、深江の中に見いだしていたからだ。

「待たせたな」

倉持が近づくまでもなく、深江は気配を感じ取っていたようだ。服装は別れたときのままだが、靴だけが黒光りするコンバットブーツに変わっていた。

倉持はきいた。

「真壁から連絡は？」

「今日、渋ノ湯から黒百合ヒュッテに入るらしい。そこで一泊。明日早朝から天狗岳アタックの予定だ」

「で、俺たちはどうする？　まさか、黒百合ヒュッテで、ヤツらと楽しく酒を飲むわけにもいくまい？」

「無論だ。『霧』が真壁を狙うとすれば、十中八九狙撃だろう。接近すれば、ボディガードを従えている真壁に分がある。狙撃し、敵が接近する前に逃げる。それしかない」

「どのルートを取るにしても、最初は樹林帯で見通しがきかない。狙撃には不利だな」

「それに加え、黒百合ヒュッテ周辺には、すでに何人ものハンターが潜んでいるに違いない。身を隠す場所はごまんとあるからな」

「となると、ポイントは黒百合を出てから、天狗岳に到達するまでか」

「俺が『霧』でも、そこを狙う」

「なら、話は簡単だ。俺たちが、潜んでいる『霧』を見つけだし、さっさと始末してしまえばいい」

「俺たち二人だけで、あの広大な山の中から、一人の人間を捜しだそうというのか？　ヤツはその道のプロだ。それなりのカムフラージュをしてくるだろうし、気配を悟らせるような真似はしないだろう」

「厄介だな」

「真壁たちは、相手を侮っている。このまま行けば、全滅するぞ」

「俺としては、別にそれでもかまわんのだけどな……おっと、これは言わない約束だな」

「俺たちは俺たちで動く。真壁たちにも、動きを悟られたくない」

「その点については、俺も賛成だ。しかし、例の武器をヤツらから受け取らねばならないだろう？」

「本当に貰おうなんて、思ってはいない」

深江は自身の携帯を、傍にあったゴミ箱に放りこんだ。

「さて、どこかで車を手に入れないとな」

倉持はポケットからキーをだす。

「レンタカーだ。俺の名前で堂々と借りてきた。盗むよりはいいだろう？」

「車は今、どこに？」

「地下駐車場だ。ここからなら、地下道を通って行ける」

倉持は地下街を抜けると、地下駐車場入口へと通じるドアを開く。薄暗い通路に人気はない。深江は満足そうにうなずいた。

「そろそろ、お出ましになるころだ」

今通ってきたばかりのドアが開き、男が一人、飛びこんできた。二人の姿を捉え、立ち竦んでいる。彼は前の日から、倉持を尾行していた男だ。服装などを変えてはいるが、真壁と会ったとき、車のドアを押さえていた男に間違いない。男は反射的に携帯をだしたが、そのまま固まってしまう。普段と違い、援軍はいないのだ。

　そこにもう一つの靴音が響いてきた。通路の先の暗がりから、別の男が姿を見せる。鼻に真新しい傷のある、細身の男だった。体付きはどちらかと言えば華奢な部類に入るだろう。背もそれほど高くはない。にもかかわらず、一種独特の近寄りがたさがあった。隠そうともしない怒りのためか、深江に向かって放たれる殺気のためか。

　倉持は深江に言った。

「もしかして、あれがあんたの担当？」

「前の日から張りついている」

「仲よくはやれなかったみたいだな」

「ヤツとは因縁があってな。この先の画廊でやりあったことがある」

「もしかして、あの鼻の傷は……」

「俺がつけた」

　男は足を止めることなく、深江に向かってくる。

「きさま、何を企んでいる？」

　深江は無言のまま、男と対峙していた。両手を下げ、防御の姿勢すらとっていない。

　男の左手が素早く動き、カランビットナイフが現れた。

「この二日間、何度殺してやろうと思ったか」

「それは命令違反だろう」

「知ったことか。きさまのせいで、仲間が何人も……」

「その考えは危険だ。仲間なんていない。自分のことだけ考えろ」

「うるせえ」

　男の左手は速かった。倉持なら、そうと気づかぬうちに腸をえぐられていただろう。深江は切っ先をわずかなところでかわし、男との距離をほんの少し開けた。

「止めておけ。そいつをしまって、車のキーをだせ」

「あん？」

「おまえが乗っている車を使わせてもらう。相棒のレンタカーはおまえが使え。そのまま消えるんだ。明日になれば、もう誰もおまえのことを捜さない。どこか田舎にでも行って、静かに生きろ」

　深江の言葉は、届かなかったようだ。男はナイフを握り直し、冷徹な笑みを浮かべた。殺人者の微笑みだった。

「おまえの命は、どうせ明日までさ。なら、今日、ここで俺にやられても同じだろう？」

「止めておけ」

「あの女は、おまえの何だ？」

力なく開いた深江の右手が、ぴくりと一度だけ震えた。灰色の瞳の中に、微かな波紋が広がる。

その危険な変化に、男は気づかない。

「意外だったよ、あんたの女が、あんなところにいたなんて。私設の療養所なのか？　あれは薬（クスリ）の……」

「そのくらいにしておけ」

「調子はよさそうだったな。あんたとはどういう関係なんだ？　何だったら、あんたのあとを追わせてやってもいいんだぜ」

深江の動きは壁に映った影のようだった。音もなく気配もなく、気づいたときには男の顔面に拳を叩きつけていた。自慢の武器はまったく役に立たなかった。乾いた音をたて、ナイフが床に落ちる。深江がつま先でそれを壁際にまで蹴り飛ばし、さらに相手の耳の後ろを一撃する。絶叫が通路に響いた。深江の左足は、男の右つま先を踏みつけている。逃げようにも逃げられないのだ。拳、肘が素早く、連続して体のあらゆる部位に叩きつけられた。男はそのまま床に倒れ伏す。踏まれたままの足の骨が砕け、足先だけが別の方向を向いている。

深江は表情をいっさい変えることなく、男に馬乗りとなった。

「車はどこだ」

男は何か答えようとするが、口からはゴボゴボと血の泡が噴きだすだけだった。深江は男の鼻先を容赦なく殴りつけた。

「車はどこだ?」

「ち、駐車場……Aの六番……」

「キーは?」

左手をズボンのポケットに入れようとする。その手首を深江は摑んだ。男が苦痛の叫びを上げる。深江がポケットからキーを取りだす。それを倉持に放ってきた。震える手で、何とか受け取る。

深江は男を見下ろし、言った。

「二度と俺の前に現れるな。次は命がないぞ」

男は血反吐(ちへど)を吐いたが、深江の顔には届かなかった。深江は男から離れると、ドアの前で固まっている、もう一人の男に向かって言った。

「手当てをしてやれ」

男は操(あやつ)り人形のように、ギクシャクとした動きで、血まみれで横たわる男に近づき、その傍らにしゃがみこむ。

倉持はずっと止めていた息を、ゆっくり時間をかけて吐きだした。血の臭気(しゅうき)に当てられ、胃の中がムズムズとしている。

「くれぐれも、あんたには逆らわないようにするよ」

倉持は壁にある案内図に目を通す。地下駐車場は三階層に分かれており、Aフロアは地下一階、このまま進んだ先にある。

「うひゃ」

叫び声が響いた。血まみれの男が、もう一人を羽交い締めにし、腰のホルスターから銃を奪おうとしていた。シグ・ザウエルＰ２２０だ。

「深江、生かしてはおかんぜ」

彼らとの距離は一〇メートル。間に身を隠すものは何もない。奪い取った銃を手に、血で斑に染まった男は笑っていた。

空気を切り裂いて、ナイフが男の喉元に突き立った。深江だ。床に転がったナイフを拾い、投げたのだ。男は壊れたエアコンのような喘ぎ声を残し、俯せに倒れこんだ。もう一人の男は、その場にへたりこむ。股間には大きな染みが浮き上がっていた。

「行くぞ」

深江は何事もなかったかのように、静かに歩き始めていた。

倉持は倒れている男の許へと戻り、左手に握られた銃を引きはがした。弾倉などを確認し、腰とズボンの間にさす。

こんなシーンを見せられては、到底、丸腰ではいられない。

日比谷（ひびや）通りから首都高に入り、そのまま中央道に乗る。その間、深江は無言でハンドルを握っていた。

男が残した車はフォルクスワーゲン・ゴルフのワゴンタイプだった。車内には、カーナビや地図どころか、紙一枚、落ちていない。あったのは、後部スペースに置かれた狙撃銃だけだった。ケースに入っているため倉持にはよく判らなかったが、深江に言わせると、それこそが、欲（ほっ）していたレミントンＭ７００であるという。

道は比較的空いており、一時間半ほどで、長坂（ながさか）インターチェンジに到着しそうだ。

「運転、代わろうか？」

倉持は言ったが、深江からの返事はなかった。周囲は緑が増え、山々に囲まれるようになってきた。天気は晴れ。時刻はまもなく午後四時を回ろうとしている。

「あんたのすることに異（い）を唱（とな）えるつもりもないんだが、俺たちはどこに向かっているんだ？　やっぱり、渋ノ湯から入って、黒百合まで上がるのか？」

「いや。稲子湯に回る」

「勝手知ったる稲子湯か。そこからどうする？」

「黒百合に登る」

「登るって、着くころには、日が暮れてるぞ」

「だから、いいんじゃないか」

「暗闇の中を登るのか？」

「肝心なのは、こちらの姿を見せず、行動を悟らせないこと。なおかつ、向こうの意表を突く。俺たちの目的は『霧』だ。真壁たちを守ることじゃない」

「つまり、ヤツらがどれだけやられようと、こっちには関係ないと？」

「不満か？」

「いや。ただ、俺はあんたほど、簡単に割りきることができないんでね、人の命ってヤツを」

「それが普通さ」

再び沈黙が訪れる。

「居心地が悪そうだな」

珍しく、深江から話しかけてきた。

「当たり前だろう。これから夜通しの山登りが待っているんだ。しかも、山の中には、拳銃持ったおっかないヤツらがウロウロしている。できることなら、帰りたいよ」

「帰りたいのなら、帰ってもいい。二日もすれば、結果が判る」

倉持は苦笑する。

「平穏な日常か、おっかない連中がやって来て、俺の頭を撃ち抜くか。そんな二択を、ただ待っているなんてご免だね」

「さっきはすまなかったな」

「何か謝られるようなことをされたかな?」

「通路でのことだ。少々、やり過ぎた」

「少々じゃすまないだろう。人一人、なぶり殺したんだぞ。いや、別にあんたを非難してるわけじゃない。あれは、まあ、一種の正当防衛だな」

「言い訳にはならん。挑発に乗った、俺が悪い」

「確かに、ちょっと意外ではあったよ。あのときのあんたは、何と言うか、感情が勝っていたように見えた」

「折り合いは、つけたつもりだった」

「あんたの女……ヤツはそう言ってたな。いや、話したくないのなら、無視してもらってかまわない」

深江は口をつぐんだまま、ハンドルを切り、サービスエリアに入った。車を停め、エンジンを切ると、シートベルトを締めたまま、シートにもたれかかる。

「マイという名前の女だ。実のところ、名字は知らない」

「……それはまた、よく判らない関係だな。名字を知らない?」

「ある男に頼まれたんだ。マイを助けてやってくれと」

「相手は、荒っぽい連中だったんだろうな」

「ああ」

「それでもあんたのことだ、首尾よく助けだしたってわけか」

「女は薬漬(ヤクづ)けになっていて、心も完全に壊れていた。そこで、知り合いがやっている、私設の療養所に入れた」

「で？　会ってきたのかい？」

「いや。姿を見てきただけだ。薬はほぼ抜けたようだが、心の方はまだ時間がかかる。俺の顔は見ない方がいい」

「あんたに女を託した男、そいつは今、どうしているんだ？」

「死んだよ。俺が殺した」

「……聞くんじゃなかった」

「あんたは、どこに行ってたんだ？」

「そんなこと、聞いてどうする？」

「どうもしない。ただ、何となく興味がある」

「けっ、先に自分のこと散々(さんざん)、喋りやがって」

「気にすることはない。嫌なら黙っていてくれ」

「わざわざ話すほどのことでもないし、かといって、黙っているほどのことでもない。墓参りに行ってたんだ。友達のな」

「長い付き合いだったのか？」

「いや、ほんの数ヶ月だ。それでも、何となく気が合ったんだ。長い付き合いになる予感がした。それなのに、死んじまった。一緒に山へ登ろうっていう、約束も果たせず仕舞いさ」

「そうか」

「本当なら、落合のこともちゃんとしておきたかったんだがね。遺体がまだ、警察から戻ってこない。このままだと、無縁墓地行きだ。せめて、俺がちゃんとしてやりたい」

「そうしたいのなら、そうしてやれよ」

「あんたみたいな、危ない人間と一緒にいるんだ。明日の日の出を見られる保証はない」

「大丈夫さ」

「どうして、そんなことが言える？」

「気分だな」

「見かけによらず、楽天家なんだな」

「そうでなければ、こんな世界に身を置いてられないさ」

「そりゃあ、そうかもしれないが……。なあ、一つ、提案があるんだが」

「聞こう」

「もし無事に戻れたら、一緒に便利屋をやらないか？」

「便利屋？　俺が？」

「『霧』を倒せたら、もう逃げ回る必要もないんだろう？」

「そういう約束だ」

「なら、考えてみてくれよ。最近、商売も上向きでさ。一人、雇おうと思っていたところなんだ」

「考えておく」

「頼むよ。もっとも、こういう会話をすること自体、あまり縁起がいいとは言えない」

「映画だと、こういう会話をしたヤツらは、大抵、死ぬ」

「あんた、験を担ぐ方かい？」

「いや」

「だと思った」

深江は後部シートに置かれたライフル入りのケースに手を伸ばし、手元に引き寄せた。

「ちょっと待っていてくれ」

こちらの返事も待たず、車を下りる。トイレや自販機のある建物には向かわず、反対側の雑木林へと入って行く。暗闇の中で、その姿はあっという間に見えなくなった。インター内に他の車はない。暗がりの中で、何とも落ち着かない時を過ごす。息が詰まりそうになり、ドアを開いた。

その途端、「ターン」という乾いた音が、一定の間隔をあけ、三度響いて来た。

銃声であることは、倉持にも判った。

彼が敵に襲われたのかと、思わず尻を浮かせかけたが、すぐに思い直し、シートに座り直した。何が起ころうと、ここは深江に任せるよりない。自分が飛びこんで行ったところで足手まといになるだけだ。

五分ほどで、深江は戻って来た。いつもと同じく、感情のとぼしい、ひょうひょうとした様子だった。ドアを開け、ライフル入りケースを後部シートに置く。そして、倉持の視線を気にする様子もなく、シートに座った。

「試射だ。くせを摑んでおきたくてな」

低い声でそれだけ言うと、エンジンをかけた。車は再び、目的地に向かって走りだす。澄んでいた空には、いつしか雲がかかり、山並みもその中に隠れようとしている。倉持はシートに身を委ね、目を閉じた。腰に挟んだ拳銃の固い感触が、眠りに落ちるのを妨(さまた)げていた。

二

インターを下りた近くの空地で、深江は車を駐めた。エンジンを切り、外に出ると、裏の森にキーを投げ捨てる。レミントンの入ったライフルケースは、ナイロン製のソフトタイプで、キャリング用のストラップもついている。色は黒で、長さは一二〇センチほどある。それを肩に負うと、少し前に駐まっているデミオに向かう。すぐに倉持があとを追って来た。心の内はどうなのか判らないが、表面上は平静を保っている。頼りなげなふうを装ってはいるが、それなりに修羅場をくぐり抜けてきた男なのだろう。舞い上がることもなく、無駄口を叩くこともない。己の弱さを知り、蛮勇をふるうこともない。相棒とするには、いい人物だった。

運転席側のドアを叩き割ろうとしたところを、倉持に止められた。

「山の空気は冷える。開けっぱなしで運転なんて、ごめんだぜ」

倉持は内ポケットから、先の曲がった真鍮線のようなものを取りだし、何やらゴソゴソとやり始めた。数秒でロックが外れる。

「そんなもの、いつも持ち歩いているのか?」

「あんただって、銃やナイフを持ち歩いているだろう。似たようなものさ」

倉持はさっさと運転席に座ると、ハンドルの下に潜りこみ、また何やらやり始めた。

「いつも映画で見ていたんだ。一度、やってみたかったんだよ」

ほどなく、エンジンがかかった。

「早く乗れよ。持ち主が戻ってくるかもしれん」

助手席にはコーヒーの空き缶が数個、放りだしてあった。車内は、お世辞にも綺麗とは言いがたい。後部シートには、請求書やスーパーのチラシなどが散らばり、バンドで留められたパンフレットの包みが数個、シートの下に押しこんである。倉持は好奇心から、紙を破り取って中を見た。

「おい、この車の持ち主はセールスマンだ」

一枚取って深江に渡す。それは、仏壇のパンフレットだった。

「今の俺たちには、ぴったりじゃないか」

深江はパンフレットをしげしげと見つめながら、微かに口元を緩める。

「あんたと一緒にいると、退屈しないな」

「だろう?」

倉持は勢いよく車をスタートさせる。

「この車、なるべく無傷で返してやろう」

すでに日は山々の向こうに隠れ、空は朱く染まっている。深江はレミントン入りのバッグを抱えたまま、流れ去るヘッドライトを眺めていた。

　真壁たちは、もう黒百合ヒュッテに到着したころだろうか。いったい、どのくらいの手勢を引き連れてきているのか。

　ある考えが、深江の脳裏に閃いた。

「あんたが撮った天狗岳の映像だが……」

　倉持がこちらに目を向ける。

「どうしたんだ、いきなり」

「『霧』は天狗岳に登ることができない。だから、データを取るために詳細な映像が必要だった。俺たちはそう考えた」

「ああ。釈然としない部分はあるけどどな」

「真壁たちも、映像の存在は把握しているよな」

「当然だ。おかげで俺は何度も死にかけた」

「真壁たちも、俺たちと同じことを考える。『霧』は天狗岳に登ったことはないと」

「そこがヤツらの付け目だろう。真壁の配下の者たちは、実際に天狗に登っているし、地形なども現地を見て把握している。いざとなったとき、現場を知るか知らないかは、圧倒的な差になる」

「『霧』の狙いがそこにあるとしたら？」

「あ……。そうか、『霧』は天狗岳に登っている！」

倉持がハンドルを叩いた。

「こいつはまずいな」

「真壁たちの油断を誘う。『霧』はそのためだけに、撮影の条件をつけた。真意は依頼者の上尾も知らないだろう」

「何てこった。そんな計略の一環として、俺は舞台に登場させられたってか。冗談じゃないぜ」

「舞台の幕はまだ、下りていないぞ」

倉持は笑う。

「端役が主役を食っちまう、なんてことが、ままあるよな」

「明日の主役は俺たちになる。覚悟が必要だ」

「役を取るのは、まさに命がけだな」

暗い山道を登り、稲子湯の明かりが遠くに見えてきたとき、空には満天の星が瞬いていた。

少し手前に車を駐めて、稲子湯旅館の前を素通りし、すべての発端となった唐沢橋を渡る。今も、原田が置いた花は、朽ちることもなく、闇の中で白い光を放っていた。

辺りをうかがう限り、稲子湯周辺に真壁の配下の姿はないようだ。失った人員も少なくはない。山全体に網を張るのは、やはり無理だったのだ。

深江にとって、夜間の行軍は手慣れたものだ。一人であれば、全力で見通しの利く尾根まで行くところだが、今は倉持がいる。山に通じているとはいえ、これは「登山」ではなく「行軍」だ。整備の行き届いた正規の登山道を進み、ゆっくりと標高を上げていくしかないだろう。

深江はペースを落としつつ、登山道へと入る。この時期にしては、気温は高く、空気は湿気を帯びている。原因は判らないが、肌にまとわりつくような、嫌な空気だった。

温暖化などの影響で、思いもよらない気象現象が各地で報告されているが、深江自身、今までに感じたことのない空気に、胸のざわつきを覚えた。

自然には意志がある。その前では人の存在など、無に等しい。結局のところ、山に愛された者が生き残るのだ。

気がつくと、後ろを来る倉持と距離が開いていた。知らず知らずのうちに、歩速が上がっていたようだ。斜面に立ち、深江は倉持を待つ。空気はひんやりとしているが、服の中は汗びっしょりだ。

『霧』はどこで、何をしているのだろう。ふと考えた。ヤツもまた、同じ空気に胸のざわつきを覚えているのだろうか。

『霧』、深江たち、真壁。山は誰に味方するのだろうか。

　黒百合平までの道のりは、物足りないほどに順調だった。闇の中、みどり池を経て、本沢分岐までちょうど二時間。コースタイムと同じだ。あえて歩速を抑え、索敵を続けながら標高を稼いできた。むろん、時間がかかったのは、闇に不慣れな倉持がいたせいもある。大きな音をたてなかったのはさすがだが、まさに、こけつまろびつ、行程の半ば過ぎで、すでに息が上がっていた。

　予想の範囲内であったので、腹は立たなかった。時には足を止め、手を貸したりもした。

『もし無事に戻れたら、一緒に便利屋をやらないか？』

　あれは本気だったのだろうか。都会の真ん中で人と共に生きるのは、どんな気持ちなのだろう。

　未来に目を向けている自分を、深江は戒めた。厳しい現実を前に、夢を追うことは危険だ。自分にあるのは、今、この瞬間だけだ。集中しろ。

　風はなく、相変わらず、この季節にしては湿気が高い。天気予報によれば、明日は朝方に冷えこみ、日中は好天にめぐまれるという。

　深江には、一つの予感があった。山は気まぐれだ。

本沢分岐から中山峠までの道のりも、ルート上を進んだ。深江一人であれば、正規ルートの南側を下り、一気に天狗の奥庭に出ることも可能だった。だが、倉持にそこまでは無理だろう。前半部はともかく、後半部は急な下りとなり、ところによっては崩落している場所もある。索敵を続けながら、一歩一歩、確実な足場を確保しつつ、進んでいった。倉持も慣れてきたのか、歩き始めよりは歩行が落ち着いてきている。結局、今回もコースタイムとほぼ同じ一時間二十分で、中山峠に到着した。そこからはいったん東天狗方面に進み、途中から天狗岳北側に広がる岩稜の斜面へと入りこんだ。

黒百合ヒュッテの屋根は闇に閉ざされて見ることができない。南側にそびえる天狗岳の威容（いよう）もまた、今は気配でしか感じ取ることができなかった。

斜面の途中に大きなくぼみを見つけ、そこにいったん、身を潜めた。ヒュッテより五〇メートルほど高い場所だ。

朝になれば、真壁たち一行が登ってくる。

通常であれば、標的より高い場所にいる方が有利とされるが、今回に限っては、セオリー通りにいかない。高所に陣取れば、それだけ脱出が難しくなるからだ。自分が「霧」だった場合、どこで夜明けを迎えるだろうか。一方、真壁陣営は「霧」に対し、どのような策で挑（いど）むのか。

ここに至るまで、真壁配下の気配はまったくなかった。やはり、黒百合ヒュッテを中心とした陣を敷いているのだろう。

倉持が横に来て、小声で言った。

「思っていたより、静かな夜だな」

「この闇の中では、お互い何もできない。勝負は夜が明けてからだ」

倉持は遥かに広がる黒い斜面を見上げる。

「真壁の配下は、あの中に紛れてるってわけか」

「おそらくな。高所を確保して、闘いを有利に進めるつもりだろう。果たして『霧』に、それが通用するかどうか……」

「やっぱり、『霧』への油断があるのかね」

「おそらく。あんたが撮影したデータはフェイクだ。ヤツは間違いなく、天狗岳に登り、一帯の地形を精査している。その上で、ベストと言えるポイントで真壁を狙うはずだ」

「それは、どこだ？　あんたなら、判るんじゃないのか？」

「何となくだがな」

「なら、それを真壁のヤツに……」

「『霧』は俺たちの動きも承知している。今、不用意に動けば、ヤツは計画を変更するだろう。俺たちにこれ以上、鬼ごっこを続ける余裕はない」

「確かにな。で？　俺たちはどうする？」

「夜明けまで、まだ少しある。『霧』の裏をかいてやりたいところだが、どうやら、そうもいかなくなったようだ」

「なぜ？」

「山だ。山がヤツに味方している」

東の空がほんのりと白み始めてはいるが、視界は白いベールに塞がれたままだ。ヒュッテの屋根も、天狗岳のピークも見ることができない。

霧だ。濃い霧がこの天狗の奥庭一帯に、たちこめているのだ。

倉持が岩の上に立ち、言った。

「何だこりゃ。視界がほとんど利かないじゃないか」

深江はライフルケースを開き、レミントンを出した。全長一〇六二ミリ、重さは約四キロ。装弾数は五発。一九六二年以来、今なお使われている名銃だ。深江は自衛隊時代、M24SWSを扱ったことがある。構えたときの安定感、狙いの付けやすさ、トリガーの感触など、相性のよさを感じていた。

ボルトアクションの銃は、近代戦では通用しなくなってしまったが、今でも狙撃銃としてしっかり生き残っている。

弾丸をこめ、倉持と共に岩の上に立った。

霧の濃さは予測以上だった。状況から見て、しばらくは晴れそうもない。

湿り気を帯びた空気を頬に感じながら、深江はここからの計画を練り直す。

もう少し、小屋に近づくしかない。この状況では、経験値の高い「霧」が絶対的に有利だ。ヤツはすでに行動を起こしているに違いない。

深江はレミントンを片手に、岩の上を下り始める。倉持が慌ててついてくる。

「おい、そんなに動いて大丈夫なのか？　いきなり、ズドンなんてことは……？」

「可能性としてはある。いつでも撃てる準備をしておけ」

「はぁ？」

「人影が見えたらまず撃て。それが誰であるかは、それからだ」

「何てこった……」

倉持は腰のシグ・ザウエルＰ２２０を取り、怖々といった体で右手に持った。

「後ろは任せる」

倉持は顔を顰めてみせただけで、もう泣き言は言わなかった。

湿って滑りやすくなった岩の上を、慎重に進んでいく。夜が明けたにもかかわらず、周囲は灰色一色だ。深江たちがいる辺りは、すりばち池といい、雨季には池が出現するが、今の季節は完全に干上がっており、その痕跡はない。

深江は岩陰にしゃがみ、周囲の音に耳を澄ませる。聞こえるのは、風の音だけだ。誰もが霧に戸惑い、その場で息を殺しているのだろう。

真壁はどう出る？　霧に恐れをなし、下山するとは考えにくい。逆に、この状況を利用し、「霧」を仕留めようとするだろう。ならば、そろそろ行動を起こす頃合いだ。現在位置からは、まだ黒百合ヒュッテを望むことはできなかった。

もう少し、下るべきか。

気配を感じた。とっさに倉持の腕を引っ張り、身を伏せさせる。霧の中から影がすべり出てきたのは、ほぼ同時だった。

手にしているのは、ヘッケラー＆コッホＵＳＰだ。銃口は深江の胸を狙っていた。

「会うのは三度目だな。あの小屋と松本の駐車場」

男は黒ずくめの格好であり、腰には予備の弾丸とナイフがあった。左手の指はトリガーにかかっており、深江の動き次第では容赦なく撃つという気迫があった。怒りが、指先にこもっている。深江はレミントンを置くと、両手を上げた。それでも男は、銃を構えたままだった。

「おまえのせいで、何人も仲間が死んだ。この場で殺してやりたいよ」

「今はよせ」

「すべてが済んだら……」

「判っている」

男はようやく、銃口を下げた。

「こんな状態だ。『霧』は現れないだろう」

深江は首を振る。

「ヤツは来る。おまえにもそれは、判っているだろう?」

男は苦笑する。

「正直、姿を見せない『霧』よりも、俺はおまえの方を殺したい」

「いいか、『霧』は前にもこの天狗岳に登っている。上尾に依頼した撮影データは、おまえらを欺くためのものだ」

「本気で言っているのか?」

「地の利が自分たちにあると、おまえたちは油断している。そこがヤツの付け目だ。作戦を立て直せ。全員、やられるぞ」

男の目に、真剣味は薄い。

「それを信じろと?」

「真壁の情報を教えてくれ。ヤツは何時に出発する? おまえたちの配置は?」

「きく相手を間違えている」

銃を下げながらも、男は深江への敵意を隠そうともしない。

「次に会ったときは、容赦しない」

男の姿は霧の向こうに消えた。

レミントンを両手で持ち、深江は考える。

あの男がこの近辺をウロウロとしていたということは、真壁一派がこれといった作戦も立てていないことを示している。「霧」を求めて、それらしい地点を片っ端から当たっているだけに違いない。

倉持が服の砂礫を払う。さきほど深江が地面に押し倒した際に、ついたものだ。

「やれやれ、危うく撃つところだった」

銃を手に肩を竦める。

「撃つ覚悟はできたのか?」

「いいや」

倉持は首を振った。

「こんなものは、俺の性には合わない」

「なら好きにしろ」

深江は立ち上がる。

「移動する。離れるなよ」

慎重に気配を探りながら、岩陰から出る。さきほどより、やや風が出てきたようだ。フワフワと摑みどころのない灰色の幕が、南へと移動していくのが判る。

振り返れば、天狗の鼻から東天狗岳が正面に見えるはずの位置だ。

地形は頭に叩きこんであるので、視界がなくても問題はない。黒百合ヒュッテを目指して、そのまま真っ直ぐ下っていく。

数メートル下ったところで、馴染み深い臭いが風に乗って漂ってきた。後ろから来る倉持に止まれと合図し、その場で立て膝をつく。臭いと風の向きに集中する。

方角は南、この場から少し登り返し、岩稜帯を越えた、その先だ。

深江は駆け足で、目的の場所を目指す。倉持は何もきかず、ただ、ついて来た。

突きだした岩の先に、点々と血痕が散っている。岩と岩の間に、男が一人、血にまみれて倒れていた。喉が大きく切り裂かれており、死んでいることは、見ただけで判る。男はホルスターにシグ・ザウエルＰ２２０をさし、足首にはナイフホルダーをつけていた。死の間際（まぎわ）まで、空気を求めたのだろう、目や口は大きく開かれ、両手は自分の喉を摑んでいた。

倉持が目を細め、そっと手を合わせる。

「武器を取る暇もなく、背後からやられたか」

人の気配がした。

深江は倉持を促し、慌ててその場を離れる。深江同様、血の臭いに気づいた者はいるはずだ。ここにいては、さらに無駄な血が流れる。真壁一派と深江たちが争うことは、「霧」を利するだけでしかない。

幸い、濃い霧が深江たちの姿を隠してくれた。倉持と共に、再び岩陰に身を隠す。

「『霧』が動きだしたようだ」

深江は言った。すでに、もう何人かやられているだろう。通信が途絶え、真壁陣営は混乱しているに違いない。

倉持が暗い声で言った。

「あんたの推理は当たっていたようだな。俺が撮影したデータは、すべて真壁たちを誘導するための罠だ」

「責任を感じることはない。ヤツらがこうなったのは、自業自得だ」

「一つ、気になることがある。あの男は背後からナイフでやられていた。もしかすると、東京のホテルで俺の命を救った狙撃、あれもこのための布石だったのかもしれない」

深江もはっとする。

「奥多摩で撃たれた二人も……」

「ヤツは狙撃で三人、殺した。それによって、ロングキルのイメージができ上がってしまった。だから、今回も狙撃でくると思いこんでしまったんだ」

「ウインチェスターを所持しているという情報も、意図的に流したものかもな」

「一場や須賀、一連の殺しで、『霧』は、接近戦にも長けていることを示している。こいつは……」

霧の向こうから聞こえてきたのは、銃声だった。倉持が慌てて立ち上がる。岩陰から出ようとするのを、深江は止めた。

「動くな。罠かもしれない」

わずかな静寂の後、何かがうごめく、音なき気配を深江は感じる。

三十秒……一分……。すべての気配が消えるまでに、さほどの時間は要しなかった。

深江は岩陰から顔をだす。霧は相変わらず、すべてを覆っている。一つ確かなことは、漂う空気の中に、より濃密な血の臭いが混じっていることだ。

気配は感じ取れずとも、倉持にも事態は呑みこめたようだった。

「何人、やられた？」

「判らない。二人、いや、三人か」

「どうする？　対処できるか？」

深江には答えられなかった。この状況下で、絶対確実なものなど、何もない。

不規則な足音が響いた。倉持がその方向に銃を向ける。灰色の幕を引き裂くように現れたのは、さっきの男だった。手に銃はなく、脇腹の刺し傷から出血していた。深江はそれでも油断なく、男と距離を取る。相手の目には、深江が映っているのか、いないのか。男はその場に崩れ落ちた。深江が素早くボディチェックをする。

「武器は持っていない。脇腹にかなり深い傷。相当出血もしている」

「やったのは、『霧』か？」

「そう見るのが妥当だろう。命まで取られなかったということは、それなりの腕と備えがあったからだ」

「助かるのか？」

「判らん。手当次第だが……。ここに放置しておけば、一時間と保たないだろう」

男はうめき声を上げながら、浅い呼吸を繰り返す。何か言おうとしたようだが、言葉にならないようだ。

「どうする？」

「俺たちにできることは、何もない」

深江は冷たく言い放ち、立ち上がった。

「移動する」

「どこへ？」

答えずに歩きだす。傾斜のほとんどない、形のよく似た岩の並ぶ一帯だ。集中を切らせば、自分が今どこにいるのか判断がつかなくなる。

レミントンを抱え、進む方向をわずかに右へと変える。一分ほどで、白く続く道が現れた。東天狗から黒百合平へと続く、正規ルートだ。岩が階段状に連なり、一〇〇メートルほどを一気に下る。霧はやや薄くなり、黒百合ヒュッテの向こうに広がるシラビソの林が、うっすらとではあるが見ることができた。

さらに二〇メートルほど下り、手頃な岩を見つけ、そこに身を隠した。倉持は、慣れない道であるにもかかわらず、ぴたりと深江のスピードについてきている。

深江は灰色から白へとやや色合いを変えた空間に向かって、ライフルを構える。

背後から、倉持がきいてきた。

「いるのか？　『霧』が」

「おそらく」

「上と見せかけて、実は下。うまいこと、考えたものだな」

「真壁たちは、『霧』が狙撃してくると思いこんでいた。ならば、『霧』はより高い位置を確保しようとする」

「それで、天狗の奥庭から天狗の鼻にかけて、手下を配した」

「だが、すべては罠で、『霧』は接近戦を仕掛けるつもりだった。ヤツは、あのシラビソの林に身を潜め、駒が揃うのを待っていた。そして、闇に紛れて移動を開始。配下の者を倒していった」

「そういう意味では、この霧も味方したわけだ」

「今ごろヤツは黒百合平まで下りているだろう。気配を殺し、大混乱の真壁陣営を観察しているはずだ。そして、チャンスを見つけ、真壁を倒す」

「その後は混乱に乗じて、林の中に姿を消す。山は広い。見つけだすのは困難だな」

深江は再度、銃を構える。霧はまだ、晴れる気配がない。

倉持が言った。

「黒百合平まで下りたとして、『霧』はどこでチャンスを待つつもりなんだ？　小屋の周りをウロウロしていたら、すぐに見つかっちまうぞ」

「屋根だ」

「え？」

「ヤツは、黒百合ヒュッテの屋根にいる」

「本当か？」

「俺にも経験がある」

「いろんなこと、やってきたんだな」

霧が晴れれば、一瞬でも黒百合ヒュッテの屋根が視界に入れば、深江の推測が正しいかどうか判明する。

もし正しかったのなら、決着は一秒とかからない。

黒百合ヒュッテ内の真壁たちも、とっくに異変に気づいているはずだ。「霧」の狙いは、真壁が小屋を出てきたところだろう。そこを一発で仕留め、撤退する。

視界はゼロだが、黒百合ヒュッテの方向は判る。霧の向こうにあるソーラーパネル付きの屋根を想像し、深江はレミントンを構え直した。距離約一二〇メートル。微風。視界があれば、難しい狙撃ではない。だが、この霧の中、果たして相手を捉えきれるかどうか……。

呼吸を一定のリズムで繰り返し、神経を集中する。

視界が開けるのを待つのは、そろそろ限界だった。真壁たちは撤退を始める頃合いだ。

頬を冷たい風がなでていった。視野の隅で、空の一部が光る。湿り気を帯びた黒い岩稜帯、その向こうに広がるシラビソの林、そして最後に、黒百合ヒュッテの屋根が、視野に飛びこんできた。

霧が晴れた。

小屋の前には、数人の男たちがたむろしていた。真壁の警護だろう。本人の姿はまだ見えない。そして、正面玄関の真上、二階の屋根上に、黒い影を見つけた。俯せとなり、手には種類は不明だが、銃らしきものが握られている。ライフルではなく、ハンドガンだ。

玄関が開き、屈強な男二人に伴われて、真壁が姿を現した。

屋根上の人影が動く。ソーラーパネルの陰に、姿が隠れた。確認できるのは肩と頭の一部だけだ。もう少し……もう少し前に出ろ。そうすれば……。

深江は息を吸い、止める。キラキラと照りつける太陽の光が、集中を妨げる。さっきまで、あれほど求めていた太陽であるというのに。

指先にトリガーの感触を感じつつ、タイミングを待つ。

一……二……三……四……。

引き金を引いた。ガツンと肩に衝撃が来た。ダメだ。外した。ボルトを引いて薬莢を排出したとき、人影はすでに行動を起こしていた。すぐに銃を構え直したが、その姿はもうどこにもなかった。

銃を手に立ち上がる。一気に黒百合平まで下り、追うしかない。

小屋前では、男たちがパニックに陥っていた。その中心にいる真壁も、どうしてよいか判らないらしい。猛スピードで近づいて行く深江たちにも気づいていないようだ。

一方、身をさらしている深江たちが、「霧」からの反撃を受けずに済んでいるのは、彼らのおかげだ。「霧」の優先順位はいま、真壁たちにある。

「小屋に入れ」

叫んだが、誰一人、気づく者はいない。

呆然とつっ立ったままの真壁。あれでは、格好の標的だ。

すぐ背後で、銃声が轟いた。反射的に銃口を音の方向に向けたが、そこには、天に向かって銃を掲げた倉持がいた。彼は突きつけられた銃口を睨んだまま、泣き笑いのような表情を浮かべる。

「そ、それ、引っこめてくれないか」

「危うく撃つところだった」

「ここまで反応いいとは、思ってなかったんだよ」

深江は銃を持ち直し、再び下り始める。小屋の周りには、すでに人っ子一人いなかった。倉持の機転が効いた。あの銃声で、真壁たちは全員、小屋の中に退避した。しばらくは、時間が稼げるはずだ。

黒百合平に下り立った深江は、一番近くにあったシラビソの木陰(こかげ)に身を隠した。小屋までの距離は、まだ二〇メートル以上ある。

すぐ脇にいる倉持は、さすがに息が上がっており、汗びっしょりだった。

「運動不足を痛感するよ」

「あんたはここにいろ。あとは俺が引き受ける」

「そうしてもらおうかな」

倉持はシグ・ザウエルのグリップを前にして差しだした。

「持っていけよ。俺が持っていても、役には立たない」

深江は首を振る。

「必要ない。それより、先に下山しろ。今なら、真壁たちの追っ手もかからない」

「あんたはどうする?」

「何とでもするさ」

「バカを言え、おまえを見捨てることなんてできない――と言えればいいんだがな。足手まといはさっさと消えるよ」

「途中、何があるか判らない。直感を信じろ。怪しいと思ったら、撃て」

「あんたのようにはいかないよ」

「前にも言ったはずだ。まず撃て。後悔や安堵はその後だ。生きて、山を下りろ」

「判ったよ。どこで落ち合う？」

「落ち合う必要はない。もう、会うこともないだろう」

「おいおい、それじゃあ、約束が違うぜ。やるんだろう？　便利屋」

深江は否定も肯定もしない。そんな先のこと、考えても仕方ないからだ。

それでも、倉持は畳みかけてきた。

「東京八重洲に『にしむら』という喫茶店がある。二日後にそこで会おう」

「約束はできない」

「必ず来い」

身を隠すには頼りない細い幹（みき）の陰から、深江は走り出る。うっそうと茂る木々と静寂の中で、わざと身をさらしながら、敵の気配をさぐる。

真壁への襲撃が失敗した時点で、即座に撤退するのが最良の選択だ。それでも、「霧」はまだ現場に留まり、チャンスをうかがっている――深江は確信していた。真壁の取り巻きは、今や大した障害ではない。問題は深江だ。深江を取り除けば、この山の中で、もう一度、真壁を狙う機会はある。

「霧」は自分を狙って来る。

黒百合平から距離を取り、原生林の中をじりじりと進む。真壁たちは今ごろ、這々(ほうほう)の体(てい)で下山を始めているだろう。お互いの連携も何もない。一目散(いちもくさん)にそれぞれが下界を目指しているはずだ。

倉持はそれより少し先行している。ヤツなら、不測の事態も自力で何とかするだろう。

左耳のあたりに、鋭い視線を感じた。体を翻し、木の根元に這いつくばる。周囲に目を配るが、シラビソの幹以外は、何も見えない。さきほどまでとは違い、空気は乾き、気温もさらに下がり始めていた。土塊を踏みしめるわずかな音でも、己の存在を相手に知らせることになる。

相手の武器が判らないだけに、厄介だと深江は思う。

屋根で見た「霧」はライフルではなくハンドガンを手にしていた。だが、それが唯一の武器とは限らない。あらゆる可能性を考慮していれば、どこかに武器を隠しておくことも考えられる。鍵になるのは、ウインチェスターの情報だ。ロングキルにも対応できる「霧」がライフルを手にしたら……。

銃の性能的には、さほどの優劣はない。精度も射程も似たようなものだろう。勝負を決めるのは、どちらが先に相手を見つけ、よりよいポジションを確保するかだ。

今は、相手の正確な位置を知りたかった。

深江の銃はボルトアクション式だ。撃った後は薬莢を排出、狙いを定めなおさねばならない。一弾で決まらなければ、さっきのように、逃げられてしまう。

だが、それは相手も同じだ。ハンドガンで勝負を決めようと距離を縮めてくれば、深江には察知する自信がある。

さあ、どうする。

深江に有利な点は、時間だ。持久戦に持ちこみ、何時間、何日間かかってもかまわない。「霧」はそうはいかない。一刻も早く邪魔な深江を片づけ、真壁を追わねばならない。捜査機関の追跡のことも、考えねばならないだろう。

腕時計に目を落とす。午前六時五十二分。

秒針を見つめながら、呼吸を整える。一五メートルほど先に、倒木があった。幹が真ん中から折れ、くの字になっていた。

深江は心を決める。

六時五十五分三十秒……四十秒……

動かず、気配を消す。呼吸も浅く、水のごとく自然と同化する。

六時五十九分三十秒……四十秒……

足元に落ちていた石を拾い、座ったまま投げた。石が幹に当たり、思いの外、大きな音をたてた。

動きはない。さすがだ。

七時ちょうど。

立ち上がり、倒木目指して走りだした。

五歩目をだしたとき、銃声が轟いた。かまわず駆け、倒木の下に潜りこむ。くの字に折れているため、中に入れば、完全に体を隠すことができる。

体に異常はない。弾丸は完全に外れ、木の幹にめりこんでいた。銃声のタイミング、幹の位置などから見て、走る深江の半歩後ろを、弾丸は通っていったようだ。

銃声などから、敵の位置がだいたい把握できた。相手もそれを察し、すでに移動を始めているだろう。この状況では、移動すること自体が不利になる。それでも、ヤツはその場に留まるわけにはいかない。留まれば、位置を把握した深江の餌食になるからだ。

深江は朽ちた木の隙間から、気配をうかがう。距離は九〇メートル。深江の周りを、円を描くようにして動いている。北北西から北、そこからさらに北北東へ。

深江は身を起こし、レミントンを構えると、北東方向に向かって一発、撃った。薬莢を排出、すぐに身をふせる。残弾はまだ三発ある。銃声の反響がまだ耳に残る中、敵が動きの方向を変えたのが判った。自分の行動を読まれていると悟ったのだ。

ジグザグの線を描きながら、深江に接近してくる。あきらかな誘いだ。

敵は膠着を嫌っている。その焦りが、手に取るように判る。深江はポケットに石を詰めると、上着を脱いだ。使い古された手ではあるが、こうした場合には効果的だ。振りかぶって、投げた。銃声。上着の肩部分がはじけ飛んだ。

深江は身を起こし、銃声の方向に向けてレミントンを構えていた。六〇メートル先に、灰色の影がある。ライフルを右手に腰をかがめ、木の間をジグザグに走り抜けようとしている。

深江は息を吸い、止めた。銃を相手に合わせて動かしても、精度は上がらない。相手の行動を読み、銃の先に相手が来るのを待つ。

引き金を引いた。

薬莢を排出すると、倒木の陰を出る。

手応えはあった。

六〇メートル先の地面には、手足を広げ横たわる物体がある。念のため、銃口を向けつつ、近づいていく。

深江の放った弾丸は、胸を貫いていた。即死だったろう。これといって特徴のない、地味な顔立ちの男だった。年齢は四十代前半か。グレーのパンツに濃いグリーンのシャツ、同色のキャップをかぶっていた。めくれあがったシャツの隙間からは、ヒップホルスターがのぞいており、中にはコルトガバメントがあった。ウインチェスターは、死体から三メートルほど離れた地面に転がっている。

深江は迷わず、死体のホルスターからガバメントを取る。

あれだけの銃声にもかかわらず、辺りは静寂に包まれていた。

銃を腰にさすと、レミントンを右手に持ったまま、深江は来た道を戻って行く。木漏れ日がチラチラと灰色の地面を照らしだす。空は青く澄んでいた。

黒百合ヒュッテを避けつつ、天狗の奥庭へと正規ルートの西側を登っていく。この長閑で爽やかな風景のどこかに、複数の遺体が転がっている。深江の胸に去来するのは、やりきれない虚しさだけだった。

岩の小山を乗り越えたところに、男がいた。さっきと同じ姿勢のまま、潤んだ目でこちらを見ている。刺し傷からは、血が流れ続けている。唇は紫色となり、目の下には濃い隈ができている。

男がかすれた声で言う。

「やったのか?」

「銃声を聞いただろう?」

深江は男の横に腰を下ろす。男の眉が上がった。

「こんなところまで戻って来て、何のつもりだ?」

問いには答えず、レミントンを引き寄せ、岩にもたれかかる。

男は笑った。

「あの小屋で会ったときから、気にくわないヤツだった」

「松本の駐車場では、俺に銃を向けただろう」

「撃つ気はなかったさ」

「どうかな」

「酒か煙草、持ってないか？」

「持っているわけないだろう」

「きいてみただけさ」

男は照りつける日差しから、目をそむける。

「みんな、死んじまったよ」

「ああ」

振り仰げば、雲一つない空をバックに、天狗岳がそびえ立っている。覆い被さってくるかのような、威圧感だ。東天狗、西天狗とも、ピークに人影はなく、黒々とした岩が日の光を反射して、煌めいている。

「そう言えば、まだ名前をきいていなかったな」

深江は男を見た。言葉はもう、返ってこなかった。

第十一章　約束

一

何杯目かのコーヒーを飲みきり、倉持は当てもなく窓の外を眺める。時計は午後二時を回ったばかりであり、八重洲通りは車の往来が絶えない。

一昨日、黒百合平から命からがら逃げだしたのが、まるで夢の中の出来事だったように思えてくる。

深江と別れた後、倉持は黒百合平を離れ、唐沢鉱泉へと向かった。真壁たちとかち合う恐れはあったが、やはり最短ルートを取りたかった。

渋ノ湯、唐沢鉱泉といった登下山口は、真壁らによって監視されていると見て間違いない。そこをどう突破するのか。妙案は結局、出てこず仕舞いだった。下山途中も、茂みの音にびくつき、人の気配に怯え、生きた心地がしなかった。腰にさした拳銃は、何の優越感も生みださない。

　結局、自分は深江という男に頼りきっていただけなのだと、あらためて思い知らされた。使いこなす者がいてこその、銃なのだ。

　緑の林を抜けた先、唐沢鉱泉は思っていた以上の賑わいだった。登山客、観光客も多く、少し離れたところにある駐車場もかなりのスペースが埋まっていた。自販機で買った水で、とりあえず喉を潤していると、ちょうど客を降ろしたばかりのタクシーが通りかかった。それを捕まえ、茅野駅へ。

　銃と弾はタクシーに乗る直前、指紋を拭き取ったうえ、別々の場所へと投げ捨てた。

　運転手は寡黙で、何も語りかけてはこなかった。倉持はシートに身を埋めたまま、茅野駅まで揺られていった。

　下山中に感じていた緊張は跡形もなく抜け去り、ただ虚無だけが全身を包みこんでいる。

　機械的に東京までの切符を買い、ホームに立つ。遥か遠くにうっすらと山の影が見える。

　深江のことは、極力、考えないようにした。もう彼のためにできることは、何もないからだ。無事を祈ったところで、深江は喜びもしないだろう。

　東京に着いたのは、夕暮れが迫る頃合いだった。そのときになって、自分に帰る場所がないことを思いだした。

月島の人々はどうしているだろうか。もうあの街には、帰らない方がいいのかもしれない。ふとそんな考えが過ぎる。別な街に行き、今度こそ、再出発を図るのだ。

そんな思いを吹き飛ばすかのように、自然と落合の笑顔が思いだされた。あの夜、彼にいったい何が起きたのか。今となっては、もはや聞きだす相手もいない。

落合の死に対し、自分は一矢でも報いることができたのだろうか。

駅近くのビジネスホテルに部屋を取り、テレビをつけたまま、ベッドに横たわる。ニュース番組を片っ端から映し、天狗岳での顛末を探す。しかし、いっさいの報道はなされなかった。携帯でネットニュースを流し、検索もかけてみるが、ヒットするものはまったくなかった。

ほとんど寝ることもできず、翌日もただ、テレビとネットを見て過ごした。食欲はなく、洗面所の水を飲み、気がつけば夜になっていた。

午前零時を回るのを待ち、ホテルを出た。「にしむら」までどうやって来たのか、よく覚えていなかった。気がつくと、店の前に立っていた。

もはや開店時間も閉店時間も定かではないこの不思議な店は、ひっそりと明かりを灯していた。

客は一人もいない。カウンターの向こうには、いつものマスターがいるだけだ。倉持は窓際に席を取る。

　愛想のないマスターが黙って近づいてきた。コーヒーを注文すると、視線をドアに据えた。

　約束の日だ。これから二十四時間、自分はここで待つ。

　月島で一緒に便利屋か……。あのとき、どうしてこんな突拍子もないことを言いだしたのか、自分でも判らない。深江がまともに受け取ったとも思えず、いつから自分は、こんな人恋しい人間になったのだろうと気恥ずかしくなる。

　落合の幻影がちらついた。

　マスターがコーヒーを手にやって来た。無言でテーブルに置く。ユラユラと立ち昇る湯気を眺めているうち、睡魔に襲われた。ここ数日、満足に眠れていないのだから、当然と言えば当然だ。しかし、なぜ、このタイミングで。

　ここのコーヒーの湯気には、催眠効果があるのかよ。

　意識を取り戻したとき、夜が明けていた。テーブルには冷えきったコーヒーがある。

　顔を上げ、店内を見渡した。客はいない。昨夜と違っているのは、窓の外が明るいことと、カウンターの向こうにマスターの姿がないことだ。

　時計を見ると、午前六時二十分だった。

　固い椅子の上で縮こまっていたため、体の節々が痛い。それでも、蓄積していた疲れは、きれいに取れていた。

倉持は冷えたコーヒーを飲み干し、窓の外を眺める。すでに街の朝は始まっている。歩道を歩く会社員の姿に、忙しく行き交う車。今朝は都心もやや冷えこんだらしく、薄いコートをはおっている人が目立つ。

まもなく、スーツ姿の男性が入って来た。

「いらっしゃい」

いつの間にか、マスターが戻ってきている。倉持は彼が通りかかる際に、言った。

「昨夜(ゆうべ)はすまなかった」

「いや」

「コーヒーのお代わりを貰えるかな。熱いやつ」

空のカップを手に、マスターは歩き去った。

七時前、店はあっという間に満席となった。新聞を繰る音が響き、煙草の煙がぱっと広がる。今はもうなくなったと思っていた光景だった。客は多くても、店の中は静かだった。話をする者はほとんどおらず、淡々とした時間が流れていく。

九時を過ぎると、ぽつぽつと空席ができ始める。マスターが、レジ上にあるモニターをつけた。ワイドショーが映しだされる。音は消してあるため、コメンテーターが楽しそうに口をパクパクさせているだけだ。仕事がないときは部屋に寝転がって、とりとめもなく、こうした番組を見ていたものだった。かつての日常がひどく遠いものに思えた。深江は無事だろうか。考えないようにしていたことが、ふと頭に浮かび上がった。

あいつなら、大丈夫さ。根拠のない希望で、自分を納得させる。

ドアが開き、客が入って来た。倉持はじっと窓の外を見続ける。たとえ無事に下山できたとしても、あいつはここには来ないだろう。またどこか人里離れた場所で、ひっそりと暮らしていく道を選ぶに違いない。

それにしても、どうにもすっきりしない。深江の件も、真壁の件も、まだ完全な決着はついていないのだ。

「難しい顔をしているんだな」

「ああ」

返事をしてから、目の前に男が座っていることに気がついた。深江だった。

無精髭(ぶしょうひげ)ははえているが、ケガをした様子はない。ブルーのシャツに、黒のパンツ。コンバットブーツは、ただのスニーカーに代わっている。手にしているのは、赤いデイパック一つ。シャツの胸ポケットには、サングラスが入っていた。

無言でいる倉持に対し、深江は首を傾げてみせた。

「どうした？　俺は死んだことになっているのか？」

「……ここに来たことに驚いている」

「指定したのは、そっちだろう」

「そりゃそうだけど……」

マスターがやって来た。

「コーヒーでいいかい？」

深江はうなずく。

二人が無言でいるうちに、コーヒーが二つ運ばれてきた。

倉持は言った。

「俺は頼んでないぜ」

「サービスだ」

カップを二つ置くと、マスターは腰をさすりながら、カウンターの向こうに戻っていった。

倉持は深江と目を合わせることができず、コーヒーを口に含む。

「無事でよかったよ」

深江は無言だ。コーヒーにも手をつけない。

仕方なく倉持は続ける。

「正直、来るとは思ってなかったよ」

「俺も、なぜ来たのか判らない」

「どういうことだ？」

「天狗岳を下りた後も、何か引っかかってな。それが何なのか、昨日一日、考え続けていた」

「答えは？」

「何となくだが、見えてきた」

「聞かせてくれないか」

深江は左右に首を振る。

「答えはまもなく判る」

「ここまできて、もったいぶることはないだろう」

口を尖らせてはみるが、この男は一度決めたことを簡単には翻さない。憮然(ぶぜん)としながらも、倉持は会話を続ける。

「ところで……そのぅ……『霧』は……どうなった？」

「死んだ。呆気ないものだった」

「そうか」

深江の発した、呆気ないという言葉が、気になった。

倉持は、この数日来の出来事を頭の中で組み直す。一つの可能性が浮かび上がるまでに、それほどの時間はかからなかった。

「おい、もしかしてあんた……」

深江は倉持を制し、店のモニターを指さした。

「そろそろ始まるぞ」

画面に映っていたのは、新村清人の告別式だった。若手現職代議士の「自殺」ということで、それなりの話題になっていた。弔問（ちょうもん）客もかなりの数にのぼっていたが、その中には真壁の姿もあった。画面には、弔問を終えた真壁が、神妙な表情で映しだされている。「霧」の恐怖から解放され、内心では小躍りしているに違いない。

まもなく真壁はマスコミの前を離れ、公用車に向かって歩きだした。数歩進んだところで立ち止まり、くるりと斎場の方を向く。そこで深々と礼をした。カメラが狙っていると判ったうえでのパフォーマンスだった。

長い礼の後、顔を上げた真壁の後頭部に、赤い霧が舞い上がった。衝撃で長身の体が持ち上がり、上体を大きくそらしたまま、ゆっくりと地面に倒れこんでいく。

周囲の者たちは、何が起きたのか判らないのだろう。ただ、呆然と突然倒れた真壁を見つめている。会場警備に当たっていた男たちですら、凍りついたように動かない。

倉持の横で、深江が立ち上がった。

「やったな」

その一言が合図であったかのように、画面内は大混乱に包まれた。カメラが大きく動き、何が映っているのか、判らなくなった。そのまま、放送はスタジオへと切り替わる。もっとも、司会者たちもただ唖然とするだけで、何を喋っていいのかも判らない有様だった。


モニターの真下では、マスターが素知らぬ顔でカップをみがいている。

倉持は伝票を手に、カウンターに近づいた。マスターが手を止め、顔を上げる。

「長々と申し訳ない」

「もっと長いヤツだっている」

コーヒーの代金を置くと、倉持は外に出る。すでに深江が歩道に立ち、待っていた。

倉持は言った。

「あんたさっき言ったよな。やったなって」

「ああ」

「本心なのか？」

「もちろん。あんたはどうなんだ？　あれを見て、どう思った？」

「……やったな」

「気が合うな」

「斎場は渋谷区だったな。車を飛ばせば、渋滞状況にもよるが、羽田まで一時間ほどだ」

倉持は携帯で羽田発の便を調べる。

「ぴったりの便がある。しかも香港(ホンコン)行きだ」

「それに決まりだ」

深江はすでにタクシーを止めていた。

並んで後部シートにおさまる。

「羽田まで。急いで」

低い声で深江が言った。倉持はそれに付け加える。

「悪いが、急いでくれ。ボーナスもつける」

右手で一万円札を振って見せた。

二

羽田空港は、時期的なものもあってか、比較的空(す)いていた。

香港行きの搭乗手続きはすでに開始されていたが、深江は焦った様子も見せない。

「来るのなら、ギリギリだ」

倉持と深江は、航空会社の窓口が並ぶ広大なスペースの片隅に、隠れるようにして立っていた。

倉持は言う。

「しかし、これだけの広さだし、相手だって変装しているだろう？　見つけられるのか？」

「俺には判る。臭いでな」

「それじゃあ、せいぜい嗅いでくれ」

「噂をすればだ」

深江がエスカレーターに乗ってやって来た、若い男に目を留めた。赤いキャップを目深に被り、金色の刺繡(ししゅう)入りの派手なジャンパーをはおっている。手にはギターケースと銀色のトランクが一つ。鼻歌混じりに、フロアを見渡している。

すぐに、深江たちと目が合った。そのころには、倉持にも判っていた。ヤツだ。

「やれやれ、俺にも臭いってヤツが判るようになっちまった」

男はじっとこちらに視線を据えたまま、窓口に行き、航空券の引き換えと手荷物の預かり手続きを済ませる。ギターケースとトランクを預け身軽になった男は、ふらりふらりと近づいてきた。キャップのせいで、顔は見えない。それでも、一定のリズムで左右に揺れる鍔(つば)の下から、白い歯がのぞく。笑っているのだ。

人気のない柱の陰で、倉持たちは男と向き合った。

「さすがだね。先回りされてるとは思わなかった」

男はキャップを押し上げる。見慣れた顔が現れた。倉持は、その顔を見つめる。

「久しぶりだな、落合」

「霧」は照れたようにキャップを被り直し、目を伏せた。

「あんたと一緒にいたときに、そう名乗っていたっけ」

「すっかり騙されたよ」

「騙すつもりなんて、なかったんだ。あんたと一緒にいた何日かは、ホント、楽しかったよ。便利屋もいいかなぁ、なんてな」

「おまえ……」

「そう、怒らないでよ。俺、あんたのことが気に入ってたんだから」

倉持は深江に目をやる。

「どうやら俺は、人殺しに好かれるらしい」

深江は何も答えず、じっと冷たい目を「霧」に注いでいた。

「二人とも、そんなおっかない顔、しないでくれよ。俺はあんたたちの命を助けてるんだぜ」

「ホテルでの狙撃、あれはやっぱりおまえだな」

「ああ」

「だがあれは、俺を助けるためじゃない。狙撃という手口を印象付けるための一発だ」

「どう思おうと、あんたの勝手さ。だけど、俺が撃たなければ、あんたは確実に死んでたぜ」

「礼でも言えと？」

「そこまでは期待してない」

「なぜ、俺の家を焼いた？　焼け跡の死体は誰だ？」

「あんたの家には、ずっと監視がついていた。真壁のね。あの夜、電話がかかって来て、あんたはあたふたと出て行った。俺はその間に姿をくらまそうと思っていた。ところが、家を出た途端、男に襲われた。強盗を装っていたけどね。財布や身分証を取り上げて、身元を確認したかったんだろうけど、そんなことはされたくない。気絶させて、あんたの部屋に運びこんだ。あとは事実の通りさ。落合は霧のように、この世から消え失せた」

「どうしても判らないんだ。おまえはどうして、俺に近づいたんだ？」

「今も言ったじゃないか。あんたが気に入ったんだよ。それだけさ」

「信じられん」

「信じてもらわなくて結構。話はそれだけ？」

深江が口を開いた。

「天狗岳の殺し屋、あれは誰だ？」

「名前は知らない。会ったのも一度だけだ。銃の腕は確かだったよ」

「初めから捨て駒のつもりだったのか？」

「まあ、どっちでもよかった。首尾よく成功してくれれば、俺の手間が省ける。金を払って、そのまま別れていた。まあ、その可能性は低いと思っていたよ。何しろ、あんたがいたからね」

「『霧』は死んだと真壁を油断させ、警備が緩くなったところを殺る。よく考えたものだ」

「上手くいっただろう?」

「高名な『霧』が、こんな若造だったとは、正直驚きだ」

「霧」は人差し指を立てる。

「おっと、深江さんともあろうものが、見た目で判断するのは禁物だよ。俺が見た目通りの年齢とは限らない」

「……そうだ、その通りだ」

二人の話が一段落したと見て、倉持は言った。

「依頼人は、上尾なんだな? その辺、はっきりさせてくれ。どうにもすっきりしなくてな」

「あんたたちには、すべて正直に話すよ。俺は上尾に依頼され、須賀、新村、真壁の三人の殺害を請け負った。あの爺さん……おっと、依頼人にこんな口をきいてはいけないかな、上尾氏、金払いはいいんだが、依頼人としては面倒な部類でね。須賀、新村には恐怖を味わわせろとか、天狗岳で殺せだの、条件をつけてきた。ただ、それほど困難なミッションとは思えなかったから、承知した。その時点で、あんたらが絡んでくると判っていたら、絶対にノーと言ったけどね」

「須賀の件はいい。問題は新村だ。あれはおまえの仕事じゃないんだろう?」

「判ってくれる人がいて、うれしいよ。海に放り投げるなんて真似、俺がするわけない。あれは、真壁だ。正直、あれには俺も驚いた。職業殺し屋をびっくりさせるわけだから、日本の官僚ってのは恐ろしい」

「真壁を天狗岳に呼びだしたのは? 上尾のだした条件を少しでも履行しようとしたのか?」

「それもあるが、最大の難関が真壁であることは判っていた。ヤツは三人の中で、本当の切れ者だ。出世コースを外れかけたけどね。須賀がやられた時点で、自分の身辺を固めることは想像できた。そんな真壁が本気で新村清人を守ろうとしたら、かなり厄介な仕事になる。だから、いろいろと策を弄したんだ。天狗岳の映像を寄越せと上尾に頼んだりね。ところが、真壁は新村を守るどころか、さっさと殺しちまったんだから、こっちの計画もぐちゃぐちゃさ。だけど最終的には、それなりに役立った。代償として、あんたたちがついてきちゃったけど」

「霧」は倉持を指さした。何人もの命を奪ってきた指先だ。銃口で狙われているかのような薄気味悪さがあった。

「俺たちは、上手く利用されたってことか」

「そんなつもりは、なかったんだけどね」

「結果として、真壁よりあんたの方が一枚上手だった。真壁は、あんたが天狗岳の地形に疎く、狙うのであれば狙撃だと思いこんでしまった。あんたは替え玉を使い、その逆を突いた」

「倉持さん、深江さん、あんたら二人の邪魔が入らなければ、あそこですべては終わっていたんだ」

「好きで邪魔していたわけじゃない。おまえが巻きこんでおいて、よく言うぜ」

「案の定、襲撃は失敗。だけど、俺としてはそれでよかったんだよね」

「真壁は自分の手で、か？」

「違う、違う、依頼人へのサービスだよ」

「サービス？」

倉持の疑問に答えるように、深江がぽつりと言った。

「中継だ」

「霧」が今度は深江を指さす。

「そう！　依頼の条件には一〇〇パーセント応えられなかったからね。依頼人が見ている前で、ターゲットを殺したかったんだ」

子供のような目で、「霧」は自分の殺しを語っている。

深江は苦々しげにうなずいた。

「あの中継、上尾も見ていただろうからな。さぞ、満足しただろうよ」

「大した警備も敷かれてなかったから、簡単な仕事だった。案の定、現場は大混乱でさ、その場からタクシーに乗って、ここまで来たってわけ」

気詰まりな沈黙が、三人の間に下りる。

「霧」が明るく笑って言った。

「それじゃあ、俺はこの辺で」

深江に向かって手を差しだす。

「初めて見たとき、恐ろしい相手だと思った。生きて帰れないかもと覚悟を決めたほどだ」

深江の手は、下がったままだった。「霧」は苦笑して首を傾げる。

「もしかして、利き腕は相手に預けない派？」

深江には、その意味が判らないようだった。

「霧」は続いて、倉持にも手を差しだす。両手を高く上げ、やんわりと拒絶する。

「悪いな。あんたに触ると、明日から飯が不味(まず)くなりそうなんでね」

「命の恩人じゃないか。飯を奢(おご)ってくれてもいいくらいだ」

「霧」は肩を落とすと、倉持たちに背を向けた。実に無防備な背中だった。

「もう会うこともないだろうけど」

「そう願いたいね」

「日本はこりごりだ。もう戻って来ないよ」

「霧」が一歩、一歩、離れていく。

倉持は横目で深江を見る。

「霧」は今、武器類を身につけていない。深江の技があれば、倒すことができる。

「いや」

深江が首を振る。

「よくて相討ちだろう」

「なぜ判る」

深江は両手を強く握り締めると、それをバッと開く。

「とにかく、判るんだ」

「霧」の姿が、外国の団体客の中に紛れていく。

「このまま、行かせるのか？」

「仕方ないだろう」

「今回の件だけで、十人以上殺してる。異常者だぞ」

「そんなことはない。ヤツは正常だ。殺しを続けているのは、異常だからじゃない。何と言えばいいか判らないが、要するに、慣れただけだ」

「人殺しって、慣れるものか」

「ああ」

「なぜ、そう言いきれる」

「俺がそうだからだ」

倉持はため息をつく。

「きくんじゃなかった」

「霧」の姿はもう、どこにもない。

倉持は伸びをした。

「行くか？」

「ああ」

深江はいつも通りの仏頂面だ。たった今、稀代の連続殺人犯を見送ったというのに、興奮も動揺も感じられない。

倉持は尋ねた。

「これからどうする？」

「さあな」

「『霧』を逃がしてしまったわけだから、あんたの自由は、ここまでか？」

「判らん。それは俺が判断することじゃない」

「なら、うちへ来いよ。そういう約束だったろう？」

「約束した覚えはない」

「あの状況をお互い生き延びたんだ。これも何かの縁さ」

「言葉の意味がよく判らないな。そもそも、うちへ来いと言うが、おまえにはうちがない」

「そうなんだ。まずはそこからだな」

「金は？」

「銀行に少々。上尾に貰った金がある」

「正当な報酬だ」

「月島に戻って、家探しから始めよう。どうだ？」

深江は肩を竦めただけだった。

「決まりだ。よろしくな」

歩きながら、倉持は手を差しだした。深江は眉間に皺を刻みながらも、その手を取り、力強く握り返してきた。

注　本書はフィクションであり、登場する人物、および団体名は、実在するものといっさい関係ありません。月刊『小説ＮＯＮ』（祥伝社発行）平成二十八年十月号から二十九年五月号まで連載され、著者が加筆、訂正し、平成二十九年七月に単行本として刊行された作品です。

――編集部

一〇〇字書評

秋霧

切・り・取・り・線

購買動機（新聞、雑誌名を記入するか、あるいは○をつけてください）

□（　　　　　　　　　　　　）の広告を見て
□（　　　　　　　　　　　　）の書評を見て
□ 知人のすすめで　□ タイトルに惹かれて
□ カバーが良かったから　□ 内容が面白そうだから
□ 好きな作家だから　□ 好きな分野の本だから

・最近、最も感銘を受けた作品名をお書き下さい

・あなたのお好きな作家名をお書き下さい

・その他、ご要望がありましたらお書き下さい

住所	〒				
氏名		職業		年齢	
Eメール	※携帯には配信できません		新刊情報等のメール配信を 希望する・しない		

この本の感想を、編集部までお寄せいただけたらありがたく存じます。今後の企画の参考にさせていただきます。Eメールでも結構です。

いただいた「一〇〇字書評」は、新聞・雑誌等に紹介させていただくことがあります。その場合はお礼として特製図書カードを差し上げます。

前ページの原稿用紙に書評をお書きの上、切り取り、左記までお送り下さい。宛先の住所は不要です。

なお、ご記入いただいたお名前、ご住所等は、書評紹介の事前了解、謝礼のお届けのためだけに利用し、そのほかの目的のために利用することはありません。

〒一〇一－八七〇一
祥伝社文庫編集長　坂口芳和
電話　〇三（三二六五）二〇八〇

祥伝社ホームページの「ブックレビュー」からも、書き込めます。
http://www.shodensha.co.jp/bookreview

祥伝社文庫

秋霧（しゅうむ）

令和 2 年 7 月 20 日　初版第 1 刷発行

著　者　大倉崇裕（おおくらたかひろ）
発行者　辻　浩明
発行所　祥伝社（しょうでんしゃ）
東京都千代田区神田神保町 3-3
〒 101-8701
電話　03（3265）2081（販売部）
電話　03（3265）2080（編集部）
電話　03（3265）3622（業務部）
http://www.shodensha.co.jp

印刷所　堀内印刷
製本所　ナショナル製本
カバーフォーマットデザイン　芥 陽子

Printed in Japan ©2020, Takahiro Okura　ISBN978-4-396-34646-1 C0193

祥伝社文庫の好評既刊

大倉崇裕
警官倶楽部
警察愛好家サークルの一員が現金強奪！ 警察と正義を愛する善良なオタクが、なぜ!? 異色の「警察」小説。

大倉崇裕
夏雷（からい）
依頼人は初老の登山未経験者。一度は山を捨てた元探偵・倉持（くらもち）の、誇りと再生の闘いが始まる！

笹本稜平
未踏峰
ヒマラヤ未踏峰に挑む三人。祈りの峰（ピンティ・チュリ）と名付けた無垢の頂（いただき）に、彼らは何を見るのか？ 魂をすすぐ山岳巨編！

笹本稜平
南極風
眺望絶佳（ちょうぼうぜっか）な山の表情と圧巻の雪山行、そして決して諦めない男の法廷対決を描く、愛と奇跡の感動作。

笹本稜平
分水嶺
厳冬の大雪山で幻のオオカミを探す山岳写真家と仮釈放中の男二人。真摯な魂と奇跡を描いた本格山岳小説。

笹本稜平
ソロ（SOLO） ローツェ南壁
標高世界第四位。最難関の南壁ルート。ヒマラヤ屈指の大岩壁に気鋭の日本人が単独登攀（ソロ）で挑む本格山岳小説。

祥伝社文庫の好評既刊

数多久遠　悪魔のウイルス　陸自山岳連隊　半島へ

北朝鮮崩壊の時、政府は？　自衛隊は？　拉致被害者は？　今、日本に迫る危機を描く、超リアル軍事サスペンス！

太田蘭三　顔のない刑事

奥多摩の全裸殺人の容疑者とされた香月（かづき）刑事は警察手帳を返上し、単独捜査を開始。すると意外な人物が……。

太田蘭三　尾瀬（おぜ）の墓標（ケルン）　顔のない刑事②単独行

尾瀬で発見された現職刑事の心中死体。偽装なのか？　尾瀬から北アルプス穂高屏風（びょうぶ）岩へと単独捜査を開始。

太田蘭三　赤い溪谷　顔のない刑事③追跡行

ニセ一万円札事件と、奥秩父での男女の死体とを結ぶ糸は……。香月が発見した、事件の黒い影とは一体⁉

太田蘭三　一匹竜の刑事（デカ）　顔のない刑事④決死行

北アルプスに消えた大手商社専務の一人娘。遭難か誘拐か？　鍵を握る重要人物の死体が奥多摩で発見され……。

太田蘭三　蝶（ちょう）の谷殺人事件　顔のない刑事⑤脱出行

山梨県茅（かや）ヶ岳（たけ）の惨殺死体は蝶蒐集家（マニア）のもの……。高山蝶・オオムラサキをめぐる殺人の動機は？　香月の名推理！